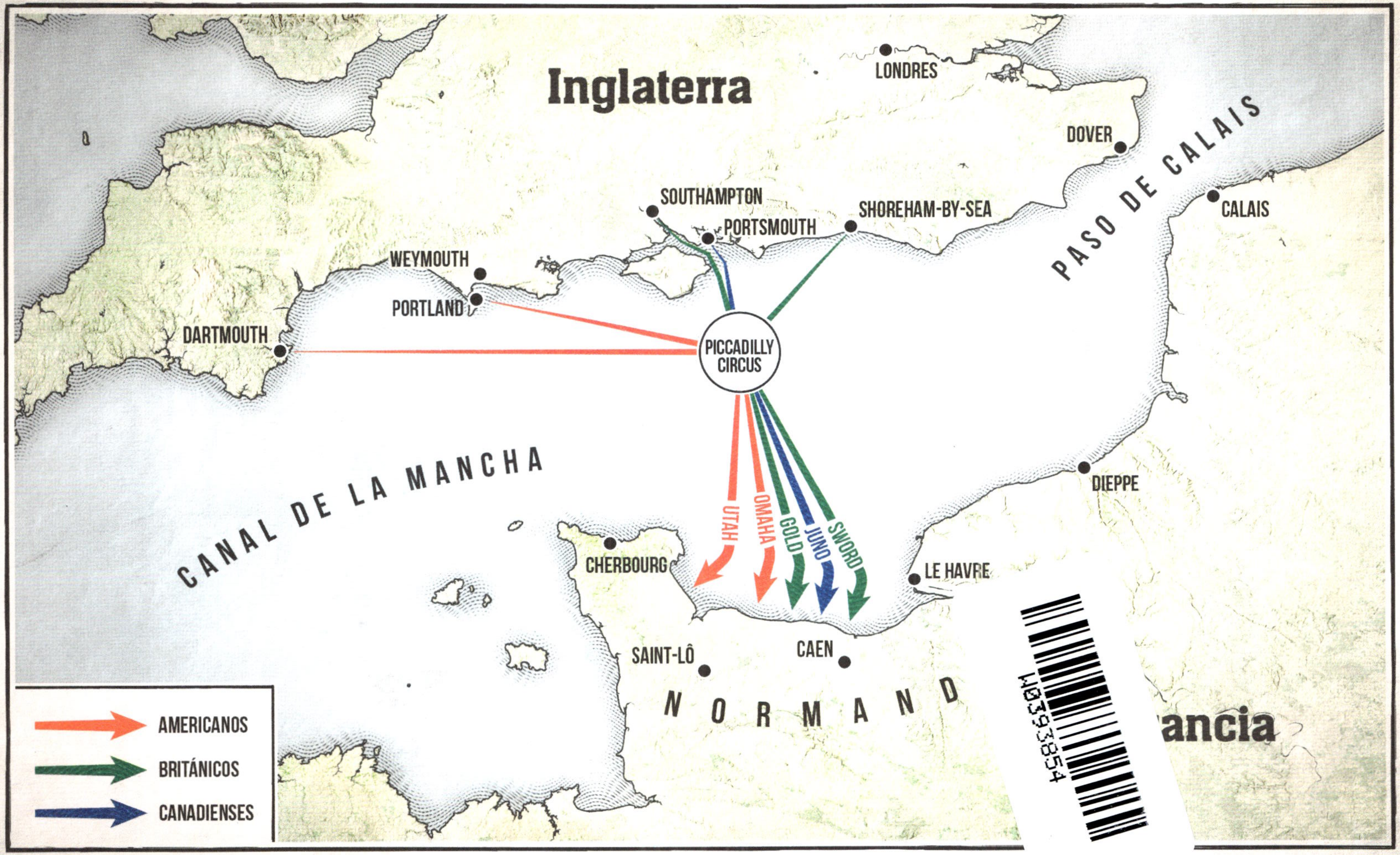

Inglaterra
LONDRES
DOVER
CALAIS
PASO DE CALAIS
SOUTHAMPTON
PORTSMOUTH
SHOREHAM-BY-SEA
WEYMOUTH
PORTLAND
DARTMOUTH
PICCADILLY CIRCUS
CANAL DE LA MANCHA
UTAH
OMAHA
GOLD
JUNO
SWORD
CHERBOURG
LE HAVRE
DIEPPE
SAINT-LÔ
CAEN
NORMAND
ancia
AMERICANOS
BRITÁNICOS
CANADIENSES

AE
&I

Prohibida en Normandía

Autores Españoles e Iberoamericanos

Rosario Raro

Prohibida en Normandía

Planeta

Diagonal, 662-664, 08034 Barcelona (España)
www.planetadelibros.com

Diseño de la colección: Compañía

Primera edición: abril de 2024
Depósito legal: B. 4.647-2024
ISBN: 978-84-08-28624-0
Composición: Realización Planeta
Impresión y encuadernación: Black Print CPI
Printed in Spain - Impreso en España

PEFC Certificado
Este libro procede de bosques gestionados de forma sostenible
PEFC
PEFC/14-38-00305
www.pefc.es

A Martha Gellhorn, in memoriam

La guerra es el arte del engaño.

Sun Tzu

Es más difícil matar a un fantasma que a una realidad.

Virginia Woolf

Si no puedo bailar, tu revolución no me interesa.

Emma Goldman

He aprendido que la gente olvidará lo que dijiste, la gente olvidará lo que hiciste, pero la gente nunca olvidará cómo le hiciste sentir.

Maya Angelou

Todo era engañoso, como esas historias que se cuentan a los niños para que les brillen los ojos.

J. M. G. Le Clézio

1

Playas desde Sainte-Honorine-des-Pertes hasta Vierville-sur-Mer, Normandía

Una ráfaga de ametralladora alcanzó a la fila de soldados del lado derecho de la lancha antes de que lograran desembarcar. Seis de ellos murieron y otros siete fueron heridos de gravedad. Martha estaba a escasos metros, los oyó gritar mientras contemplaba las perforaciones en sus guerreras: parecían surtidores de sangre. A su alrededor, los proyectiles disparados desde uno de los búnkeres creaban columnas de agua. Martha revivía una pesadilla, esa imagen atroz era la misma que le había trastornado el sueño durante su traslado desde Estados Unidos hasta Gran Bretaña en un buque noruego. Pero esta vez era real. Estaba despierta y en medio del fuego de la guerra.

Sin embargo, al contrario de lo que le había sucedido en aquel carguero, el Harald Blåtand, entonces no sentía miedo. La embargaba otra emoción más poderosa: la furia.

Tomó la primera fotografía de quienes cayeron al mar sin llegar a pisar la arena. Después se quedó agachada, como si la muerte solo fuera capaz de pasarle por encima, hasta que la apremiaron a que desembarcara junto a los demás. Lo primero que vio mientras descendía por la rampa fue a varios jóvenes que explotaban en el aire. Sintió un aguijonazo en las tripas. Habían llegado desde muy lejos tan solo para morir.

Con el mismo uniforme, ella también pasaba por uno de aquellos muchachos imberbes, a algunos de los cuales ni siquiera les había cambiado la voz ni se les habían ensanchado los hombros.

Tenía ante sí la extensa playa rebautizada para la operación como Omaha Beach. El agua le llegaba hasta las rodillas. En cuanto vio con total claridad cómo salían los cañonazos de las casamatas tuvo ganas de sumergirse, pero en vez de eso reptó unos cien metros entre las inmensas zanjas en forma de uve y una alambrada de púas hasta llegar a la parte trasera de un pequeño montículo de piedras. Sintió en los bolsillos el peso de su equipo fotográfico y volvió a sacar su cámara.

Sabía que en aquella zona del Muro Atlántico los alemanes contaban con docena y media de nidos de ametralladora. Si la lucha hubiera sido cuerpo a cuerpo, habría fingido su muerte desde ese primer momento, pero no existía esa posibilidad. Las balas y las granadas no distinguían entre quienes aún respiraban y los que habían dejado de hacerlo. Del agua surgían los tanques anfibios como si se tratara de monstruos abisales. Muchos se hundían a los pocos metros de emerger.

Oía el ruido de los aviones aún invisibles mientras las tropas continuaban su avance. Giró la cabeza y vio el horizonte del mar con la línea ininterrumpida de acorazados. Algunos soldados saltaron de las lanchas demasiado pronto y se hundieron bajo el peso de sus mochilas. Registró con su cámara aquel mar bordado de metal y después enfocó las piernas de quienes avanzaban; cuando fue a cubrir el objetivo con la tapa, advirtió que había una mina adherida al obstáculo de madera que tenía delante: parecía la caja de herramientas de un carpintero. Si detonaba al pasar alguien, ella también saltaría por los aires.

La intensidad del fuego cruzado crecía. Los destructores se habían acercado tanto a la costa que Martha calculó que estarían a menos de una milla, a punto de encallar.

Ante ella, la vegetación que coronaba la duna la protegía de que la vieran de frente, pero de poco le servía porque los alemanes disparaban indiscriminadamente. Todas las imágenes de su alrededor le parecieron las de una película acelerada. Las manos le temblaban mucho y sentía mareos, pero aun así disparó de nuevo su cámara durante medio minuto sin mirar demasiado a dónde apuntaba. En cuanto la guardó para recuperar el aliento, un camillero pasó a su lado y, al reparar en la cruz blanca de su casco, la instó a que lo ayudara. Ella no tuvo más remedio que ponerse en pie, vaciló al sentir que perdía el equilibrio, pero enseguida comenzó a desplazarse como si quienes manejaban aquellas armas no pudieran verla. No sabía cuánto duraría su suerte. Mientras tanto, asía con fuerza las dos barras de metal de la camilla.

Por delante de ellos, los artilleros explosionaban minas para abrir camino mientras algunos aviones zumbaban al atravesar una y otra vez la aurora teñida de gris.

El enfermero dio un tirón a la camilla para que Martha se detuviera junto a un herido.

—¡Es un niño! —gritó ella cuando lo vio de cerca. Se había olvidado de que debía disimular su condición.

El camillero echó la cabeza hacia atrás, muy sorprendido al descubrir que quien lo acompañaba era una mujer, pero se rehízo de inmediato:

—No digas eso, podrías ofenderlo —le musitó—. Ha luchado como un hombre.

—Pero es un niño —repitió ella.

Martha le pasó los nudillos por uno de sus pómulos pálidos, recubierto de un sudor cristalizado en pequeñas gotas. Estaba inconsciente. Le recordó a los soldados que había visto años atrás, durante la guerra de España. Aquellos, también de aspecto infantil, que yacían en los catres de un hospital improvisado bajo los candelabros del hotel Palace de Madrid. Allí no había morfina y eso suponía que las enfermeras no tenían forma de aplacar sus alaridos. Esa imagen se le quedó grabada. Volvió a sentir el olor penetrante del éter mezclado con el de la col hervida frente a la escalera de mármol manchada de sangre. La misma sangre que había visto correr por las calles de Barcelona en dirección a los desagües tras dos días de bombardeos continuos sobre la ciudad a mediados de marzo de 1938.

Pasaban los años. Seguían las guerras. Otras guerras. Otros territorios. La misma muerte.

—Vamos a llevarlo a la lancha —le dijo el auxiliar sanitario y ella volvió con la mente allí.

Para acostarlo sobre la camilla, Martha lo cogió de las botas y el camillero de los hombros.

Parecía tan desvalido como si nunca hubiera recibido un abrazo. Se le pasó por la cabeza la idea de que procediera de un orfanato. Recordó un verso del poema *All Souls' Night,* 1917 (*Víspera de la Noche de Todos los Santos,* 1917) de su amiga Hortense Flexner que decía: «No hay ninguna llama que pueda calentarles».

En cuanto lo depositaron en el suelo de una de las lanchas, Martha se arrodilló en un extremo y comenzó a disparar de nuevo su cámara con los brazos alzados y sin apenas asomar la cabeza. Tenía prisa por recorrer con el objetivo los trescientos sesenta grados de aquel paisaje roto como una lámina de papel rasgada.

Otra lancha paró junto a la que ellos ocupaban.

—¡No sé nadar, no sé nadar! ¡Me ahogaré! —gritaba un soldado.

Martha tomó una instantánea de su rostro. Y también una segunda. Y otra más.

En aquel momento los buques de guerra dejaron de lanzar sus municiones desde el mar contra las posiciones alemanas. Oyó al camillero que le decía:

—Es muy difícil que les den a los objetivos sin cargarse a los nuestros. Por eso ha cesado el fuego. La lancha ya está completa. Nos vamos al buque hospital.

Martha fue consciente de que seguía con vida. Se marchaban, había cumplido con su propósito; solo le quedaba redactar su crónica periodística, con la que conseguiría hacer historia. El corazón se le acompasó con el motor de aquella embarcación, de forma que el ruido mecánico parecía amplificar su latido.

Antes de que comenzaran a alejarse de la costa, vio cerca de la orilla lo que se les había caído a los soldados durante su avance o cuando saltaron por el aire alcanzados por los disparos de los artilleros: paquetes de cigarrillos, biblias, libretas, cepillos de dientes, cuchillas de afeitar, espejos, cartas y muchas fotos. Retratos de personas y familias enteras que se encontraban muy lejos de allí, aunque parecían observar esa escena infernal desde la arena.

Fotografió algunos de aquellos objetos cotidianos antes de que la inmensa lágrima del mar se los tragara.

2

Canal de la Mancha

En la barca, Martha comenzó a temblar. Ya no era capaz ni siquiera de cambiar el rollo de película. Pidió permiso para coger una de las mantas secas que permanecían enrolladas en un rincón, las que se habían mojado se volvían después rígidas como madera, se arrebujó en la única con la que aún podía arroparse y se tapó hasta la cabeza. El ruido de la artillería alemana no cesaba. Uno de los militares que acompañaba a los camilleros dijo que, según la última transmisión por radio, más de doscientos guardabosques estadounidenses habían desembarcado en la Pointe du Hoc, a menos de medio kilómetro de allí, y que los combates se concentraban en el pueblo de Sainte-Mère-Église, donde habían aterrizado los paracaidistas la noche anterior.

Atrás dejaron cientos de muertos y el fuego de mortero que, por escasos metros, no los alcanzó, como había sucedido a la ida. Cuando ya se creía a salvo, vio como el soldado que reposaba en la camilla más cercana fue asaeteado por las largas astillas que, debido a una explosión, se desprendieron de la barca de al lado. Martha se llevó la mano a la boca y entonces notó un reguero de sangre que le manaba de la cabeza. Se recorrió aquella zona con temor hasta que un dedo se le hundió en el cuero cabelludo y, a continuación, tocó algo duro incrustado allí. Le pareció metálico. Una esquirla de metralla..., un trozo de acero candente...

El dolor.

Se disipó ante sus ojos la luz furiosa de aquella mañana y todo se volvió negro, denso. Perdió el conocimiento. Fue tragada por el vacío. Ya no pudo ver ni fotografiar nada más.

DOCE AÑOS ANTES DEL DESEMBARCO

3

Alpes bávaros, Alemania

Durante los días de 1932 en los que su mirada se llenó de lagos en Berchtesgaden, una de las principales ciudades de la región, muy cerca de la frontera con Austria, Martha Gellhorn oía de forma casi ininterrumpida la voz de Otto Mannheim, el atento anfitrión que, desde que recibió en el aeropuerto de Múnich al grupo de periodistas extranjeros del que ella formaba parte, no los había dejado ni a sol ni a sombra con la intención de que atendieran a lo que el partido tenía previsto que reprodujeran después en sus naciones. En vez de profesionales de la información, los trataba como copistas autómatas.

Los reporteros estaban alojados en una casa de vacaciones en las montañas, un *Gasthof* con vistas a los picos del macizo Watzmann. Martha pasó varias veladas a solas con Otto Mannheim ante la chimenea; hablaron de temas muy variados, incluso del sueño que él tenía de conocer algún día Tierra del Fuego en el sur de Argentina. «Ushuaia —le susurraba, como si el nombre de esa ciudad austral fuera un conjuro—: El fin del mundo y el principio de todo».

El oficial alemán era muy alto, tenía una elegancia innata, nada impostada, pero combinada con cierta rusticidad. En su rostro, los ángulos marcados y los rasgos más suaves se armonizaban. Sus ojos azul Prusia parecían ocultar, como tras un telón, mucho más de lo que mostraban. Sonreía de una forma amigable y misteriosa a la vez, como si entablara un continuo e íntimo combate entre la necesidad de expresarse y la introspección y reserva exigidas por su rango. En la piel tenía inscritas las huellas indelebles del sol y del aire que daban cuenta de su profundo amor por la naturaleza, con la que se fundía en todos sus estados, desde los ríos a los montes.

Durante los paseos por la plaza del mercado o la del palacio, cuando terminaba sus explicaciones se situaba siempre al lado de Martha. A los dos días de estar allí, ella tuvo la sensación de que buscaba su compañía porque quería transmitirle algo, pero que una vez tras otra se arrepentía de hacerlo.

A la reportera le desconcertaba que, a la vez que se mostraba como un irredento seguidor del nazismo, su erudición trasluciera numerosas lecturas y los conocimientos artísticos universales que había compartido con ella durante sus ya largas horas de charla; además, en un inglés casi sin acento. Martha atribuyó esa inmensa cultura a su herencia en forma de libros y otros privilegios que le había proporcionado su origen aristocrático. Otto Mannheim no había hecho ninguna referencia a esto, pero los periodistas lo averiguaron a través de sus contactos en el Gobierno alemán. Martha sabía que, sorprendentemente, él no era una excepción; a través de las entrevistas que había realizado antes de llegar allí, conoció a otros ideólogos del partido con un perfil similar.

Una mañana, tras subir una amplia escalera sobre una colina, visitaron la iglesia de Maria Gern. Martha se detuvo ante la puerta para observar las curiosas tejas teñidas de rosa de la ermita, hasta que Otto Mannheim la invitó a que pasara y, mientras el resto de sus compañeros admiraba las pinturas barrocas, se situó junto a ella ante el altar y le dijo de repente, de una forma acelerada y como si fuera otro hombre:

—Voy a involucrarme en un complot para atentar contra Hitler. —Pronunció esas palabras como si le pesaran mucho dentro.

Cuando levantó la cabeza y lo miró, los ojos de Martha eran iguales que los lucernarios de aquella nave. El océano de secretos que había atisbado en él comenzaba a desbordarse. Una vez más su olfato no le había fallado.

—Necesito mantenerme en contacto con usted. Tiene que ayudarme... por el bien... del mundo. —Otto Mannheim hablaba de forma entrecortada—. Déjeme sus señas. Si me descubren, puedo facilitar información a cambio de que su Gobierno me proteja. Como medida de seguridad. Sé que puedo confiar en... ti. —La tuteó por primera vez.

A Martha no le cupo ninguna duda: sería su confidente. Otto, que trabajaba muy cerca de allí y cuya intención era acercarse todavía más al mismo centro de poder del Reich, acababa de desvelársele como un opositor al nazismo.

UN MES ANTES DEL DESEMBARCO

4

Hollywood

Martha Gellhorn, desde una de las esquinas del estudio más grande de la productora Sunset Pictures, escuchaba a través del único teléfono los susurros apenas audibles de Otto Mannheim que atravesaban la vasta oscuridad invernal de Alemania hasta llegar a ella. Entonces no le hablaba de Ushuaia, su lugar fetiche, sino que le comunicaba que, por fin, había conseguido el trabajo que perseguía para cumplir con su objetivo.

—¿Ayuda de cámara? —A Martha aquel cargo le sonaba arcaico, propio de siglos pasados, pero su incredulidad no se debía a esa cuestión, sino a lo que suponía.

—Lo tendré siempre a tiro, Martha. Lo acompañaré en sus casas de Berchtesgaden, Berlín y Múnich, también en sus viajes. Cuando se despierte a mediodía, le llevaré los periódicos, pero junto a ellos también los informes recibidos. Eso será lo más importante. Podré rescatar de la papelera los borradores de las órdenes que escriba. Me han sometido a un juramento de confidencialidad. «Lo que se hable en la casa, no puede salir de ella. Y si no, ante la mínima indiscreción, atente a las consecuencias», me han dicho. —Otto no pronunció el nombre de su jefe en ningún momento—. No ha sido fácil, durante nada menos que doce años he movido muchos hilos hasta ganarme la confianza de su círculo más íntimo.

—¿Y si te descubren?

Otto miró la nieve que se acumulaba en el alféizar de granito rojizo.

—Habré muerto por algo que valga la pena, no todos pueden decir lo mismo. Mi misión es más grande que mi vida. Desde ambos bandos tenemos que contribuir a la liberación de Europa.

En Alemania se llevaba a cabo la Endlösung der Judenfrage o Solución Final para la cuestión judía, como se llamaba de forma críptica a ese criminal plan antisemita. Que los abuelos de Martha emigraran a América más de cuatro décadas antes había supuesto su libertad. Llegaron a San Luis desde Breslavia, en la Baja Silesia. De esa tierra mantenían costumbres como comer salchichas y patatas en su palco del teatro de la ópera. A Martha la enorgullecía que, en casa de sus padres, los invitados no se eligieran por el tono de su piel, y que, además, el doctor Gellhorn atendiera indistintamente a pacientes blancas y negras. Era el único de la ciudad que lo hacía. Tal vez porque era también el único ginecólogo judío y sabía de hostigamientos y persecuciones seculares.

Martha relacionó todo esto con lo conseguido por Otto. Ella quería imitarlo, lograr también la hazaña para la que se preparaba, pero en secreto.

—Mientras tú cazas al lobo, yo encontraré la manera de desembarcar con las tropas aliadas.

Tras estas palabras de Martha al agente de la Resistencia alemana, la comunicación se cortó y la enorme nave hollywoodense, donde con tanta profesionalidad se fabricaba la ficción, quedó en silencio.

En Berlín, en un piso oscuro a mitad de camino entre la Marienkirche y la Cancillería, tras el teatro Admiralspalast en una calle a la que se accedía a través de una galería subterránea, Otto se quedó con el auricular en la mano. Solo oía el crujido de la nieve abajo, delante del portal de su edificio, aplastada por las botas de un soldado de guardia.

Martha y él, a ambos extremos de un cable de nueve mil kilómetros, pensaron lo mismo: ¿les habrían interceptado la comunicación? Los dos estaban unidos en una lucha que, al sobrepasarlos, los agigantaba. Se situaban en la primera línea: ella para convertirse en los ojos de sus conciudadanos y Otto para contribuir a romper desde las sombras el yugo con el que el Reich sojuzgaba a millones de personas.

Los destinos anteriores de Martha como reportera en las guerras de España en 1937, de Finlandia en 1939 y de China en 1940 le inyectaron tal dosis de espanto que su rebeldía creció hasta abominar de cualquiera de las variadas máscaras con las que el poder se mostraba y ocultaba a la vez. Otto sentía lo mismo y tenía en sus manos acabar con la adversidad que arrasaba Europa; por ese motivo, para ella el agente alemán valía un imperio, pero de paz.

«Tengo que contactar cuanto antes con el general Harvey. Él es la pieza clave», se dijo aún con el auricular en la mano.

5

Sunset Boulevard, Hollywood

Martha Gellhorn y el general Harvey se conocieron en la piscina del Hollywood Athletic Club. Él nunca faltaba a su entrenamiento, ni siquiera la mañana siguiente al Día de Acción de Gracias.

Cuando el militar la vio, pensó que la habría dejado pasar el encargado del bar. Allí el acceso estaba menos controlado que en el resto de las instalaciones, de uso exclusivo para los socios, como el gimnasio y la sala de juegos.

Martha se situó ante Harvey y le dijo que escribía para el diario militar *Stars & Stripes* y que quería entrevistarlo. Durante aquel intercambio breve, ambos se midieron con la mirada.

—Tratándose del periódico del Departamento de Defensa, no puedo negarme —le dijo él mientras pensaba que, al menos, la reportera había tenido la delicadeza de esperar hasta que terminara sus largos.

—Estoy segura de que le resultará muy interesante nuestro encuentro. —Martha guardó silencio durante unos segundos, miró alrededor y después bajó la voz a pesar de que estaban solos—. Tengo cierta información...

—¿A qué se refiere? —le preguntó él mientras subía por la escalera metálica.

Pensó que con ese anzuelo había conseguido sacarlo del agua.

—Ya lo sabrá. —Martha le sonrió, y el sol de mayo todavía aumentó más su brillo contra las cristaleras.

—Se me ocurren pocos lugares más discretos que este —le dijo él tras colocarse una toalla sobre los hombros.

—No hace falta que le diga que, en ciertos asuntos, la precisión es lo más necesario.

Harvey pensaba que los ojos de Martha parecían las imágenes de un caleidoscopio, por los puntos dorados y radiales repartidos sobre sus iris verdes.

—¿Le va bien mañana a las seis en el vestíbulo de la Sunset Tower? —le preguntó ella.

—Allí estaré —le respondió el general mientras se obligaba a dejar de mirar su cinturón ajustado sobre la falda de vuelo.

Mientras Harvey se duchaba, Martha se dirigió a la cafetería y le dejó un billete al camarero sobre la barra.

—Hasta cuando quiera, señora Gellhorn. —Él lo aceptó con una gran sonrisa.

El general entró en el mismo lugar diez minutos después, y el encargado le informó de que Martha Gellhorn estaba muy enamorada de su marido, el escritor y periodista con más talento para él de toda su gran nación, Ernest Hemingway: «Un valiente, además. Todo lo que hace lo hace bien», le dijo.

Harvey miró a través de las paredes de vidrio que, para el camarero, convertían en transparentes las vidas de quienes aparecían por aquel club deportivo. Aún sin el uniforme, se bebió, como hacía siempre, un ponche de huevo, leche, nuez moscada, canela y brandi caliente. Y brindó por ella en silencio.

6

Martha ya lo esperaba cuando llegó al día siguiente a la hora en punto a la Sunset Tower, aquel edificio de tan ecléctica decoración, con sus famosos frisos de yeso de motivos vegetales entre los que asomaba un bestiario mitológico e incluso una representación de Adán y Eva. A estas figuras las sobrevolaban unos dirigibles, con sus barquillas bajo los globos, emblemas del progreso en la época de su diseño.

Tras chocarle la mano, ella volvió a sentarse en una de las butacas de cuero de aquel recibidor *art déco* que parecía no tener fin. Cruzó las piernas y abrió un cuaderno. Llevaba un vestido drapeado gris acero, unas medias de nailon y las ondas de su melena dorada perfectamente marcadas. A Harvey le produjo una impresión inmejorable. Igual que la víspera.

Mientras Martha sorbía con delectación un Martini blanco observó al general: los ojos negros y chispeantes, como si le rieran siempre bajo las cejas angulosas. Se fijó en su boca, una raya sin labios. Harvey tenía, en opinión de Martha, y como ya había podido apreciar en la piscina, lo que se llamaba «una gran prestancia». La palabra más acertada para definirlo físicamente era «vigoroso». En aquellos términos lo describiría en su entrevista. Pensó que la indumentaria elegida por ella para la cita tal vez le resultara a Harvey demasiado atrevida y que debió escoger un traje sastre anodino, pero más profesional. Enseguida alejó de sí esas inseguridades tan pueriles y comenzó su trabajo. En primer lugar le preguntó por el béisbol, el deporte que lo había hecho famoso durante su formación en la academia militar de West Point, donde había sido el jugador estrella.

Harvey, por su experiencia en estrategias de todo tipo, supo que pretendía romper el hielo. No dejó de sonreírle mientras le hablaba de la importancia de desarrollar los reflejos y la coordinación, de la necesidad de saber concentrarse para actuar con rapidez. Martha pensó que quien se muestra fascinante sin pretenderlo resulta doblemente atractivo.

—Eisenhower habla muy bien de usted, dice que es discreto, efectivo y de trato afable, tal vez porque lo compara con el general Patton.

El otro militar de alto rango era conocido por su mal humor y por las continuas salidas de tono con quienes lo rodeaban: tanto con sus subordinados como con sus superiores se comportaba de una forma grotesca, exagerada y muy poco oportuna.

Harvey no pensó en su colega del Ejército, sino en lo mucho que le gustaba la risa de Martha, una promesa a otro mundo mejor, radiante y siempre estival.

—¿Le halaga la alta consideración en que le tiene Eisenhower? —le preguntó Martha.

Ella sabía que a su promoción de West Point la llamaban «la clase sobre la que cayeron las estrellas» y que Harvey, que había sido compañero de Eisenhower, fue el primero de todos en obtener el grado de general.

Él advirtió enseguida su táctica de aproximación: primero, el béisbol; después, la opinión de quien estaba al mando en Europa. Pero no se quedó ahí. Martha le contó que, al igual que él, era de Misuri. El nombre de su estado le llevó a Harvey a pensar en lo que había cambiado su situación en poco tiempo. Entonces tenía en sus manos las vidas de muchos.

Como si quisiera recrearse en su nostalgia le dijo:

—Antes trabajaba en los ferrocarriles, era calderero. En la compañía Wabash. Recorría el centro de Estados Unidos.

—Pues es muy posible que coincidiéramos en algún tren cuando yo crucé el país entero para escribir sobre la Gran Depresión.

—Necesito no olvidar mi pasado —le dijo Harvey de una forma enigmática.

Hablaron de la campaña en los territorios del Gobierno de Vichy del noroeste de África y, tal como él esperaba, tras unos diez minutos de conversación, cuando consideró que tendría la guardia baja, intentó sorprenderlo:

—Las maniobras de distracción, la tramoya, los trampantojos, ¿eso también forma parte de la estrategia militar, o se dedica ahora al arte, general? —Martha decidió interrogarlo sobre lo que en realidad la había llevado hasta allí.

—«Contamos con el arte para que la verdad no nos destruya». —Se escabulló él con esta frase.

—Nietzsche —apostilló Martha.

Por suerte, en momentos como esos a Harvey le llegaba a la mente, de forma automática, la llave que le permitía salir de cualquier encerrona: una cita de otro.

—Alemán —añadió ella.

—Y tergiversado por el nazismo. Sobre el concepto del «superhombre» o «la voluntad de poder» no han entendido nada. Son unos bárbaros. Se olvidan de que Nietzsche hablaba de la moral y la espiritualidad.

Martha no quiso alardear de que había visitado la casa del filósofo en Sils-Maria en la región de la Alta Engadina suiza en 1932, durante el mismo viaje a Europa en el que conoció a Otto Mannheim. Pensó en él y en la arriesgada situación que viviría esos días en el refugio de las montañas junto al instigador de la bestia que devoraba Europa. Después volvió a prestar atención a las apreciaciones de Harvey sobre el nazismo.

—Los efectos de las ansias imperialistas de lo que ellos llaman el Gran Reich son como una apisonadora. Tenemos que detenerlos en nombre de la libertad.

—Tengo entendido que desde hace casi un año todos los agentes alemanes están doblados. Eso también ayudará. Es todo un triunfo.

Martha conocía el procedimiento a través del que eran captados por el servicio de inteligencia británico para que transmitieran informaciones falsas a su país; «vueltos del revés», se decía en la jerga de los servicios secretos.

Había muchas más cosas que Martha quería preguntarle a Harvey, pero no en su rol de reportera que, inevitablemente, ponía siempre en estado de alerta al entrevistado; necesitaba ganarse su confianza para llevarlo al terreno que le permitiera acercarse a la consecución de su objetivo.

Sus contactos en la Doble Cruz, una organización de los servicios secretos, le habían permitido conocer la insólita misión a la que acababan de destinar al general: se encargaría de dirigir The Ghost Army, el Ejército Fantasma, como habían decidido denominar las altas instancias al simulacro con el que debía conseguir engañar a Hitler, hacerle creer que las tropas entrarían en el continente por el Paso de Calais, mientras las maniobras reales se preparaban bastante más al oeste, frente a las costas de Normandía.

—¿Qué tal se le dan los trucos de magia, general? —preguntó Martha—. ¿Será fácil engañar a los bárbaros?

El general recordó las palabras del camarero del Athletic Club sobre Hemingway, el marido de Martha. En Hollywood todos se conocían y chismorreaban. Concluyó que ante ella era peligroso incluso pensar, así que decidió guardar silencio e intentó poner su mente en blanco para salvaguardar la información que almacenaba.

Como si le leyera el pensamiento, Martha le dijo:

—No voy a publicar nada de todo esto. Quédese tranquilo. Además, esta entrevista es una tapadera. No es necesario que continuemos. Ya me inventaré el resto. Estoy segura de que le gustará. Quiero algo de usted —le dijo a continuación—. A cambio yo voy a contarle en qué ando y me dice si hay trato. Imagino los comentarios que le habrán llegado sobre mí..., pero me da igual que piensen que soy una mujer veleidosa que vivo una vida bohemia junto a Ernie, que lo que nos llevó a la guerra de España fue solo afán de protagonismo. Muchos no me aguantan, prefiero que sea así antes que verme obligada a soportar a tanto pusilánime y a tanto inepto. Nada de eso me afecta porque tengo las ideas muy claras.

—No me he formado ninguna opinión sobre usted. Aún no he tenido tiempo.

—Sé que es inminente su traslado a Europa —le dijo Martha bajando la voz y después le habló de su relación con la Doble Cruz a través de Otto Mannheim.

Harvey pensó en las costas del norte de Francia, era consciente de que podía exhalar allí su último aliento, pero esa tarde en la Sunset Tower frente a

Martha Gellhorn apartó de sí esas reflexiones funestas para sumergirse en la bruma acerada del vestido de ella que se le ajustaba al cuerpo como la vaina al filo de una espada. Necesitaba muchos antídotos para enfrentar el miedo inconfesable que sentía. Volvió a escucharla:

—Todas las operaciones de la Doble Cruz las supervisa el Comité XX bajo la presidencia de John Cecil Masterman, un profesor de Oxford. En 1914, durante la guerra anterior, a este hombre lo internaron en un campo alemán, donde ganó un dominio perfecto del idioma de sus captores. Él es quien traduce a esa lengua los mensajes que envían.

A Martha se le opacó la mirada y a Harvey le pareció todavía más hermosa.

—El hermano de mi padre estaba recluido en el mismo lugar. Durante aquellos meses trabó con Masterman la amistad que yo he heredado. Mi tío, Moritz Gellhorn, no salió de allí. Nos dijeron que se había suicidado.

—Lo siento —se apresuró a decirle el general.

—A instancias de Masterman convencí a Ernie y a un par de guionistas para que inventáramos las biografías de unos agentes. Tenemos que hacer creer que la verdad es mentira, y la mentira, verdad. Lo mismo que usted. Así que estamos juntos en esto, general. A estos soldados imaginarios los hemos situado en Dover, adonde usted se dirige, y, además, bajo sus órdenes. ¿Entiende ahora por qué necesitaba que habláramos cuanto antes?

Su marido había aceptado aquel encargo como si se tratara de la escritura de un artículo más, aunque de contenido ficticio.

—Aquí le he anotado los nombres —le dijo ella mientras arrancaba una hoja de su libreta—. Glenn Connors y

Aldrich Merck. Para los alemanes, Glenn es conocido como Darling, y Aldrich, como Brandy. Que crean que existen es clave. Son un medio excelente para transmitir mensajes falsos desde su base —repitió las palabras de Masterman—. El primero es un operador de radio homosexual, al que presentamos como alguien siempre temeroso de un chantaje, y Brandy es un piloto alcohólico de la RAF que sabe que sus días de vuelo acabarán si se descubre su adicción. Les hemos creado personalidades muy completas, con sus luces y sus sombras. Y les hemos desarrollado también lo que llamamos la «leyenda» o el «histórico». General, no solo estamos en la misma guerra, sino en la misma operación. La Doble Cruz se encargará de hacer pasar por reales algunos de los artificios puestos en marcha por su Ghost Army.

«Glenn Connors, Darling, operador de radio homosexual, y Aldrich Merck, Brandy, alcohólico, piloto de la RAF», se repitió el general para sí.

—Viajaré a Dover —añadió ella— y me trasladaré desde allí hacia el oeste para desembarcar junto a las tropas aliadas. Seré los ojos de América.

Martha aparentó una seguridad que no era cierta porque conocía los rumores que circulaban por las redacciones de los principales periódicos estadounidenses respecto a que el Ejército se disponía a prohibir la presencia de reporteras de guerra durante la invasión de la Europa continental. Estaba convencida de que si el general intercedía por ella podría saltarse ese veto y también sus compañeras que estaban ya en Londres a la espera de la autorización.

—Señora Gellhorn, ¿me permitirá que la invite a cenar? Podemos contemplar el atardecer mientras tomamos un cóctel en la terraza. Le explicaré de esa forma y con calma por qué lo que acaba de plantearme no puede ser.

Harvey le lanzó esa proposición tras atravesarle la mente la misma idea tenebrosa que antes había logrado alejar: que tal vez aquel sería uno de los últimos ocasos que contemplaría, al menos en Los Ángeles.

—Cuánto lo siento —le respondió Martha enseguida—, me hubiera gustado cenar con usted, pero me espera mi marido para ir a una sala de fiestas. A él no le gusta mucho bailar, pero para mí es algo importantísimo, tanto como para usted el béisbol: coordinación, rapidez, ritmo y, lo más importante, diversión. Eso también nos salva de la verdad.

Con estas referencias, Martha volvió al principio de su encuentro.

Harvey concluyó que se había precipitado como un soldado novato.

En el taxi que la conducía a su casa, Martha valoró la cita con el militar. Solo se recriminó que haberse encontrado con él el mismo día que ya se había comprometido con su marido para salir había sido un enorme error de cálculo. Si hubiera podido alargar su conversación un par de horas más, habría supuesto un avance respecto a su intención de participar en el desembarco; incluso podría haber obtenido de él aquella misma tarde el permiso especial que la autorizase a formar parte del operativo, la misión con la que se proponía hacer historia. Para consolarse pensó que, como primer paso, no estaba nada mal, dadas las prisas con las que tras la llamada de Otto se había visto obligada a reunirse con él. No sentía ningún remordimiento por haber aprovechado aquella coyuntura. Estar siempre a la vanguardia la definía. Era muy consciente de que para alcanzar su objetivo también contaba con Masterman, el profesor de Oxford que fue amigo de su tío, y con Guinardó, un agente español que coordinaba a otros muchos. No le cabía duda de que entre los dos serían capaces de inventar algo lo suficientemente creíble como para justificar su presencia en las costas francesas a pesar de la prohibición del Ejército.

7

Boulevard Magnolia, Hollywood

Cuando Martha y su marido regresaron de la sala de fiestas aquella noche, ella consideró que era el mejor momento para compartir con él su decisión. Tras su entrevista con Harvey debía comunicarle cuanto antes lo que pretendía; no quería poner en riesgo su matrimonio.

Tal como esperaba, él estaba exhausto, pero también relajado y contento, por lo que pensó que no discutirían. Su marido era bastante bromista con todos. A Martha incluso le molestaba su excesiva proximidad a otras mujeres. Le constaba que la adoraba, de eso no tenía ninguna duda, pero a veces le cansaba su actitud excesivamente ligera, como si casi nada le resultara relevante o como si ya estuviera de vuelta de todo. Cuando Martha le recriminaba su frivolidad, él siempre le decía que no se trataba de eso, sino de capacidad de discernimiento, de saber qué era lo único que merecía la pena y la alegría.

Nada más encender la luz del salón, Martha lanzó sus zapatos de medio tacón al aire, se sentó en el sofá y, con varias palmadas sobre la tapicería, lo invitó a que hiciera lo mismo. Cuando lo tuvo al lado, le apartó el flequillo ya con algunas canas que llevaba cortado igual desde que asistía a la escuela, lo miró a los ojos con la tranquilidad que le proporcionaba su sonrisa y le dijo:

—Ernie, necesito tu ayuda para acreditarme y que me envíen a Europa ahora que hemos terminado el encargo de la inteligencia británica de escribir sobre los espías falsos. Les hemos inventado unas vidas mucho más creíbles que las nuestras. Todo está consignado, hasta la marca de la ropa interior que usan cuando visten de paisano. Se nota que se te da bien crear personajes.

—Sí, hemos hecho un buen trabajo.

—Como siempre que colaboramos. Gracias a nosotros, el Comité XX dispondrá de material para confundir a los alemanes durante semanas. Querían a los mejores para poner en marcha este ardid y nos han tenido. Ahora ya somos libres, al menos en lo que respecta a esto. Quiero irme.

Su marido la abrazó.

—Pero yo necesito que estés aquí, a mi lado en América, veinticuatro horas al día cuando sea posible. Soy famoso, se pegan por mis crónicas. Qué necesidad hay. Estamos tan a gusto, Marthy...

Desde el jardín entraba en el salón el aroma del azahar mezclado con el de varias hierbas aromáticas.

Martha pensaba en lo mucho que quería a aquel hombre, tan creativo que parecía infinito; la fascinación que sentía por él antes de conocerlo se convirtió en rendida admiración desde la primera vez que hablaron en el bar de pescadores Sloppy Joe, en Cayo Hueso, al sur de Florida. Cuando poco tiempo después él le propuso que lo acompañara al infierno, ella no se lo pensó dos veces.

Que tras regresar de España disfrutaran de tan buena vida, se debía, en gran parte, a la capacidad de Martha para administrar los ingresos de ambos, con los que pagaban, entre otras muchas cosas, el alquiler de aquella casa de estilo mediterráneo. Ella lo hacía por inercia, como una costumbre heredada, no porque tuvieran ninguna necesidad de ahorrar.

—¿No eres feliz conmigo? Quiero verte, comer contigo, tenerte en mi cama... Para eso nos casamos. Ya sufro bastante tus ausencias de ahora, no quiero imaginarme qué sería de mí si duraran más. Si murieras en la guerra... No podría sobrevivir a eso. —La besó en el cuello y descendió hasta su pecho—. Estás bien aquí, pero quieres ir a meterte en la boca del lobo. Ya tuvimos bastante, ahora que vayan otros. Tampoco se trata de ser el perejil de todas las salsas, aunque a veces lo parezcamos.

Martha insistió:

—En España me decías que era muy necesaria la manera tan humana en la que reflejé la guerra. Todo eso y que mis artículos palpitaban como si, en vez de tener las palabras como materia prima, estuvieran compuestos por el mismo tejido de quienes aparecían en ellos. Así he creído que valorabas siempre mi trabajo.

—Y lo sigo valorando. Mantengo cada frase que dije.

—Sé que fuiste sincero, que no lo dijiste para halagarme, para conquistarme. Pero por eso mismo te lo recuerdo. Más que agradecerte por haberme aconsejado muy bien, lo hago porque siempre me has animado a escribir.

—Martha, temo por tu vida. Creo que es bastante sencillo de entender. Sé que no puedes olvidarte de Gerda Taro. Yo tampoco.

Esas palabras sumergieron a Martha en la misma tristeza atemporal que sentía cuando la mencionaba algún conocido suyo o leía en la prensa cualquier referencia a la fotógrafa alemana, como si el accidente volviera a ocurrir cada vez. Quiso tanto a su compañera que sentía sobre sus propias tripas una y otra vez las cadenas del carro de combate que la aplastó.

—Yo ahora no puedo marcharme de nuevo. Necesito estar aquí para ver qué hacen con mis novelas. Quiero estar al pie del cañón, o más bien de la cámara. Sam Wood me hizo caso y salió bien la adaptación anterior. —El marido de Martha se refería al director de cine—. Lo mismo quiero que pase con esta. Faulkner está escribiendo el guion. Esa ya sería una gran garantía por sí sola, salvo si le da por la experimentación. No puedo quitarle el ojo de encima. Sé que me entiendes. Quédate, me encargaré de colmarte de dicha. —Se paró a servir un trago para ambos—. He sabido en cada momento qué era lo mejor para los dos, confía en mí, Mookie. —Él la llamaba muchas veces así, con ese apelativo del que ella nunca supo el origen.

Martha siempre había considerado que era muy importante ayudarlo, por ese motivo quería que él también se implicara en lo que pretendía llevar a cabo. Así entendía el matrimonio, como la suma de los esfuerzos de ambos, aunque también advirtió que él no había llevado del todo bien ser solo su acompañante cuando cuatro años antes la enviaron a China por un encargo de la revista *Collier's*.

Después llegaron los nuevos viajes de Martha con destino a los conflictos de Finlandia, Singapur, Birmania y la región francesa de Bretaña. Había sido corresponsal de *Collier's* en todos los frentes de la guerra, por eso no podía soportar que el Estado Mayor aliado decidiera no permitir a las mujeres acreditarse como reporteras ante una de las batallas más determinantes de la historia.

Rememoró todo aquello durante la fiesta, una buena noche de bailes y copas, y también en medio de los silencios de su conversación en el salón. Llevaba casi cinco años junto a Hemingway, aquel hombre que la había seducido con su ingenio, su talento, su indiscutible brillo literario y su buen humor, y al que no quería perder, ni quería pasar a la historia como sus dos esposas anteriores.

Cuando se disponía a recordarle sus promesas, se giró hacia él, pero comprobó que su marido se había quedado dormido en el sofá. Roncaba de un modo que la hizo sonreír, «especialmente cetácico», pensó. Le alborotó el flequillo, cogió la manta que había sobre un revistero y lo arropó con ella.

8

Cuando su marido abrió los ojos a la mañana siguiente, vio a Martha a su lado. Sobre la mesa baja había dos tazas de café enormes. Nada más darle los buenos días, le dijo, como si las horas anteriores hubieran sido tan solo un instante:

—A veces me da la impresión de que no estás preparada para disfrutar de tu felicidad.

Ella, bastante más despierta, le replicó enseguida:

—Sí que lo estoy, pero mi forma de vivir no tiene nada que ver con la de muchos en Hollywood, tan... superficial. Es el lugar más provinciano que he conocido. Aquí solo hay tres formas de comportarse: triunfar, aparentar que se triunfa hasta que el éxito es real y, si no sucede así, esconderse. El fracaso apesta. «Vales tanto como tu última película». Las recaudaciones de cada producción se filtran como si fueran la única seña de identidad. Y tú también estás en esto.

—¿A quién no le gusta vivir bien?

—No me refiero a eso. Solo digo que es muy triste ver cuando alguien es apartado socialmente. Los demás miran para otro lado, como si nunca hubieran conocido a esa persona. Dejan de invitarlo a fiestas o, si es quien la organiza, nadie va y, a la mañana siguiente, en vez de reportajes a doble página en las revistas, todo es silencio.

De aquel lugar a Martha solo le interesaba que le sirviera de altavoz para lo que quería contar.

—Es el precio que debemos pagar, Mookie. Tienes que relajarte. Esa educación tan estricta que tuviste... Te inculcaron el perfeccionismo.

—Sabes lo mucho que significas para mí. Ayúdame con esto, por favor. Te enamoraste de una mujer intrépida, ahora no puedes cortarme las alas.

Él se incorporó.

—Eres muy cabezota. Lo que me importa no es que vayas, sino que regreses. Si estás decidida, yo no puedo quedarme aquí. Creo que lo mejor será que pida mi acreditación también por si acaso. De todas formas, respecto a que te autoricen no te hagas ilusiones, ya sabes que hay rumores de que no van a dejar que participen mujeres en el desembarco.

A Martha no se le iba aquello de la mente.

—Vamos a ser prácticos —añadió él—. Por lo que pueda suceder, creo que lo mejor es que consiga dos credenciales, una como periodista y otra como fotógrafo. ¿Qué te parece? Les diría que necesito que me acompañes en calidad de ayudante. Si están de acuerdo, claro. En esas condiciones es más probable que te dejen estar allí.

—Claro, y a la hora de firmar los artículos, seguro que solo permitirán que figures tú.

—Pero serías testigo y siempre podrías publicar algo por tu cuenta...

Martha estaba convencida de que la prensa no se saltaría las disposiciones del Ejército, pero de momento aquello ya era algo. De todas formas, estaba decidida a conseguir un pase que le permitiera llegar hasta la primera línea, y el camino para ello era el general Harvey. «Paso a paso», se dijo. Su primer objetivo, llegar a Londres, sí que podría lograrlo a través de la revista en la que colaboraba. Después se organizaría con sus compañeras destacadas ya en la capital británica para que presionaran junto a ella en esa misma dirección. No precisaba que nadie le guardara las espaldas, pero le estaba agradecida a su marido por su cambio de actitud.

—Mañana llamaré a los de *Collier's* a ver qué dicen —le propuso él.

Ambos habían sido colaboradores fijos de la publicación en muy diversas ocasiones.

Martha se calzó las zapatillas con pompones rosa que él le había regalado en su último cumpleaños y sonrió para disimular que estaba molesta.

9

Distrito de Hollywood Hills West

Aquella mañana el general Harvey había reunido a los ochenta y dos mandos de su unidad en Laurel Canyon. Pertenecían a la oficina de Planes Especiales, adjunta al cuartel general del 12.º Grupo de Ejércitos de Estados Unidos, y estaban ya listos para el traslado a Europa.

Después de saludarlos con una educación que, en aquellos tiempos, muchos sentían ya como desusada, dijo:

—No podemos permitirnos ningún tipo de indiscreción, si tan solo uno de nuestros hombres se va de la lengua lo pagaremos todos muy caro. Ustedes, caballeros, tienen que aleccionarlos, un solo desliz supondría la pérdida de muchas vidas humanas, y ya saben aquello de que por un clavo se perdió una herradura, por una herradura un caballo y por ese caballo la guerra. Tenemos que extremar las medidas. Ni siquiera puedo transmitirles los datos geográficos exactos de las operaciones relacionadas con la invasión, tan solo les informaremos de lo que necesiten saber en cada momento. Por el bien de todos.

Harvey sabía ser muy persuasivo, tanto que estaba seguro de que el efecto de lo que les acababa de decir equivalía a estamparles un sello rojo y rectangular con la palabra «Confidencial» en la frente sin necesidad de amenazarlos.

—Ahora les entregaré los permisos para que se diviertan un poco antes de nuestra marcha.

Los ochenta y dos hombres que tenía ante sí asintieron. Él pensó en el verdadero significado de aquellas palabras y en la posibilidad, tan real, de que para muchos fueran sus últimas horas en América.

10

Folkestone, sudeste de Inglaterra

Una vez en Europa, el general Harvey alquiló una casa en Folkestone, un municipio costero frente al canal de la Mancha, con la intención de alejarse cada día durante unas horas del campamento de Dover, situado a unas ocho millas de allí. En aquel lugar se habían refugiado muchos civiles que huían de los ataques aéreos en Londres y otras ciudades, aunque allí también llegaron las bombas alemanas, sobre todo los misiles V-1, que acabaron con el agua, los alimentos, las medicinas, y que también destrozaban simultáneamente el ánimo y la fortaleza de quienes enfrentaban aquellas largas y aciagas jornadas sin electricidad e incluso sin luz natural durante el día porque debían esconderse en sótanos, túneles o búnkeres en cuanto sonaban las sirenas. Una vida de ratas asustadas.

En medio de todo aquel caos y destrucción, nada más llegar, Harvey hizo todo lo posible por conocer cuanto antes al sargento Copping.

—He oído hablar de su hazaña —le dijo en cuanto lo tuvo frente a él.

Aquel hombre había demostrado un enorme valor al salvar a todos los niños de una escuela en llamas.

—Cualquiera hubiera hecho lo mismo. No tuvo tanta importancia. ¡Era imposible quedarse de brazos cruzados ante algo así!

Mientras lo escuchaba, Harvey recorría con los ojos las cicatrices de la ciudad.

—No nos queda otra que seguir adelante —le dijo Copping.

Él no sabía de dónde sacaban algunos hombres tanto coraje.

Después hablaron de la encomiable labor de la Cruz Roja y del Ejército de Salvación. «Ángeles de alas desplegadas», pensó.

Harvey sabía que para dirigir con tino la operación militar encomendada necesitaba centrarse por completo en su cometido y, de esta forma, compensar otras carencias, las cualidades militares que, a su entender, le faltaban. Pero desde que dos semanas antes conociera a Martha Gellhorn, había encontrado una nueva energía, se recreaba en la reportera con demasiada frecuencia: en su risa, en cómo había logrado desconcertarlo con su personalidad y también con sus revelaciones. No dejaba de darle vueltas a lo que ella le contó respecto a los agentes fantasma. Dos de sus hombres tendrían que hacerse pasar por los ficticios Darling y Brandy según las indicaciones del servicio de inteligencia británico (MI5) que ella le había transmitido. Cualquier error implicaría más complicaciones en aquel terreno pantanoso donde no resultaba nada fácil desenvolverse porque casi nunca nadie contaba con toda la información. No había imaginado a la periodista en aquellos menesteres, pero dado el conflicto en el que se hallaban inmersos, tampoco le extrañó. Eran muchos los que colaboraban de una forma u otra con el Ejército y los servicios secretos.

Harvey no solía dispersarse, para él la lealtad consistía también en encontrar el modo en el que sus tropas corrieran los menos riesgos posibles. Era imprescindible que The Ghost Army cumpliera con su objetivo. La idea era construir una ficción y hacerla pasar por algo real, tal como hacían con las películas en Hollywood. El arte del engaño. La estrategia incluía decorado y actuaciones. Un pequeño grupo de soldados simularían ser el grueso de las tropas aliadas y pondría sus vidas en riesgo para atraer la atención del Ejército alemán mediante sofisticados trampantojos. Como dispositivo, debía ser algo espectacular y convincente. El alto mando de la Wehrmacht tenía que llegar a creer que los aliados cruzarían el canal de la Mancha desde el condado de Kent por Calais, el paso más cercano a Francia. De esa forma, los tanques de Hitler se desplazarían hacia ese lugar mientras el desembarco real se producía por las costas de Normandía.

Harvey oyó desde su terraza el potente silbato de una locomotora de la Bluebell Railway y, aquel sonido lo llevó a otro tiempo, a los años anteriores a su ingreso en la academia militar, cuando había sido ferroviario.

Enseguida volvió a la realidad de Folkestone, miró la esfera color caqui de su reloj con la estrella blanca del Ejército de Estados Unidos estampada en el centro. Era uno de los que más usaba. Estaba obsesionado con el tiempo, como si poseer los artefactos que lo medían le permitiera desentrañar su mecánica y ajustarlo al cariz de sus vivencias.

Fumaba al sol, sentado en un banco de madera bajo el porche y frente al mar. Orientaba su cara a un lado y a otro con los hombros echados hacia atrás. No quería perderse la caricia de un solo rayo.

Desde su casa veía una parte amplia del puerto, y, en el

otro extremo, The Leas, los acantilados de arena verde y arcilla dura. Frente a ese paisaje Harvey sonreía como si tuviera motivos. Una prueba más de lo que había alterado su vida la irrupción de Martha Gellhorn. «Nuestro héroe más real», esa frase con la que la reportera tituló su entrevista lo remitió a Copping. «Yo no he hecho nada todavía», se dijo. Precisamente que hubiera utilizado el adjetivo «real» tenía mucho que ver con el cometido de ocultar el operativo del Ejército Fantasma. Ella había cumplido con su palabra, en aquellas dos páginas no había una sola afirmación al respecto ni sobre cualquier otro tema sensible, aunque aquello no suponía ninguna sorpresa para Harvey, debido a que la censura militar no le hubiera permitido publicar nada que fuera en otra línea. Le seguía dando vueltas a su petición: que le firmara el permiso para llegar hasta las costas de enfrente y unirse a las tropas contraviniendo la decisión del alto mando.

En aquel momento sonó el timbre. El general había invitado a cenar a su casa al teniente Fairbanks, el famoso actor que, además, era militar. Este llamó de una forma muy peculiar. Harvey pensó que tenía la capacidad de convertir siempre en algo artístico lo más mínimo y vulgar.

Cuando alargó el brazo para coger el whisky escocés que le había llevado, desde el umbral de la puerta aún abierta, vio un coche funerario que se alejaba.

—Han tenido a bien traerme de camino al cementerio —le dijo Fairbanks a manera de aclaración—. Los muertos ya no tienen ninguna prisa.

Esas acciones también eran muy propias de su teniente.

—Esta botella... —le dijo a continuación.

—Sí, ya lo sé. Famous Grouse. Parece un milagro, un espejismo, pero es real. Además de mirarla, incluso podemos bebérnosla.

Douglas Fairbanks Jr. llevaba un bigote muy bien recortado que reproducía de manera exacta la forma abultada de su labio superior, tenía una mirada serena y magnética y se peinaba de forma que un par de rizos oscuros le caían entrelazados sobre la frente. Tenía entonces treinta y cinco años, dos menos que Harvey, y, a diferencia de él, una mujer que lo esperaba en Estados Unidos junto a sus dos hijas.

Contar con quien consideraba su mano derecha le aportaba a Harvey mucha seguridad de cara al operativo. Ambos miraban en la misma dirección hombro con hombro, aunque provenían de mundos muy distintos. Antes de la guerra, Fairbanks ya había actuado junto a Katharine Hepburn, Greta Garbo y otras actrices en más de una docena de películas, pero en aquel mayo de 1944 lo destinaron a Europa como a tantos otros miles de estadounidenses desde el 7 de diciembre de 1941, la fecha en la que Estados Unidos entró en la guerra. Cerca de allí estaban también Glenn Ford, Henry Fonda y el actor británico Alec Guinness, que servía en la Royal Navy. Otros compañeros del teniente Fairbanks como William Holden, Burt Lancaster y Mickey Rooney desarrollaban su cometido en la Unidad de Entretenimiento. «Más estrellas que en el cielo», decía él en tono de broma.

Fairbanks y Harvey coincidían en casi todo, excepto en lo que cada cual pensaba sobre otro actor y militar: el británico David Niven. El teniente le tenía mucho aprecio, pero Harvey consideraba que Niven no había actuado bien en un asunto delicado: la estratagema para fingir que el general Montgomery se hallaba en el norte de África.

Al actor inglés le encargaron que encontrara a quien debía hacerse pasar por Monty, como lo llamaban, y a todas luces era una evidencia que no había acertado en la elección de la persona que debía suplantar al general británico, porque el doble se comportó de una forma catastrófica. No dejaba de beber y fumar, algo que Montgomery no había hecho nunca.

Harvey le había dicho a su teniente días atrás:

«Se va a descubrir el pastel por la ineptitud de ese australiano. Toda cadena es tan fuerte como su eslabón más débil, y este energúmeno parece que es nuestro talón de Aquiles. Se llama Meyrick Clifton James, y si lo eligieron para esta misión es solo porque es amigo de tu amigo, el coronel David Niven. Ahí estuvo el fallo, en el origen».

Fairbanks le replicó que cuando terminara la guerra se encargaría de que nadie lo contratara en Hollywood.

«Eso si salimos de aquí, porque su desastrosa colaboración puede abocarnos a lo contrario —insistió Harvey—. Me dijeron que el avión que lo llevó a Gibraltar tuvo que dar vueltas durante una hora antes de aterrizar para que se le pasara la borrachera. Parece que llevaba escondida una botella de ginebra en su equipaje. Lo único que tenía que hacer era dejarse ver allí todo lo posible para que los alemanes no sospecharan que Montgomery está en el sur de Inglaterra preparando las maniobras del desembarco. No era una misión demasiado complicada».

Fairbanks sabía que en la amistad que le demostraba Harvey también pesaba mucho que él contara con la más alta consideración del Departamento de Defensa desde que demostró su pericia en la puesta en marcha del programa Beach Jumper, con el que había simulado numerosos desembarcos anfibios. Con aquellas maniobras consiguieron lo mismo que entonces les ocupaba en Dover: distraer la atención del Ejército alemán de los puntos de entrada reales en el continente. Harvey y él, bajo las órdenes del general Patton, tenían que seguir en esa línea para engañar a la cúpula militar del Gobierno nazi. Para ello, el mayor recurso con el que contaban eran los mil veintitrés hombres que componían su unidad; debían simular que el lado británico del canal de la Mancha a aquella altura estaba plagado de tropas preparadas para cruzar a Francia. Un acto de prestidigitación con el que pretendían multiplicarse y simular que atravesarían aquellas aguas.

A sus hombres, Fairbanks y él los reclutaron de varias escuelas de artes y oficios como el Columbia College de Hollywood, el Art Center College of Design y otros centros del resto del país. Aquellos soldados eran técnicos de sonido, expertos en efectos especiales, cámaras, fotógrafos, guionistas, arquitectos, carpinteros, escenógrafos, meteorólogos, dibujantes, maquilladores; incluso contrataron a ilusionistas. Junto a ellos trabajaban varios agentes de prensa y publicidad. Querían que la puesta en escena resultara por completo creíble. Tenían entre manos una superproducción de Hollywood, con un inmenso plató, pero no para fabricar ficción y que así se percibiera, sino para hacerlo pasar todo por real.

Entre otras funciones, los actores de la unidad, para quienes el teniente Fairbanks era un ídolo, debían frecuentar los bares de las localidades vecinas y fingir que eran oficiales de alto rango. El operativo contenía otras muchas disposiciones.

A todo aquello, desde su entrevista con Martha Gellhorn en la Sunset Tower, deberían añadir a los dos agentes imaginarios. Necesitaban decidir quiénes entre sus hombres serían los encargados de dar vida a aquellos señuelos.

Mientras todo esto ocupaba la mente de Harvey, Fairbanks advirtió que, sobre una mesa, había un número del diario *Stars & Stripes* abierto por las páginas en las que aparecía el artículo de Martha sobre él.

—¿La conoces? —le preguntó Harvey.

Fairbanks soltó una carcajada y después le dijo:

—*Et tu, Brute?* ¿Tú también, Bruto? —Se tapó la cara con los brazos como si interpretara a Julio César. Recordaba ese gesto de cuando, siendo estudiante, representó la tragedia de Shakespeare. En la escena en la que Bruto, en compañía de otros senadores, lo rodean para asesinarlo, el político y militar romano se cubre el rostro con la intención de resguardarse la cara de las puñaladas para que, una vez embalsamado, no aparecieran sus marcas en ella.

—Plutarco escribió en *Vidas paralelas* que no le dio tiempo a decir nada —le replicó Harvey esgrimiendo una vez más su vasta cultura.

—No hablábamos de la antigua Roma ni de arte dramático. Te preguntaba si tú también, Harvey.

—Yo también ¿qué?

—En el reino dorado de las actrices, la que concentra la mayor parte de la atención masculina es una periodista. ¿Cómo te explicas esto?

—No me parece ningún misterio. No tiene la voz chillona ni los ademanes impostados. Es sagaz, ocurrente y...

—¿Y? ¿Una beldad? Tú también, Harvey, tú también. No hay duda de que has caído petrificado bajo su influjo.

Harvey decidió aprovechar la ocasión para indagar:

—¿Qué sabes de ella?

—Su vida a estas alturas da para una enciclopedia. Eso sí, te lo contaré mientras cenamos, me rugen las tripas.

La señora Maddison, la sirvienta que Harvey había contratado para que trabajara allí junto a su esposo, les sirvió la comida y ambos enmudecieron. Ella los miró como si se tratara de dos niños en la mesa de un comedor escolar. El general le sonrió en señal de agradecimiento por sus continuas atenciones.

En cuanto la mujer los dejó a solas de nuevo, Fairbanks reanudó la conversación:

—Parece que Gellhorn no lo ha pasado demasiado bien. Son muchos los que no soportan que sea tan... intelectual. Un compañero suyo la llamó «marisabidilla» y la encañonó con una pistola porque le había pisado una exclusiva. Parece que hay otro tipo de batallas más cotidianas que las nuestras. Ella primero lo denunció, después retiró los cargos y pidió que lo despidieran, pero él siguió en su puesto. A ti y a mí, Martha Gellhorn nos lleva varias guerras de ventaja. Estuvo en la de España, en Asia después... Respecto al amor, parece que ha encontrado la horma de su zapato. Ella y su famoso marido son tal para cual.

Harvey no pudo evitar que esas últimas palabras de su teniente lo desazonaran.

11

Hollywood-San Luis-Nueva York

A Martha le resultó muy difícil despedirse de Hemingway, pero debía adelantarse para que todo saliera como esperaba. Echaría de menos su risa, sus salidas nocturnas, sus bromas, su camaradería y, en general, su manera despreocupada de verlo todo. Él le prometió que se encargaría de los trámites necesarios para obtener las acreditaciones de ambos y que esto les permitiría reunirse en Londres. Entre sus colegas de profesión eran muchos los que ya habían emprendido ese camino.

Cuando Martha cogió un taxi en la primera calle que cruzaba el Magnolia Boulevard, no dejó de mirar a los lados durante el trayecto, recreaba algunos instantes en los que había sido muy feliz a pesar de sus primeras prevenciones respecto al ambiente de aquella ciudad. Recordó su encuentro con Hemingway en una fiesta fastuosa tras la primera conversación que habían tenido en Cayo Hueso. Se habían saludado junto a una fuente de *champagne* mientras sonaban éxitos de Louis Armstrong, Benny Goodman y Duke Ellington. Él se interesó con una amabilidad extraordinaria por su recorrido vital desde que salió de la orilla derecha del río Misisipi a su paso por San Luis y su llegada a Los Ángeles.

Martha le dijo que de su ciudad natal no soportaba, por encima de todo, dos cosas, y que el humo del carbón que envenenaba el aire era la menos importante; lo otro... Después de estas palabras Martha se acercó a uno de los invitados a aquella fiesta que amonestaba a un camarero.

—¿Qué problema tiene con él? —le preguntó.

—No sabe llevar bien la bandeja.

—¿Y usted sí? Creo que si aún repara en esos detalles es porque no está lo suficientemente borracho. Tal vez sea eso lo que le moleste.

Hemingway se echó las manos a la cabeza. Cuando estaba a punto de interceder, oyó que el hombre soltaba una carcajada.

—Tal vez tenga razón, puede que sea eso.

—Y que el camarero es negro —masculló ella.

Lo «otro» que no soportaba era eso, justamente, el arraigado racismo que impedía la convivencia en cualquier lugar: restaurantes, cines, colegios, autobuses... Los negros por un lado y aquellos a los que se consideraba de «raza caucásica» por otro. Le herían estos comportamientos segregacionistas como hija y nieta de judíos alemanes que era. Abominaba de cualquier forma de discriminación.

Hemingway la cogió de la cintura y la llevó hasta la pista de baile. Martha le dijo:

—Veo que quieres desactivarme.

—Exactamente.

—¿Acaso no estás de acuerdo conmigo?

—Siempre estaré de acuerdo contigo.

A Martha le gustó que él se mostrara como un cómplice. Era lo que más necesitaba. Alguien con quien verlo todo desde el mismo lugar.

En ese momento en el taxi, Martha solo llevaba una bolsa de cuero con lo imprescindible para pasar varias semanas fuera de casa. No sabía aún cuántas serían. No fue directamente a Washington, sino que se detuvo en San Luis para visitar a su familia. No quería pensar que tal vez aquella podía ser la última vez que estuviera con ellos.

Comprobó que su madre seguía igual de activa, participaba en todas las causas sociales que le resultaba posible. Luchaba desde el comité que presidía para conseguir que las clínicas fueran gratuitas, para que se redujera el humo de las fábricas y para que se prohibiera el trabajo infantil. Edna Fischel había sido, además, una de las fundadoras de la Liga de Mujeres Votantes.

El padre de Martha tenía cada vez más pacientes en su consulta desde que comenzaron a acudir las mujeres negras. Sus hermanos se habían convertido en lo que se esperaba de ellos, hombres rectos, aunque, por suerte, no exentos de un gran sentido del humor. Sabía que todos ellos sufrirían durante el tiempo que durara su presencia en el frente, pero también que respetarían su decisión, como habían hecho siempre.

Les rogó que no la despidieran en el aeropuerto, quería salir sola de su ciudad sin tener que desprenderse de sus abrazos momentos antes de partir.

Dos días después, mientras esperaba en la terminal de San Luis el vuelo que la llevaría hasta Washington, se vio a sí misma como una delincuente a punto de cometer un acto prohibido, porque así era según los militares que se proponían negar a las mujeres su presencia en la primera línea de combate. Le daba igual, tal como tenía previsto se reuniría en Londres con las demás corresponsales de guerra. Y también con su marido.

Nada más llegar, Martha, con una insistencia que ella misma consideró vergonzosa, comenzó a implorarle a su amigo Roald Dahl, agregado aéreo de la embajada británica en Washington, que le consiguiera un billete en el vuelo del Ejército que partiría de allí con destino a Londres, pero él le respondió que no permitían mujeres a bordo. Cuando lo amenazó con presentarse a pie de pista, lo único que él le dijo fue que la orden era inflexible. Para no perderla de vista, la convocó a una reunión en su despacho de aquel mismo aeródromo que pretendió alargar hasta que el avión despegara. La elección del lugar fue un error porque Martha localizó a través de la ventana la nave a la que deseaba acceder. En cuanto Dahl lo advirtió, comenzó a observarla con preocupación.

—Sí, es ese avión, pero no vas a subirte —intentó detenerla.

—Todo ha ido muy bien entre nosotros hasta que te he pedido un favor, el único.

—Quieres exponerme a un consejo de guerra. No puedo saltarme las órdenes, Martha.

—Eres un sádico, Roald, me has hecho venir aquí para regocijarte con esta escena, para disfrutar viendo cómo me desespero.

—Solo velo por tu seguridad. Dame tiempo. Irás allí, pero de otra forma mejor.

Martha no soportó su calma.

—¡Sabes que eso es mentira! ¿Qué quieres? ¿Que llegue cuando todo haya acabado?

—Sé que tu intención no es detenerte en Londres, por eso no puedo permitir que vayas más allá, al menos vía aérea.

A través del cristal, Martha vio cómo un empleado del aeródromo agitaba los brazos junto a la aeronave para señalizar la maniobra de despegue, los demás se alejaron nada más retirar la escalerilla. Ella cogió su bolsa de cuero del sofá de la entrada de aquella oficina y echó a correr por el pasillo, bajó los escalones de dos en dos y salió a la explanada. Roald Dahl no la siguió, se limitó a mover la cabeza de un lado a otro. Un minuto después vio como dos de sus hombres sacaban a Martha de las instalaciones, la llevaban en volandas mientras ella pataleaba en el aire. En diagonal a ella, el avión con rumbo a Europa se elevaba y describía en el cielo la línea que tachaba la posibilidad de su partida.

12

Nueva York-Londres

Tras desplazarse a Nueva York y pasar los siguientes días buscando cómo llegar al otro continente, Martha solo dio con el Harald Blåtand, un barco noruego que, junto a varias toneladas de dinamita y más municiones, llevaba también vehículos anfibios y cincuenta sacas de correspondencia. Logró que la aceptaran a bordo a cambio de su absoluta discreción y muchísimo dinero. Su marido tampoco había sido capaz de proporcionarle otra alternativa. Vio en el muelle el buque en el que cruzaría el océano, medio oxidado, tan inseguro como el caparazón de un escarabajo muerto. Sería la única pasajera. Sabía que era muy arriesgado que aquel barco navegara sin escolta, pero también estaba al tanto de que algunos protocolos se habían modificado debido a las prisas con las que, por fin, había comenzado a prepararse el desembarco. El miedo no podía formar parte de su equipaje, debía lanzarlo por la borda.

Durante la travesía tuvo que limitarse a pasear y escribir en la cubierta para no permanecer encerrada en su camarote durante horas, donde dormía muy mal, asaltada por continuas pesadillas en las que un torpedo lanzado desde un submarino alcanzaba la nave. En sus sueños, las columnas de agua ascendían y las estelas parecían trazar sobre el océano siniestras esvásticas alrededor del barco; era muy posible quedarse a la deriva tras algo tan habitual como rozar con el cascarón la carcasa flotante de una mina que dañara el motor o las calderas. Junto a la tripulación, Martha saltaba a uno de los botes salvavidas, pero nadie respondía a sus señales de socorro. Cuando se despertaba agitada, lo primero que sentía era una mezcla contradictoria de satisfacción por verse allí con destino a Europa y rabia por tener que viajar en aquellas condiciones.

La tripulación no desperdiciaba ninguna oportunidad para reírse de ella, a veces a sus espaldas y otras muy a las claras. Le lanzaban el agua de los barreños a los tobillos cuando fregaban cerca o se recriminaban unos a otros que hubiera una mujer a bordo, algo que para los marineros supersticiosos invocaba la mala suerte.

En medio de aquello, era consciente de su «destino histórico»; dependía de la resistencia que fuera capaz de demostrar en aquel barco para enfrentar los desafíos que se le presentaran durante el viaje. No lo tenía fácil, pero nunca lo había sido nada en su vida. Pasó su infancia compitiendo con sus hermanos, a pesar del apoyo de sus padres, que nunca habían hecho distinciones entre ellos, precisamente porque consideraban que no formaba parte de una educación adecuada otorgarle ventajas a ninguno. Respecto a su marido, lo imaginaba decaído al volver de los estudios de la Metro-Goldwyn-Mayer y encontrar la casa vacía, sin nadie a quién contarle cómo se había desarrollado aquella jornada de rodaje. «Seguramente saldría a beber», pensaba Martha. Él se había convertido en una extensión de su voz interior, alguien con quien compartir sus pensamientos y la manera de aplicarlos. Aunque le había dejado muy claro que hubiera preferido que no se marchara, lo honraba el hecho de que a pesar de sus reticencias aceptara. Si el plan de Hemingway fallaba, contaba con la otra opción que había ideado: convencer a Harvey de que le firmara su ansiado permiso, pero para ello primero tenía que llegar a Gran Bretaña.

En el barco sentía que siempre la espiaba alguien, pero ese viaje significaba para ella una experiencia singular, que después escribiría: no podía equipararse a lo que hubiera sido cruzar el Atlántico en la cabina de un avión. Su profesión la sentía como un compromiso ineludible y continuo en el que no cabían excusas. Esto se contaba en sus horas bajas. Tenía que relatar lo único que de verdad importaba en cualquier conflicto: las vidas humanas, esas historias pequeñas, como las llamaban otros que creían que sus propias biografías estaban a la altura de sus egos hipertrofiados. Martha tenía en mente a muchos de sus compañeros periodistas con los que había coincidido en viajes anteriores e incluso, aunque le doliera reconocerlo, a su marido.

Las cosas cambiaron en la embarcación noruega cuando decidió tomar cartas en un asunto muy desagradable: no soportaba el maltrato al que algunos miembros de la tripulación sometían a un marinero afeminado, así que le dijo al capitán que ella necesitaba un ayudante, aunque no le especificó para qué, y que debía contratarlo. Adujo determinadas directrices de su oficio y le prometió que hablaría muy bien del desempeño de quien era la máxima autoridad del buque en un artículo que estaba preparando para publicar cuando acabara la guerra.

También se dedicó, para aliviar el tedio de la navegación, a conversar con algunos de aquellos hombres, los que le resultaron menos hoscos, y se interesó por saber el nombre de sus mujeres e hijos, cuáles habían sido sus aventuras anteriores, de dónde procedían, y les pidió que le relataran algún naufragio. A partir de entonces los vio de otra forma y ellos a ella también.

Durante el escaso tiempo en que el barco recaló en el puerto de Liverpool estaba dormida, solo se despertó cuando por fin entraron en el Támesis desde el mar del Norte. En los Docklands, Martha vio los restos de una refinería bombardeada y, más adelante, en contraste con esa imagen detenida de destrucción, el ajetreo frecuente de las maniobras de estiba, como si la guerra solo sucediera de noche. Por la información a la que había tenido acceso sabía que en aquel lugar los ataques se habían intensificado durante las últimas semanas. El Ejército alemán quería debilitar la capacidad industrial y naval británica y, a la vez, aterrorizar a la población.

Martha estaba dispuesta a no dejarse amedrentar por nada. Se despidió de su improvisado asistente y, mientras le entregaba algunos billetes, le dijo:

—Estarás más seguro en tierra firme. Al menos tendrás la posibilidad de correr y esconderte, en un barco no hay escapatoria.

Martha llegó a Londres con el aspecto de un deshollinador, pero prefirió bajar así del buque y tomar un taxi en el puerto para cambiarse de ropa después, tras una ducha.

13

The Dorchester Hotel, Londres

El conductor la dejó en menos de media hora ante aquella fachada curva, como de medialuna, del 53 de Park Lane. En la terraza ondeaba por triplicado la Union Jack; era lo único que le aportaba algo de vida a ese mazacote de cemento.

Necesitaba que sus compañeras ya se hallaran allí para que, entre todas, pudieran poner en marcha su propuesta.

Los servicios de noticias de la prensa extranjera habían elegido aquel hotel para alojar a sus corresponsales por las garantías que ofrecía frente a las bombas, terremotos e incendios su construcción de hormigón armado sin pilares. Así lo publicitaban en los folletos que enviaban a las agencias de las principales capitales del mundo. Los dueños del Dorchester alardeaban de que la Luftwaffe solo había alcanzado a romper los cristales de unas cuantas ventanas.

Siete años antes Martha también se había hospedado allí cuando pasó por Londres en su última parada antes de llegar a Madrid para escribir sobre la guerra desde la primera línea de fuego. Desde entonces hablaba español con una fluidez asombrosa, aunque no de forma tan correcta como el francés, el idioma que había aprendido durante sus años de estudio en San Luis. Gudrun, su institutriz austriaca, le había enseñado algo de alemán, muy poco porque sus padres la despidieron pronto debido a algunos peculiares métodos pedagógicos con los que los asustaba a ella y a sus hermanos. Respecto al inglés de los británicos, necesitaba siempre habituarse a algunos términos y a los cambios gramaticales para hablar con sus entrevistados.

Cuando Martha entró en el vestíbulo, el estilo *art déco* le recordó su encuentro con Harvey en la Sunset Tower de Hollywood. Observó las columnas a ambos lados, los frisos a la entrada, los faroles de forja dorada colgados del techo, los sofás revestidos de una seda verde que producía un efecto acuoso y las cortinas en las paredes, incluso donde no había cristaleras. «Suelo pompeyano antes de la erupción», pensó Martha al bajar la vista. Era el mismo hotel, pero tocado por la guerra. Ella también había cambiado. Igual que le había sucedido en Madrid, sentía como una herida el disparate que suponía aquel dispendio de las agencias de noticias internacionales en contraste con el hambre que padecían los londinenses. Entre los huéspedes más ilustres del Dorch, como lo llamaban todos, estaba Eisenhower, quien había convertido varias habitaciones de la segunda planta en su cuartel general. En cuanto lo supo, Martha comenzó a armar en su cabeza el plan para acercarse a él y ver de qué manera podría ayudarla en la consecución de su propósito.

El resto de los alojados eran sobre todo artistas, aristócratas y empresarios; la administración se refería a ellos como «cerveza mixta».

Después de confirmar la reserva, subió a su habitación. En la bañera el agua le eliminó capas de tiempo. Se vistió con uno de sus trajes de chaqueta y sintió que volvía a ser ella.

Aquel cuarto le pareció asfixiante con su recubrimiento de moqueta en todas partes menos en el techo. Las butacas, las cortinas y los almohadones tenían el mismo estampado ocre y salmón. Los muebles eran de una madera muy oscura, solemne, y las lámparas tenían como pie un búcaro de vidrio ahumado. La guerra había avejentado el lujo del Dorchester, todo parecía mantenido milagrosamente, como si en cualquier momento pudiera deshacerse y desaparecer, convertirse en cascotes y polvo por la acción de lotería de las bombas. Martha sintió claustrofobia, no quería reconocer que era producto del pánico. Solo la calmaba mirar desde la ventana sobre la copa de los árboles de Hyde Park.

Bajó a la cafetería dispuesta a reunirse con sus compañeras. Con su previsión habitual, les había enviado telegramas al Dorchester antes de partir de Estados Unidos para fijar la cita aquella tarde. En tiempos de guerra la puntualidad de las acciones se extremaba, era vital para que las maniobras culminaran con éxito. Por suerte para ella, los submarinos alemanes no atacaron el Harald Blåtand y había podido llegar a Londres la mañana del día previsto.

En el vestíbulo del Dorchester, Martha observó las chaquetas sucias de los camareros y del resto de personal, y agradeció el privilegio que suponía contar con una pastilla de jabón sobre la repisa de su bañera. Vio enseguida a Mary Welsh, con sus inseparables gafas de sol de pasta negra que entonces llevaba sobre el cabello a modo de diadema. Estaba sentada en una de las butacas de lo que parecía una sala de espera multiplicada veinte veces.

Martha admiraba a Mary como profesional, pero la compadecía en lo referente a su vida privada. Estaba casada con un millonario, Lawrence M. Cook. «Sí, mi marido es un hombre aborrecible que posa para los fotógrafos de prensa con otras mujeres como si fueran trofeos de caza», le había dicho a Martha en alguna ocasión.

«Si elegiste tu destino, debes tener la fuerza suficiente como para cambiarlo. La vida es un caballo del que hay que sujetar bien las riendas», le replicó ella entonces.

«¿Sabes cuál fue mi gran suerte, Marthy? Que se cruzara en mi camino el barón Beaverbrook. Él me salvó. A mí y a muchos, no en vano lo apodan el Aristócrata Proletario porque su periódico, el *Daily Express,* es el más leído por los obreros de todo el mundo. Es todo un logro conseguir que lean los que antes no lo hacían, ¿no te parece?».

Aquel hombre había contratado a Mary en cuanto supo de su existencia. De esta forma, ella tuvo una buena coartada para alejarse de la humillación pública que le suponían las frecuentes infidelidades de su esposo, quien además la llamaba «carroñera» por dedicarse a informar sobre los conflictos bélicos, y se burlaba de lo que él describía como su «sonrisita de suficiencia». Martha la sentía muy cerca, pertenecían a una misma especie profesional, la de las incomprendidas.

—¿Cómo te va, querida? —le preguntó mientras la abrazaba.

Cuantos la conocían y apreciaban sabían que era una reportera honesta y la mayor trabajadora entre todos los que se encontraban allí. A Martha le gustaba especialmente que tuviera un porte tan distinguido siendo hija de un leñador de Minnesota. Aquello decía mucho de ella, de la manera en que había decidido mostrarse a los demás.

—Bien, muy bien, si es que se puede decir eso en medio de una guerra. Ahora me reparto entre las oficinas de *Time, Life* y *Fortune.* Estoy al tanto de todo. Así que pregunta. ¿Qué quieres saber? Imagino que ya te habrás enterado de la prohibición. Las mujeres solo en la retaguardia. Eso dice la orden.

Escuchar esa noticia de boca de su compañera le produjo a Martha un efecto mayor que el esperado. Había supuesto que sería cuestión de días que se hiciera oficial, para eso había redactado la carta que quería mostrarles.

—Eso ya lo veremos.

Martha había pedido que les sirvieran el té. Cuando se llevó a la boca el pan que lo acompañaba, porque ya no servían pastas, le pareció que estaba amasado con arena, y la mermelada de moras le supo a betún. Apartó el servicio y atendió a su compañera, que le decía en aquel momento:

—Cuando necesites descansar de todo esto... —Mary miró alrededor y varios hombres levantaron sus copas como si fuera una coreografía—, ven a mi casa, he alquilado un apartamento en el centro, cerca de aquí, en el 31 de Grosvenor Street. Allí también podrás alojarte con comodidad; además, yo paso la mayor parte del tiempo fuera. No tendrás que soportarme. —Se rio—. Y, bueno, también podríamos colaborar. Lo mismo te digo respecto a mi casa de Nueva York.

Cuando Martha iba a agradecerle su invitación, alguien se les acercó.

—Hola, preciosas, ¿puedo invitaros a algo?

Era Ronald Town, un periodista del que solo sabían

que hasta aquella fecha había escrito de cine y boxeo para el periódico *San Antonio Express-News* de Texas.

—Estamos trabajando, Ronnie —le dijo Mary.

A Martha no le cupo ninguna duda de que si Mary se había dirigido a él con un diminutivo era para subrayar su comportamiento infantil, pero también sabía que a él le daría igual o que incluso lo interpretaría como una muestra de afecto.

Entonces se acercó a ellas Ruth Cowan Nash, la reportera de Salt Lake City.

—Ya ha llegado el azote de Al Capone —bromeó Martha.

Ruth se había hecho muy famosa después de publicar una crónica sobre el juicio celebrado contra él. En los círculos periodísticos se celebraba su arrojo y su sagacidad. Durante una de las audiencias contra el gánster, ella notó que cojeaba cuando iba por el pasillo central de camino a la sala y le preguntó si estrenaba zapatos. Aunque aquello le hizo gracia incluso al acusado, Ruth, abrumada por su repentina popularidad, comenzó a firmar la mayoría de sus crónicas para *United Press* con el seudónimo masculino Baldwin Cowan. Esto le rebajaba la presión. Lo hizo así hasta que descubrieron que aquel hombre no existía, y el mismo ejecutivo que se había acercado *ex profeso* hasta la redacción de la agencia para elogiar su talento la acabó despidiendo.

A Martha y a Ruth las había presentado Eleanor Roosevelt. La mujer del presidente siempre se refería a ellas como a dos de sus favoritas.

Martha se interesó por su estado, le dolía mucho recordar lo que a su amiga le había sucedido en Argelia el año anterior.

—Aquí estoy, intentando olvidarme de África. Un clavo saca otro clavo, como dicen.

Martha sentía en carne propia lo que le había pasado a Ruth. Esa era también una de sus definiciones de la amistad.

Entonces intervino Mary:

—Ese canalla de Wes Gallagher te tenía mucha inquina, ver lo bien que desempeñabas tu oficio seguro que le revolvía las tripas. —Mary se refería al director de Associated Press en el norte del continente africano—. Por eso te expuso de esa manera, quería librarse de ti de forma definitiva. Es un criminal. Con los testigos que hubo, no sé por qué no lo denunciaste. Bueno, sí que lo sé.

Ruth se encogió de hombros. Había llegado dos meses antes a Inglaterra temblando de miedo aún.

—Ahora escribo sobre los preparativos del WAC para el desembarco.

Tras esta referencia al Women's Army Corps, oyeron a un par de colegas:

—Chicas, nos trasladamos al bar, seguidnos. Necesitamos que nos hagáis la velada más agradable. Quién sabe si mañana seguiremos vivos.

Ellas tres los ignoraron y, como si aquella interrupción no hubiera tenido lugar, Ruth continuó:

—Me enteré de que Cooper había contratado a algunas compañeras nuestras y le escribí.

—¿Kent Cooper, el director general de la Associated Press? —preguntó Mary.

—Sí, comencé mi carta diciéndole que era mujer, como si esa aclaración fuera necesaria. Sé que captó mi ironía y aquello me hizo ganar bastantes puntos ante él. Estoy a gusto en la agencia. No está mal, pero no todos los subordinados de Kent son como él. Algunos me insisten en que redacte desde un punto de vista femenino. Así lo llaman, aunque creo que ni ellos mismos saben a lo que se refieren. Mis compañeros se salieron con la suya, se libraron de mí porque me mandaron a Washington para que me encargara de la sección de Sociedad, pero gracias a ello conocí a Eleanor y a través de ella a Martha. No hay mal que por bien no venga —dijo mientras sonreía.

14

Londres

En cuanto llegaron Helen Kirpatrick y Lee Miller, las dos periodistas que faltaban, salieron las cinco a la calle. Los árboles rodeaban el Dorch y el resto de los edificios. Bordearon el parque hasta el Library Bar, el establecimiento al que llamaban el Museo Líquido porque en sus estanterías se alineaban coñacs del siglo XVIII.

Se habían visto obligadas a salir del Dorchester para huir de las continuas interrupciones de sus conocidos y, además, porque a ella le pareció más prudente que continuaran en aquel pub a salvo de las miradas de los otros periodistas y de algunos de los militares que se alojaban allí.

—¿Nos dejarán entrar aunque no vayamos acompañadas de ningún varón? —preguntó Helen Kirpatrick, la jefa de la oficina del *Chicago Daily News* en Londres. A pesar de su cargo, había tenido que oír en demasiadas ocasiones que era mejor que se quedara allí en vez de acercarse al frente porque, como mujer que era, no podría excavar letrinas.

La fotógrafa que había llegado con ella, Lee Miller, se había movido cámara en mano entre las ruinas que quedaron tras los bombardeos, fue quien captó con mayor detalle la devastación que dejó tras de sí el Blitz, como se llamaba a los ataques relámpago de la aviación alemana sobre el Reino Unido, pero, a pesar de eso, la habían expulsado de aquellos lugares de la misma manera que a otras de sus compañeras.

—Nos echaron a pique, nos llamaron cangrejos de caparazón blando, como si nosotras fuéramos las únicas que resultáramos vulnerables en esa situación. —Lee exageraba sus gestos al hablar y movía excesivamente las manos y todo el cuerpo. Además, su determinación y el alcohol, a partes iguales, hacían que sus ojos brillaran mucho.

Antes de coincidir con ella, Martha ya la consideraba una leyenda. Acreditada por *Vogue,* había triunfado con su serie de retratos de las mujeres del servicio naval y de las pilotos.

El enorme hándicap que Lee había tenido que enfrentar era su belleza. Su físico fue siempre también su maldición; primero la llevó al mundo del modelaje, donde fue la más cotizada durante años; aparecía en carteles, portadas de revistas y anuncios publicitarios. Sin embargo, todo cambió cuando una fotografía suya se publicó en un anuncio de tampones sin su consentimiento. Aquello marcó el fin de su carrera estelar, ya que quedó asociada a estos productos y fue tachada de ordinaria y obscena.

Martha siempre había encontrado una contradicción impactante en esta historia: que la sangre menstrual generaba más repulsión que la que se vertía en la guerra. Sin embargo, de aquel desafortunado episodio surgió algo positivo para Lee. Comenzó a trabajar con Man Ray, el fotógrafo que se burlaba de los convencionalismos y las mojigaterías. Juntos pasaron un tiempo muy productivo en París hasta que Lee decidió acreditarse para cubrir el conflicto en Francia, motivada por todo lo que había presenciado. Ese viraje en su trayectoria se produjo cuando fue incapaz de soportar el ensañamiento con los más inocentes.

En una sastrería de la calle Savile Row del elegante barrio de Mayfair en Londres, se hizo entallar el uniforme militar. Aquel gesto también daba cuenta de su lucha constante entre el rechazo y la aceptación de su cuerpo y de su rostro, a veces sentía vergüenza y otras alardeaba de su silueta y de sus rasgos.

«Para definir su atractivo habría que inventar un diccionario entero», decían de Lee. Pocos sabían que la fotógrafa era en realidad una sobreviviente. Bebía desde niña, desde el mismo momento en que comenzó a cortarse el pelo ella misma y a usar solo pantalones porque se sentía más protegida por esa prenda cerrada. Solo a Martha le había contado que aquellos comportamientos comenzaron tras ser violada cuando tenía siete años por un conocido de la familia quien, además, le contagió una enfermedad venérea que casi la llevó a la tumba. Su padre consiguió que superara aquel trauma con un método muy sorprendente: fotografiarla desnuda para que no odiara su cuerpo.

Al lado de Lee, Martha, a pesar de su casi metro ochenta, su melena rubia ondulada y sus rasgos finos, se sentía como una versión por mejorar, algo así como un prototipo anterior a Lee. En cuanto se sentaron en torno a una de las mesas del Library, dejó de pensar en estas cuestiones y les dijo a las demás:

—Está claro que tendremos que seguir batallando contra la misoginia. Que pretendan dejarnos fuera no podemos permitirlo. Quiero leeros la carta que escribí temiéndome que sucediera esto y, si estáis de acuerdo, la firmamos.

Helen Kirpatrick, quien tenía una mayor autoridad entre ellas, asintió aunque no estaba muy convencida del alcance de aquella acción.

—Todas sabemos que nos consideran una molestia irritante. Solo falta que nos apliquen pomada como si fuéramos una erupción cutánea —dijo Ruth Cowan.

Martha se aclaró la garganta y reprodujo en voz alta el contenido del texto que había redactado:

> Antes que nada, deseo señalar que ninguna de las que abajo firmamos, por una cuestión de responsabilidad con nuestros semejantes, la humanidad entera, desempeñaría su trabajo si no supiera cómo hacerlo. Lo nuestro no es un pasatiempo, sino una profesión. En nombre de la libertad de nuestros ciudadanos y del honor de las mismas tropas aliadas, más que preocuparnos, nos duele que algo tan evidente se ponga en duda y que nuestras acciones deban contar con el beneplácito de nuestros superiores cuando nuestros colegas hombres publican de forma casi automática sus crónicas, fotografías, artículos, reportajes..., todo lo que quieren siempre que la censura militar lo permita, ese es su único límite, pero en nuestro caso se añade el continuo cuestionamiento de nuestra inteligencia, criterio y saberes en general, a lo que se suma algo todavía más humillante por superficial.

Mientras leía este párrafo, Martha pensó en la cantidad de encargos a los que había accedido de forma indirecta porque su marido o alguno de sus compañeros había renunciado a ellos, o cuando le recriminaban años atrás que no sabía manejar ningún arma. Cuando aprendió a disparar, le decían que lo hacía mal o incluso, cuando demostraba su precisión, que había acertado de casualidad.

También era curioso que, cada vez que a alguna de ellas les publicaban algo, lo celebraban como si esto no formara parte de su trabajo.

Volvió a concentrarse en la lectura de la carta:

> Los comentarios sobre nuestro aspecto, el diámetro de nuestras cinturas, pechos o caderas, la longitud de nuestro cabello, el color de los ojos o de la piel..., estas apreciaciones no solo las realizan a nuestras espaldas; prueba de ello, de que no se ocultan al calificarnos, es que muchas de nosotras sabemos los motes con los que nos denominan. Como consecuencia de lo anterior, sufrimos un trato condescendiente que se evidencia en una forma de tratarnos que no se corresponde con nuestra edad adulta, sino que expresa un hiriente paternalismo. No necesitamos ser censuradas *a priori* bajo el pretexto de la protección, sino contar la vida sin cortapisas. En resumen, ejercer nuestro oficio tal como lo hacen nuestros compañeros. Que nos tomen en serio. Nosotras también nos jugamos la vida.
>
> Por todo esto, pedimos que se nos permita acreditarnos para dirigirnos al sur de Inglaterra y después a Francia para relatar de primera mano lo que allí sucederá.

En cuanto llegó al final, Martha les preguntó su opinión.

—Dice lo que todas pensamos, ni más ni menos —respondió Mary Welsh.

—Es una carta perfecta. Solo falta que quieran entenderla —dijo Lee, que terminaba su tercer cóctel.

—Pensar en lo que otros cobran sin salir de sus madrigueras también me revienta. —Ruth reflexionaba en voz alta.

—¿La firmamos entonces? —preguntó Martha—. He mecanografiado tres copias: mañana enviaré una al Cuartel General Supremo de la Fuerza Expedicionaria Aliada en Londres.

Bastantes años atrás, cuando Martha escribía en el *Albany Times Union,* tenía que visitar con frecuencia la morgue debido a que se encargaba de la sección policial. Aquellas truculentas noticias que se veía obligada a redactar tampoco acallaban los continuos comentarios de sus compañeros sobre sus piernas ni impedían que la llamaran el Peligro Rubio. Aquello le caló, pero tampoco la llevó a dudar de que había nacido para ese oficio. Fue así desde los primeros artículos para *The New Republic,* su largo recorrido por el oeste de Estados Unidos, después con su traslado a París tras firmar un contrato con United Press y, a su regreso, con la publicación en 1936 de su libro *The trouble I've seen* (*El problema que he visto*), la febril redacción de las crónicas sobre la Gran Depresión, producto de aquella travesía por su país ante la mirada de tantas gentes desposeídas de todo: ancianos, mujeres, niños, granjeros, funcionarios, policías, obreros y campesinos que le contaron cómo sobrevivían a duras penas tras el hundimiento de la economía.

Helen Kirpatrick mostró su escepticismo, pero Martha insistió:

—Saldrá a la luz porque voy a mandar otra copia a *Collier's.*

Helen volvió a intervenir:

—Creo que sería más fácil que se publicara a través de tu agencia, Ruth; Kent Cooper será más receptivo a distribuirla a través de Associated Press.

—Está bien —dijo Martha—, pero la tercera copia la guardaré yo para que no nos digan más adelante que esta petición nunca existió.

Helen temía que aquella acción se volviera contra ellas, que las marcara en su vida profesional y que sus derechos se vieran aún más recortados, pero a pesar de eso también firmó.

—Peor que estamos ya no podemos estar —dijo.

Después de que cada una de ellas estampara su rúbrica, Martha guardó la carta y los duplicados en su bolso y las invitó a que brindaran tras contarles el plan que había urdido con su marido para que no pudieran negarle su acreditación, y se interesó por lo que haría cada una de ellas.

—Esperemos que consigamos algún avance —dijo Martha. Confiaba en que no todo fueran negativas como la de Roald Dahl.

Entonces entraron en The Library Bar algunos de los corresponsales con los que antes se habían cruzado en el hotel y las llamaron por sus nombres a modo de saludo.

Mary dijo:

—¿Habéis advertido que a los reporteros los llaman por sus apellidos? En eso también se evidencia que el trato es siempre diferente.

De nuevo, como en el Dorchester, los ignoraron tras saludarlos de forma rápida.

Había más de mil corresponsales de guerra en Europa repartidos en muchos enclaves, «bajo las negras alas del fascismo», como había descrito el avance de la política de Hitler, André Malraux, el escritor y político.

La señora Kirpatrick dijo entonces:

—Hace poco escribí sobre otra curiosidad, por llamarla de algún modo. Ya llevo un tiempo observando que, en los diálogos del teatro, del cine o de las novelas es habitual que un hombre interrumpa a otro, que un hombre interrumpa a una mujer, pero que una mujer interrumpa a un hombre... Ese ya es otro cantar. Si eso sucede en alguna acción, puede que sea porque se trata de la última de su protagonista. Analizadlo y veréis.

—Cosas así nos tienen que animar aún más —dijo Martha—. Volveremos a vernos en las costas francesas. Tenemos que conseguirlo como sea.

Helen, Mary y Ruth alzaron sus copas para brindar de nuevo. Lee estaba con la cabeza sobre la mesa. Cuando Martha miró al fondo de la barra, vio a un hombre de espaldas y sintió un escalofrío porque pensó que se trataba del general Harvey. Se levantó y, cuando estuvo a medio metro, él se dio la vuelta y la miró. El rostro de aquel desconocido era otro. Ella no pudo ocultar la decepción y tartamudeó una disculpa mientras volvía a la mesa junto a sus compañeras. Permaneció de pie para ayudar a Lee a incorporarse y, con ella apoyada sobre su hombro, porque el alcohol que había ingerido no le permitía mantener el equilibrio, emprendió el camino de regreso.

15

The Dorchester Hotel, Londres

Cuando todas las reporteras menos Mary Welsh, que se marchó a su casa, entraron en el vestíbulo, vieron a un par de periodistas que gritaban desesperados y corrieron hacia ellos. Martha ayudó a Lee a sentarse en una butaca y les preguntó qué había sucedido, pensó que se trataría de algún asunto relacionado con la guerra, pero uno de ellos le respondió muy airado que una conocida editora de revistas, la duquesa de Westminster, se había hecho preparar un pastel con los ingredientes que había conseguido en el mercado negro y que se lo había comido ella sola, sin invitarlos.

Martha estuvo a punto de soltar una carcajada ante aquella trivialidad. Se había alarmado al oír las maldiciones y en ningún momento se le ocurrió pensar que aquellos exabruptos los proferían por una tarta, pero se le mudó el gesto cuando supo que quien le había obsequiado a la *socialite* británica aquella mercancía, tan valiosa entonces, era la actriz Gertrude Lawrence. Le dijeron que había llegado a Londres en el mismo vuelo que Roald Dahl le había prohibido abordar a ella. Eso la enfureció.

Gertrude era tan famosa que la canción *Nymph Errant* (*Ninfa errante*) de Cole Porter iba dedicada a ella. También había sido pareja artística del teniente Douglas Fairbanks. Gertrude se había empeñado en transportar en un cartón sobre su falda una docena de huevos para sus amigos de la capital británica alegando que pasaban mucha hambre, como si aquella fuera una acción práctica. No llegó ninguno entero.

Martha acompañó a Lee a su habitación y se fue a la suya, donde comenzó a escribir otra carta dirigida al cuartel general del alto mando aliado en la que pidió explicaciones por el hecho de que Gertrude Lawrence sí que hubiera podido tomar aquel vuelo.

Le respondieron dos días después mediante un telegrama que tenía permitido ocupar una plaza en la aeronave porque era muy necesario que entretuviera a los soldados desplegados en la orilla inglesa del canal de la Mancha, tras haber sido contratada para esa misión oficial por la Entertainments National Service Association. En el lenguaje del cable: «Señorita Lawrence autorizada. Misión entretenimiento. Contrato ENSA».

Abominó de Roald Dahl. Tras su mentira respecto a que las mujeres no podían formar parte de aquel pasaje, cuestionó también todas las aventuras que su amigo le había relatado sobre sus años en África desde que se había marchado a trabajar para la compañía petrolera Shell en Dar es Salaam. Él le había hablado de los leones que encontró durante su trayecto hasta Nairobi como si se tratara de insectos. Dudó también de que tuviera la pericia de la que tanto se vanagloriaba para manejar los viejos cacharros Gloster Gladiator. Estaba tan enfadada que llegó a desear que no hubiera salido del desierto en el que cayó con su avión tras quedarse sin combustible.

La abochornó recordar la cena en la que conoció a Dahl. El escritor copó la conversación aquella noche con el relato de anécdotas que le parecieron ensayadas. Tenía un desmedido afán de protagonismo, propio de alguien inseguro que necesita contar con la aprobación ajena. Todos llamaban a sus mentiras «exuberante imaginación». A Martha también le hicieron gracia hasta que sucedió lo del vuelo y fue consciente de que fabulaba más que respiraba. Se presentaba como alguien capaz de todo y no era así. Ella empezó a verlo como un pobre hombre, siempre rodeado de una estela de acólitos, a quienes él confundía con amigos, igual que sucedía con tantos otros que contaban con una corte de aduladores, algo muy frecuente en Hollywood.

16

Dover, sudeste de Inglaterra

Aquella mañana en la base militar, Harvey estaba con los codos apoyados en la mesa de su despacho y las manos sobre la cabeza. Sentía terror. Había conseguido que nadie lo viera en aquel estado, ni siquiera cuando antes de una reunión llevaba a cabo su ritual de respiraciones profundas. Su formación en la academia lo había capacitado para muchas cosas, pero no para mitigar su miedo ante determinadas circunstancias. En la guerra anterior no entró en combate porque justo cuando iba a ser trasladado a Europa en mayo de 1919 se firmó el Tratado de Versalles con el que se puso fin al conflicto. Se había limitado a vigilar las minas de cobre Anaconda en Butte, una ciudad de Montana, con el fin de evitar cualquier conato de huelga. Le disgustó su misión porque se sentía muy identificado con las reivindicaciones de los mineros, ya que él había sufrido atropellos similares en la compañía de ferrocarril Wabash.

Un cuarto de siglo después estaba en Dover tras pasar por Túnez. En el sudeste de Inglaterra por primera vez dudaba respecto al funcionamiento del operativo encomendado.

A pesar de sus recelos, Harvey se mostraba maravillado ante tantas armas y municiones de pega, piezas de artillería de campaña fabricadas en madera, bidones sin gasolina; las barcazas fondeadas en el puerto junto a decenas de barcos falsos cerca de una terminal petrolera falsa y cincuenta escuadrones de Spitfire y P-51 Mustang falsos. Pero lo más admirable era el falso campo de aviación que habían construido a un par de kilómetros. Nada era lo que parecía. Incluso salía humo de algunas tiendas para hacerles creer a los alemanes que los soldados estaban preparando la comida.

En cuanto Fairbanks entró en su oficina, salieron dispuestos a inspeccionar el resultado de uno de sus proyectos estrella: la construcción de tanques hinchables que simulaban los del modelo Sherman, tan bien diseñados que cuando les extraían el aire quedaban reducidos al tamaño de una maleta. Antes de aquel invento habían construido señuelos similares con madera, pero el ingenio de los hombres de Hollywood consiguió que fuera tan fácil hacerlos aparecer como desaparecer.

Harvey y Fairbanks se fotografiaron ante los decorados de cartón piedra, revisaron los maniquíes que colocarían en las trincheras y en los puestos de vigilancia, y entraron en la carpa donde se guardaban los aparatos con los que creaban las ilusiones ópticas mediante espejos y maquetas que por la noche se verían alrededor.

Todo aquello era lo que querían que los alemanes fotografiaran.

—Así es el cine, Harvey —le dijo su teniente—. Una suplantación de la realidad, una imitación de la vida que, a través de tanto artificio, consigue que la ficción resulte más completa y creíble que la verdad y, sobre todo, más conmovedora. Esa es su función: emocionarnos.

Harvey intentaba que la tensión no se trasluciera en su rostro. Al final, consiguió sonreír mientras felicitaba a los soldados de su unidad por el ingenio y la creatividad que habían demostrado.

Se dirigieron después hasta una construcción con antenas en el tejado desde donde una fila de actores de Broadway, muy bien entrenados en las labores de radiotelegrafistas, enviaba los mensajes falsos, algunos en abierto y otros en clave; su misión era emitir dieciocho mil durante el mes anterior al desembarco.

—¿Cómo va esta función, muchachos? —les preguntó Fairbanks a los componentes de la Unidad de Radio mientras le apretaba el hombro al que tenía más cerca.

—¡Muy bien, mi teniente!

—¿Se lo están tragando los *boches*?

—Sí, señor.

—¡Tenéis que volverlos locos! Que traigan sus tanques hasta el Paso de Calais y despejen Normandía. Somos el anzuelo. Ya sabéis lo que dicen: el cebo puede ser simulado, una trampa, pero la pesca siempre es real.

Otro responsable de la unidad les informó de que habían llamado por teléfono a las emisoras de radio más escuchadas, las musicales, haciéndose pasar por sacerdotes de Dover. Imitaron el acento británico para expresar en directo sus quejas por el inmoral comportamiento de las tropas extranjeras, es decir, de ellos. A la vez los guionistas escribieron cartas sobre lo mismo para que las publicaran los periódicos que más se leían en el sur de Inglaterra.

Harvey estaba un poco más tranquilo. Cuando algo salía mal, Fairbanks siempre le decía que lo mismo sucedía en el teatro, que los ensayos generales antes de un gran triunfo solían ser las peores representaciones. Aquellas palabras de su teniente no lograban evitar que lo abrumara la responsabilidad al pensar en la suerte de tantos soldados que dependían de él.

Uno de ellos se puso en pie sin moverse de su puesto frente a la radio:

—Llegan malas noticias del frente, mi general.

Ambos se acercaron a él.

—Aquí dice que en los últimos combates en Italia se han sufrido muchas más bajas de las previstas y nuestras tropas se han visto obligadas a retroceder.

Fairbanks frunció el ceño y dijo:

—No importa cuántas ilusiones creemos, la guerra siempre nos recuerda que no son reales.

—Tenemos que seguir adelante con todo, o las cosas aún se pondrán peor —dijo Harvey con una determinación fingida.

—Por ellos, por los muertos, por quienes no podrán ver la victoria —añadió Fairbanks—. Lucharemos hasta el final.

Entonces entró otro militar y los saludó llevándose la mano derecha a la sien:

—General Harvey, teniente Fairbanks, los esperan en la sección de engaños sónicos para la prueba matinal. Ya lo tienen todo dispuesto.

Recorrieron en silencio las decenas de hileras de tiendas vacías. Cuando se situaron junto a un par de altavoces gigantes, el que los había acompañado les dijo que debían alejarse porque aquella posición era muy peligrosa para sus oídos. Se retiraron unos cuantos pasos, y el mismo soldado insistió:

—Más, mucho más.

—¡Pero podrá regularse el volumen! —exclamó Fairbanks.

—Señor, es proporcional a la distancia de los tanques.

Queremos que comprueben que todo está OK. Lo oiremos al máximo volumen para simular que nuestros carros de combate llegan hasta aquí.

—Adelante —dijo Harvey.

Dos soldados, cada uno con una especie de arado, comenzaron a recorrer el terreno desde los amplificadores hacia el sur. Los oficiales se admiraron ante aquellas marcas que reproducían las que dejaban a su paso las orugas de los blindados.

Fairbanks aplaudió como si ya hubiera olvidado lo que les había comunicado el operador de radio.

Un ruido ensordecedor envolvió el campamento a medida que simulaban la llegada de los tanques. Nadie hubiera dudado de que era así. Los artilugios hinchables comenzaron a aproximarse montados sobre unos carricoches con ruedas. Una avioneta sobrevoló el área.

A la mañana siguiente podrían ver las fotos tomadas desde arriba. Cuando estuvieron todos los carros de combate ante ellos, el estruendo cesó. Harvey estaba admirado. Ante la grandiosidad de aquel espectáculo comenzó a pensar que era muy posible que consiguieran llevar a cabo aquella locura llamada Operación Fortitudo Sur.

Esos días el trabajo de Harvey y de Fairbanks se había multiplicado, a The Ghost Army, la unidad fantasma compuesta por los artistas y comandada por ellos dos y por el general Patton, se le unieron dos unidades reales del Ejército americano para dar mayor credibilidad a la operación. De la pericia de todos dependía que el engaño obrara su efecto. El desarrollo de aquellas maniobras era clave para salvar muchas vidas y llegar cuanto antes hasta la legendaria frontera del Rin, y de allí a Berlín.

Desde que en la Conferencia de Teherán a finales del año anterior se decidiera este dispositivo, habían comenzado a llegar a Inglaterra miles de soldados que llevaban ya en el país muchos meses de instrucción. Se preveía reunir a dos millones y medio. Desde Dover ellos deberían fingir que allí había cientos de miles.

Lo que más preocupaba a Harvey era que, en un intento de darle un mayor realismo a aquel artificio, el alto mando aliado había organizado para la siguiente semana una visita del rey Jorge VI al que escoltarían el general Patton y el alcalde de Dover. Dos días antes, a Douglas y a él les habían entregado los certificados de aptitud emitidos por la casa real que les permitirían asistir a la audiencia con el monarca. A Harvey aquellas tradiciones y el protocolo que las acompañaba le parecían extemporáneas y Fairbanks las veía como si formaran parte de una película.

—¿Y qué haremos ese día? —le había preguntado Harvey al teniente.

—Interpretar nuestros papeles. Cuanto mejor nos salga la actuación, más nos aplaudirán. Según mis informes, al rey lo llaman en Londres la Rueda de Repuesto. Debió sufrir lo suyo durante la infancia, era zurdo, pero lo obligaban a escribir con la mano derecha, tartamudeaba y sufría de genu valgo, es decir, juntaba las rodillas y separaba los talones, por lo que utilizaba unos monstruosos artilugios de hierro para corregirle esa desviación. En el Ejército tampoco le fue demasiado bien, tuvo que retirarse porque le diagnosticaron una úlcera péptica. Su hermano renunció al trono para casarse con Wallis Simpson, la rica heredera de Baltimore que ya se había divorciado dos veces.

—Los reyes solo son seres mitológicos en las leyendas —dijo Harvey.

—Así parece, el caso de Bertie es todo lo contrario, una rueda de repuesto efectivamente, pero pinchada. Eso sí, ayuda mucho a los más desfavorecidos. Algo que le honra.

Harvey lo escuchaba ya desde lejos. No le había dicho al teniente que junto al sobre con el escudo real le entregaron otro de Martha Gellhorn. En cuanto leyó su nombre se lo metió en un bolsillo para que Fairbanks no lo advirtiera.

Lo abrió nada más llegar a su casa de Folkestone tras haberse preparado un whisky con hielo.

> Estimado general Harvey, llegaré a Londres a mediados de mayo, desde allí me trasladaré a Oxford para encontrarme con el profesor que me orienta en mis investigaciones para doctorarme en Lenguas Clásicas. Una vez que haya terminado allí, viajaré en tren hasta Dover para continuar con mi serie de entrevistas sobre las mujeres en la guerra. Si me lo autoriza, me encontraré además con dos de sus soldados: Glenn Connors y Aldrich Merck. ¿Los recuerda? Le hablé de ellos en Hollywood.
>
> No se moleste en mandar un coche a la estación. Sabré encontrar el campamento, aunque no sea alemana.

Tras esa ironía final, Harvey cogió el calendario de ángulo que tenía sobre la mesa. Su llegada era inminente. Martha se había ocupado de nombrar a los agentes fantasma y de ocultar el nombre del director del Comité XX por si su carta era interceptada por los alemanes a pesar de que había tenido la precaución de enviarla a través de la embajada. Respecto a lo de su doctorado, Harvey no sabía si era otra ficción dentro de la ficción o se trataba de algo real. De ella esperaba cualquier cosa.

Enseguida enumeró mentalmente los bombardeos que se habían producido en aquella zona. Durante 1940 y 1941 fueron continuos, la aviación enemiga había devastado Portsmouth, en la misma costa, y hacía tan solo dos días se había repetido el ataque. Que Martha Gellhorn estuviera allí le añadiría otro motivo de preocupación. Cogió el vehículo que siempre tenía aparcado junto a la entrada por si se producía alguna emergencia y se dirigió a la base de nuevo, a deshoras, con el ánimo alterado y sin alcanzar a explicarse del todo por qué se sentía así.

17

En cuanto llegó, buscó a Fairbanks, su presencia y su buen humor siempre lo sosegaban, lo que su teniente le aportaba no podía compararse con nada, se había convertido en alguien indispensable para él. Uno de sus principales alicientes para sobrevivir era poder continuar con su amistad en América. El hecho de que no se vieran obligados a luchar en primera línea de fuego preservaba su integridad física, pero no la de su conciencia. Aunque en una guerra la seguridad nunca es un hecho.

Cuando cierta calma se instaló en las dependencias militares ya bien entrada la noche, decidió plantearle a Fairbanks algunas de las cuestiones que lo alteraban, no tenía ninguna prevención respecto a sincerarse con él. También hablaron de la Doble Cruz, la organización que Martha le mencionaba en su carta, el comité que se encargaba de coordinar a los agentes dobles con el fin de refrendar el engaño y que cada jueves reunía a sus miembros bajo la presidencia del profesor de Oxford en la sede del MI5 en Saint James Street.

Fairbanks conocía personalmente a John Masterman, quien, al igual que él, era un gran aficionado a la literatura e incluso escribía novelas y obras dramáticas de misterio.

—Eso sí, es una sombra de lo que fue, ha perdido el

humor y se le ve muy demacrado, poco le queda ya de su porte atlético.

—Douglas, gracias por ser mi lazarillo en medio de toda esta maraña.

El teniente se dirigió al mueble bar del despacho de Harvey y sirvió dos whiskies. Después de sentarse en una butaca y hacer tintinear el hielo del suyo, le habló a su superior de lo que le había dolido la muerte del también actor Leslie Howard hacía entonces casi un año.

—Murió después de encandilar al público que asistió a escucharlo al British Council de Madrid... A unas doscientas millas de la costa de Galicia los alemanes derribaron el avión en el que viajaba. Otra gran estrella de Hollywood que se apagó en el mar de la guerra.

Harvey pensó en tantos que ya no estaban y en la manera en que, durante aquel tiempo casi detenido de la espera antes de la acción que se avecinaba, avanzaba hacia ellos un horizonte tenebroso imposible de detener, inexorable.

18

Oxford, Inglaterra

Lee Miller y Martha recorrieron las poco más de cincuenta y cinco millas que las separaban de Oxford en un coche que les pagó el barón Beaverbrook, el dueño del *Daily Express* y jefe de su amiga Mary.

Para que le asignara ese trabajo, Lee le dijo que quería fotografiar cuanto antes la institución universitaria más antigua del ámbito anglosajón por si bombardeaban sus edificios. En cuanto llegaron, la fotógrafa exclamó:

—¡Más de mil años nos contemplan!

Martha sonrió al advertir la similitud de aquella frase con la de Napoleón en la meseta de Giza durante la campaña contra los turcos.

—La visita a este amigo de mi tío es una cuestión de cortesía. —No quería darle a Lee más datos por si se iba de la lengua en alguna de sus borracheras—. Espérame cerca de aquí, no creo que tarde demasiado.

—¿Segura? Te puedo acompañar.

—No hace falta, tranquila. Él ahora estará muy ocupado. Lo más probable es que nos invite a almorzar o a tomar el té con sus compañeros —le dijo mientras oprimía contra su pecho la carpeta que llevaba.

—Seguro que será muy divertido pasar un rato con esos carcamales —respondió Lee.

—Masterman es muy dinámico. Practica no sé cuántos deportes. Te sorprenderá el aspecto que tiene para su edad. Además, es escritor.

Martha se guardó para sí que, tras la redacción de un riguroso informe sobre las medidas tomadas durante la evacuación de los soldados desde la ciudad portuaria de Dunkerque en la región de la Alta Francia, entre finales de mayo y principios de junio de 1940, lo nombraron asistente civil del MI5, desde donde dirigía al grupo de funcionarios que se encargaba de convertir a los espías alemanes en agentes dobles.

Martha y Lee se despidieron ante la fachada rosada del Worcester College. En cuanto se quedó sola, Lee comenzó a mirarlo todo a través de su cámara. La rodeaba un imponente edificio neoclásico que contrastaba con la sobriedad de unas casas cercanas. Una vez en el interior pasó la mayor parte del tiempo en la capilla, rodeada de flores de yeso entre las columnas; el resto de los motivos ornamentales constituían un zoológico en el que destacaban ballenas, canguros, pavos reales e incluso algún dodo, aquella ave extinta. La fotógrafa se preguntó si con las corresponsales de guerra sucedería lo mismo, que un día serían una especie inexistente o, por el contrario, no se rendirían y aumentarían en número. ¿Con quién se aparearían para conseguir ese logro biológico? Se dirigió a la biblioteca, a la que accedió tras subir sesenta escalones. Después de fotografiar aquel templo de la sabiduría se fue a la cantina. Ya no podía reprimir la sed de alcohol. No se trataba de un ansia física, sino mental, y tenía mucho de desafío, debido a la lucha por contenerse, en la que siempre acababa derrotada.

En la antesala del despacho de Masterman, a Martha la interceptó una joven que se presentó como su secretaria.

—Pase, señora Gellhorn, el profesor la espera.

Antes de entrar, Martha le preguntó por su nombre. Ella le respondió con bastante timidez que se llamaba Ann Mitchell. Insistió en que se presentara de esa forma porque en los informes que había leído, ella no aparecía en la nómina del grupo ni se la mencionaba nunca. Ya había conocido otros casos similares que despachaban la ausencia de las mujeres en algunos organismos, tanto secretos como públicos, con la misma excusa: los motivos de seguridad. Era algo que no parecía afectar al resto de los compañeros de Ann, cuyas aportaciones al MI5 sí que constaban.

«Otra mujer en la sombra», pensó Martha cuando ambas se sentaron frente a Masterman.

El profesor le dijo que Ann había estudiado Matemáticas y que, desde que la contrataron el año anterior, a los pocos meses de graduarse, se había convertido en una de las mejores criptoanalistas del mundo. Se dedicaba a romper los códigos, que los alemanes cambiaban cada noche, y formaba parte del equipo de Bletchley Park, llamado así porque tenía su sede en una casa de campo de esa ciudad.

Martha la observó de reojo y vio cómo se azoraba. Tenía muy buen aspecto, a pesar de lo poco que dormiría a causa de sus dos trabajos y sus desplazamientos de Oxford a Bletchley, más o menos a una hora de distancia. Martha había leído también que allí trabajaban en el desarrollo de una computadora programable.

—El bombardeo de hace dos días sobre Bristol y Porstmouth nos pilló por sorpresa —le contó Masterman—. Fue la respuesta al avance de las tropas aliadas la víspera a través de la línea fortificada Gustav en Italia. El Ejército alemán está luchando a la desesperada.

—¿Qué sabe sobre Jasper Maskelyne? —Martha no pudo reprimir la curiosidad que le despertaban las acciones del mago que, enrolado en el equipo de camuflaje había ocultado a los ojos de Rommel nada menos que el puerto de Alejandría y el canal de Suez.

A Martha le interesaba lo que sus tácticas pudieran aportar al trabajo de Harvey con The Ghost Army. Se había asegurado de conseguir informes confidenciales sobre las similitudes entre ambas maniobras, pero dudaba de que el general se dejara informar por ella y mucho menos aconsejar. Se hizo con ellos mientras esperaba a Roald Dahl en su despacho. De algo le había servido la visita.

—¡Ah, el ilusionista! Se presentó voluntario y lo alistaron tras pasar un examen. ¿Sabéis en qué consistió esa prueba, que propuso él mismo? Hizo aparecer un barco alemán navegando por el Támesis. —Rio con muchas ganas—. Lo del canal y el puerto de Alejandría fueron efectos ópticos. Maskelyne reforzó con espejos las luces e invisibilizó las instalaciones. A esto lo llamaron «el espray de luz». —Después le dijo a Martha mientras señalaba su carpeta—: ¿Qué llevas ahí? ¿Instrucciones para montar artilugios insólitos traídas del Nuevo Continente?

—Es lo que tengo que entregarle al general Harvey, quería que usted lo supervisara antes. Cuando me encontré con él en Hollywood todavía no estaba preparada toda la información —le mintió.

Masterman pasaba las páginas con dibujos del ejército de cartón, con los tanques y demás artillería ficticia que utilizaron en África y varios manuales que explicaban cómo colocar estructuras de lona sobre los *jeeps* o construir un oleoducto falso con latas de combustible. Además, había allí figuras de los maniquíes que colocarían en las trincheras y en los puestos de vigilancia.

—También voy a entregar en Dover los mensajes que deberán transmitirse desde la Unidad de Radio para que sean interceptados —añadió Martha—. Mi tapadera será cubrir la visita del rey. Creo que estoy haciendo mucho. —Martha pensó en Otto Mannheim.

—Nuestra americana imprescindible —le dijo Masterman mientras le sonreía.

Entonces Martha aprovechó para plantearle su objetivo:

—Mi marido está tramitando nuestras acreditaciones con *Collier's,* pero me vendría bien que me firmara otro permiso por si no me dejan participar en el operativo más que desde un buque.

—¿Por qué quiere arriesgarse tanto? Para nosotros usted se está convirtiendo en una pieza fundamental desde que redactó los informes sobre Brandy y Darling. La necesitamos viva.

—Necesito escribir sobre lo que sucederá allí.

—¿Para ganar el Pulitzer?

—Eso no estaría nada mal, pero lo que más me importa es contárselo a quienes estarán con el alma en vilo mientras los soldados luchan por la libertad de Europa: sus familias y sus demás seres queridos.

—La visita del rey, la visita del rey —repitió Masterman—. El tiempo se nos echa encima.

A esta última frase atribuyó Martha que su encuentro no se prolongara más allá de la hora y media; al contrario de lo que esperaba, no le propuso que se vieran más tarde. Antes de despedirse de ella, tuvo un recuerdo para Moritz Gellhorn, su tío; le dio algunos detalles que desconocía sobre los cuatro años que pasaron internados en el campo de Ruhleben, un pueblo a diez kilómetros al oeste de Berlín. Nunca supieron en la familia de Martha cuáles fueron los cargos contra Moritz. El delito de Masterman estaba claro: era inglés, pertenecía por tanto al bando enemigo en la Gran Guerra. Igual que entonces.

Marinos y padres de familia de vacaciones, cualquiera de la misma nacionalidad que el profesor de Oxford fue hecho prisionero. Fueron unos cinco mil en total, y los trataron bastante bien, sus guardianes se regían por los acuerdos de la Convención de Ginebra, hasta el punto de que, en 1918, cuando acabó la guerra, los devolvieron sanos y salvos a Gran Bretaña en barco. Durante los cuatro años de su internamiento, Masterman jugó al cricket, al rugby, al tenis, al golf e incluso boxeó. Perdió bastantes kilos y conversó durante horas con Moritz. A la familia Gellhorn nunca le entregaron su cuerpo. A ella aún le pesaba ese dolor porque había sido testigo a sus diez años de lo que supuso para su padre, a quien la desaparición de su hermano se le quedó agarrada al alma para siempre.

—¡Qué gran pérdida! En las guerras no saben a quiénes matan —le dijo Masterman.

Ella también lo sentía así: con cada víctima le arrancaban un trozo al futuro, este ya no podría ser nunca completo debido a lo que se le había escatimado con todas aquellas bajas y las posibilidades que representaban. Cada desaparición afectaba al conjunto de la sociedad. Evocó a Gerda Taro y a otros muchos a los que había conocido en persona antes de despedirse de Masterman.

El profesor escribió de pie una breve carta en la que mencionaba la experiencia de la reportera en otros conflictos y explicaba los motivos por los que era necesario que Martha Gellhorn embarcara hacia Francia con la primera oleada de tropas: para contar la verdad de la guerra. Aquello les proporcionaría también cierto margen de maniobra, se dijo, porque constituiría una nueva pantalla para que ellos continuaran urdiendo sus mentiras como puntos que, al unirse, trazarían el signo de la victoria.

Una vez que Martha se quedó a solas con Ann Mitchell, aprovechó para proponerle que le permitiera entrevistarla con el compromiso de que solo publicaría esa conversación una vez finalizada la guerra.

—Creo que tendrá que esperar bastante más, señora Gellhorn, pero está bien, hablemos.

Ann comenzó diciéndole que a Masterman acababan de anunciarle su nombramiento como oficial de la Orden del Imperio Británico.

Martha la interrumpió:

—Quiero hablar de ti, no de él.

Ann sonrió.

—Has estado muy callada en su despacho —le dijo Martha porque no sabía si la matemática lo había hecho adrede o porque vivía deslumbrada por la exuberante personalidad de su jefe.

—Bueno, la discreción forma parte de mi trabajo. ¿Qué quiere saber de mí?

—¿Qué te preocupa especialmente en estos momentos tan... delicados? —A Martha le costó encontrar esta palabra porque nunca sabía cómo calificar la atrocidad que suponía la guerra.

—Lo que más, mi marido. Está movilizado frente a las costas de Francia. Desde aquí haré lo posible para velar por todos esos soldados que..., para que el alto mando tenga la mayor información posible sobre la reacción de los alemanes. Hay algo personal también. Él no sabe a qué me dedico. He preferido no decírselo porque tal vez no lo entendería.

—Yo tampoco sé nada de esos procedimientos de cifrados. ¿Vectores y polinomios se llaman lo que usáis?

Ann sonrió de nuevo a la vez que asentía.

—¿Cómo te sientes sabiendo que el grado de conocimiento que has alcanzado es materia exclusiva de apenas una docena de personas y que tú eres una de ellas? Y, además, todos los demás son hombres. ¿Cuándo comenzaste en esto?

—De niña en Headington School, aquí al lado, me fascinaba ver cómo se combinaban los números, pero cada vez que me encontraba con la directora me reñía, continuamente me repetía una sola frase: «Las matemáticas son muy poco femeninas». Después añadía que estaban bien para entretenerme, pero nada más. Me decía que lo mío era obsesivo y que formar este tipo de personalidades no era el cometido de su escuela, que yo no era más que un monstruo de feria, que deberían exhibirme en espectáculos para desafiarme con complejas operaciones de cálculo mental, que aquella sería la única forma de rentabilizar mi extravagancia. Solo se calló cuando mis padres le pararon los pies.

Martha pensó que titularía aquel artículo: «Las matemáticas no son femeninas, pero Ann Mitchell sí. Una paradoja ¿matemática?».

—A pesar de aquellos inicios tan aciagos me gradué en Oxford, pero estaba tan perdida que una semana después de obtener mi título me dirigí a la administración de la universidad para pedir consejo. No se me ocurría en qué trabajar.

—Descartaste la feria como salida profesional —le dijo Martha para que sonriera porque se había dado cuenta de que aquellos recuerdos entristecían a Ann. A ella también le resultaba muy difícil entender cómo alguien era capaz de cebarse con una persona hasta convertir una cualidad excelente en motivo de burla. No era el único caso que había conocido.

—Me enviaron a Bletchley Park. —Al añadir esta aclaración bajó la voz—. Me contrataron como asistente temporal del Ministerio de Exteriores. No sabía a qué iba a dedicarme, pero estaba muy agradecida.

Ann se había dejado llevar siempre por otros. Lo único genuino, esencial a sí misma, fue su elección de las matemáticas en su infancia. A Martha, saber que tantos cientos de miles de vidas estaban entonces en manos de esa joven le aportó cierta tranquilidad, algo que en aquel contexto tenía mucho valor. A las mujeres como ella les gustaría insuflarles seguridad y autoestima, pero no sabía cómo se hacía, así que optó por abrazarla y felicitarla porque la naturaleza la había dotado con algo de una belleza extraordinaria e indiscutible: su mente.

Cuando terminaron, avisó a Lee para que la fotografiara ante un rosedal. La fotógrafa se levantó del banco de piedra y Martha enseguida advirtió que tenía que esforzarse para mantener el equilibrio; aun así, fue capaz de retratarla en varias poses.

Martha le prometió a Ann que le enviarían varias imágenes para que se las hiciera llegar a su marido y lo acompañaran en el frente guardadas en el bolsillo de la guerrera, el sitio más cercano a su corazón.

Mientras regresaban a Londres en el mismo vehículo que las había llevado a Oxford, Martha le dijo a Lee, a propósito de las palabras de Ann sobre su esposo, que no podía negar su atracción por los hombres valientes, que el arrojo que algunos mostraban la subyugaba, en el buen sentido de la palabra.

—No piensas solo en Ernie entonces si hablas en plural —le dijo Lee entre carcajadas.

Martha se sintió radiografiada.

—No sé para qué os casáis algunas, si no hay ninguna necesidad. ¿Acaso es obligatorio? —Apoyó la cabeza en su hombro con la intención de dormirse. El alcohol la había anestesiado de nuevo.

Esas frases dichas así, de una forma despreocupada por parte de Lee, con la sinceridad propia de la falta de inhibición tras haber bebido, le mostraban a Martha que era bastante más libre que ella, aunque estaba segura de que entonces su adicción al alcohol jugaría contra Lee más que nunca. No la veía en una de las lanchas del desembarco. Confiaba en que las demás sí fueran capaces de llegar a Francia. Por encima de su objetivo personal y profesional, lo que estaba en juego era mucho más: que las reporteras de guerra no fueran relegadas, que no las obligaran a enmudecer, que su escritura no fuera invisible y borraran sus ojos de los acontecimientos históricos y, con ello, su perspectiva y su importancia. Martha incluso deseó recibir el Premio Pulitzer que reconocía la labor periodística, como le había dicho Masterman. ¿Por qué no?

19

Dover, sudeste de Inglaterra

El Rolls Royce Phantom 1 del rey Jorge VI entró por Cannon Street seguido de los otros diez coches que componían la comitiva. La multitud agolpada en el centro de la ciudad comenzó a agitar sus pañuelos y a vitorearlo. Martha vio entonces a Harvey. Por una parte, le ilusionaba reencontrarse con él, pero a la vez lo sentía como una deslealtad hacia su marido. Disfrazarlo de deber profesional no le restaba intensidad a la contradicción que se agitaba dentro de ella.

Había comentado con el profesor de Oxford la importancia que tenía para la operación la visita del monarca y su esposa. Lo más conveniente era esa exhibición tan espectacular. Se había organizado el 3 de marzo, cuando Masterman y otro oficial del MI5 se reunieron con Sir Alan Lascelles, el secretario privado del rey, y le propusieron que formara parte de aquel plan que perseguía engañar a Hitler. Jorge VI aceptó enseguida. Con esto dejaba muy clara el monarca cuál era su postura en la guerra, muy diferente a la de otros miembros de su familia que habían mostrado ciertas simpatías por el nazismo. Aquel desplazamiento hasta Dover serviría para otorgarle aún una mayor verosimilitud al operativo del Ejército Fantasma, ya que a la mañana siguiente saldría la noticia en las primeras páginas de los diarios británicos más influyentes y respetados. Los más leídos por la inteligencia alemana.

En cuanto la reina Isabel Bowes-Lyon descendió del vehículo oficial, se reacomodó las pieles de los dos zorros unidos por los dientes que llevaba alrededor de los hombros, recorrió con sus manos las perlas del collar de cinco vueltas y se ajustó el sombrero redondo y plano color salmón. La mujer del alcalde le entregó un ramo de rosas blancas del que no se separó durante todo el tiempo que estuvo allí.

Acompañados de su séquito, se acercaron hasta el puerto de Dover para divisar las costas francesas, tan cercanas, y el trozo de mar que los soldados del Ejército aliado supuestamente cruzarían para invadir Europa; después felicitaron a las enfermeras americanas. Martha tomó fotografías de todas esas acciones que obedecían a una coreografía ensayada, incluidas las salvas de los cañones que fragmentaban el tiempo. Intentaba acercarse lo máximo posible al monarca para preguntarle por la promesa que suponía la liberación de Francia, la urgencia que se respiraba ante el clamor de muchos. La esperanza de tantos millones de personas.

Harvey la vio cuando se dirigía a supervisar las tropas en formación dispuestas en tres filas a lo largo de la avenida principal de Dover. Ella caminaba en dirección a la comitiva real como si el mundo le perteneciera. La recibió el teniente Fairbanks, mientras él se quedaba paralizado delante de uno de sus subordinados sin saber qué decirle.

—Todo en orden, general —oyó las palabras del militar entre la niebla que se extendía en su mente, donde la imagen de Martha envuelta en su vestido azul cobalto a juego con un abrigo muy ligero era lo único nítido. A Harvey, a pesar del clima templado de aquella mañana, el sudor le recorría la frente y desde allí le bajaba hasta los pómulos; sacó su pañuelo para enjugárselo y que no le goteara desde la mandíbula sobre el uniforme de gala. Ante ella, se esfumaba su templanza y necesitaba usar gran parte de su energía para disimularlo.

Vio que Fairbanks y Martha se saludaban. Él no podría hacerlo hasta que acabara el acto oficial.

Martha le relató al teniente su periplo:

—¿Conocías ya la ciudad de los hoteles más horrendos y la comida más difícil de tragar? —le preguntó él.

—Sí, la visité con mis padres un par de veces hace muchos años y después de camino a España.

—Bueno, aquí estás. Eso es lo importante. Todo pasa por algo.

Bastantes metros alejado de ellos, Harvey seguía con la vista al frente tal como marcaba el protocolo. En cuanto los reyes subieron al Rolls Royce, miró aún desde lejos a Martha como si le pidiera cuentas de su presencia allí y ella se sintió intimidada. Una vez que los soldados rompieron filas, se acercó hasta ella y Fairbanks. La reportera le dijo que ya se estarían telegrafiando todos los detalles de la visita del monarca para que llegaran cuanto antes a oídos de la inteligencia alemana. Y con la voz bastante más baja, añadió:

—Tengo que entregarle unos documentos que he escondido en mi habitación del Balmoral.

—Muy bien, señora Gellhorn, ahora me disculpará, pero tengo que cumplir con mi entrenamiento. Bastante lo he retrasado ya hoy.

Ella no supo qué añadir, le sorprendió que la recibiera con esos modos tan antipáticos después de transmitirle lo que conocía de las actividades del Comité XX para facilitarle su trabajo.

El teniente Fairbanks, mientras Harvey se despedía de otro oficial, le susurró a Martha:

—Se va a nadar a la piscina de la base de la fuerza aérea. Es así de metódico.

—Harvey —le dijo antes de que se alejara para retarlo—. Le esperaré a la salida para que vayamos a tomar una copa con Glenn Connors y Aldrich Merck. ¿Los recuerda?

El general bajó la cabeza y Fairbanks sonrió.

Martha Gellhorn no quiso esperar fuera de las instalaciones deportivas y entró justo cuando Harvey daba sus últimas brazadas. Había pasado antes por el Balmoral para recoger la carpeta con los documentos. Igual que en la piscina del Hollywood Athletic Club de Sunset Boulevard, cuando salió del agua, y después de saludarla como si le resultara natural encontrarla allí dentro, se dirigió a la cafetería, donde pidió el mismo ponche que tomaba en América. La escena parecía un nuevo comienzo.

—Otro —dijo Martha. Después se giró hacia Harvey y en cuanto el camarero se marchó, lo miró con mucha intensidad—. Lo noto nervioso, general, muy nervioso. Ni siquiera la natación consigue relajarlo. ¿Le abruma la responsabilidad? Pensaba que estaba entrenado para esto y para mucho más.

Él no pudo soportar su tono displicente. Decidió dejar de disimular y responderle de forma que no lo hiciera quedar como un mal soldado.

—Me altera su presencia aquí. Sé que me va a traer muchos problemas.

Martha se quedó estupefacta y Harvey pensó que, por

una vez, la había dejado sin capacidad de reacción, pero ella contraatacó:

—No me extraña.

—Pensaba que su marido... —enfatizó mucho las dos últimas palabras— y usted junto a su grupo de guionistas habían trabajado mucho para lo contrario, para que todo salga lo mejor posible.

Harvey sabía que Martha captaría el sentido peyorativo de su comentario.

—Y así será, pero para eso tiene que confiar en mí. No me prejuzgue. —Martha se bebió de un trago lo que le quedaba del ponche y pensó en Lee. El vaso de Harvey aún estaba bastante lleno—. Cuando vea lo que le he traído tal vez cambie de actitud. Algunas informaciones del MI5 y de un agente alemán muy próximo a Hitler al que controla Masterman le llegarán a través de mí. ¿Qué le parece? Piense en Eisenhower. A él lo conduce en su Cadillac la sargento Summersby. Dice que es la mejor de los chóferes con los que cuenta el British Motor Transport Corps (el Cuerpo Motorizado Británico de Transporte). ¿Qué tiene que decir a eso?

—Nada —le respondió Harvey.

—Se rumorea que Eisenhower va a redactar un informe para que la asciendan a capitán. Siga el ejemplo del comandante supremo y no me deje de lado solo porque no soy un hombre. Si usted me avala, me resultará más fácil llegar al otro lado.

—¿Hasta cuándo piensa quedarse? —le preguntó Harvey.

—Hasta que finalice el desembarco.

Él alzó las cejas, bebió un sorbo de ponche y dijo:

—Sabe que eso es un disparate. Respecto a lo demás, veo que lo tenía todo previsto. Se me acercó en el Athletic

Club de Hollywood, me propuso entrevistarme para *Stars & Stripes,* después me escribió, ahora su visita... Quiere conseguir a través de mí que se le permita ser testigo de la invasión. Como si eso fuera tan sencillo.

Como toda respuesta, Martha se encogió de hombros.

Harvey pensó que el tono de su carta era modoso, parecía escrita por otra persona muy distinta a la que tenía enfrente.

—General, iré al grano.

Harvey soltó una carcajada.

—Lo dice como si nunca lo hiciera. No he conocido a nadie más directa que usted.

—Consideraré eso un cumplido. Le ruego que me firme el permiso. No he venido para trabajar solo a este lado del canal de la Mancha.

—Es una locura. Además, he de advertirle de que nada de lo que escriba durante estos días respecto a los preparativos podrá ser publicado antes del desembarco. Los soldados apenas cuentan con información para que esta no trascienda. Los mapas que consultan tienen los nombres cambiados. Es muy importante que no se filtre nada. Cada línea se someterá a la censura militar.

—Tengo muy presente el procedimiento, general, pero también le digo que estoy decidida a subirme en una de las primeras lanchas. No hay nadie mejor que yo para contarlo.

Martha borraba de sus palabras la prohibición del Ejército respecto a las mujeres como si así dejara de existir.

—Señora Gellhorn, pensaba que estaba al corriente de que el Estado Mayor aliado no permite a las corresponsales acreditarse. Solo podrán ir hombres a cubrir esa información. Esta batalla... será una de las más duras de la historia. No es sitio para usted. Mi deber es protegerla, como al resto de ciudadanos estadounidenses destacados en Dover. Ahora que ha cubierto la visita del rey envíe su crónica y...

—¿Márchese? ¿Eso es lo que iba a decirme? Con que me dedique a la crónica social ya es más que suficiente, ¿no es eso? Creo que le expliqué en qué consiste mi trabajo. Examine el dosier que le he traído. Yo también tengo un papel importante en el desarrollo de esta guerra. No me ningunee. —Martha rebajó el tono—: Si estuviera en sus manos proporcionarme la autorización..., el profesor ya me ha firmado un documento, pero solo tiene valor civil. Quiero que el primer reportaje del desembarco que llegue a América sea el mío —le dijo mientras sacaba una cámara del bolso. Después alineó tres lentes sobre la barra—. ¿Recuerda lo que dice la primera enmienda sobre la libertad de expresión?

—Que las autoridades tienen la obligación de facilitarla, pero, como sabe perfectamente, también nos debemos a nuestra jerarquía.

—No creo que le suponga tanto esfuerzo firmarme ese papel —insistió ella—. Tal vez consiga con ello que sus superiores recapaciten y les pongan más fácil el trabajo también a mis compañeras.

Aquel lunes Harvey tendría que supervisar el ensayo general de la maniobra de distracción creada por el Ejército Fantasma. El día exacto de la invasión no se decidiría hasta que los meteorólogos avisaran de que las condiciones climatológicas eran las adecuadas. En sus manos estaban. Entonces le correspondería a Eisenhower dar la orden. En la conferencia de El Cairo del 6 de diciembre lo habían decidido así cuando lo nombraron comandante supremo de la operación Overlord. Entonces se trasladó desde el Mediterráneo hasta Londres. Cuando Eisenhower lo decidiera, desde Weymouth, a poco más de doscientas millas al oeste de allí, y otros puntos de la costa, se lanzarían las tropas sobre Francia.

—No permitiré que cometa ese dislate. Es una temeridad. En el combate, el despecho no es un buen consejero —le dijo Harvey.

—¿Y los soldados? ¿Cuántos miles de ellos calcula que morirán?

El general acusó el golpe. Que él no fuera el encargado de dirigir el desembarco, que su cometido fuera izar la pantalla del Ejército Fantasma junto a Fairbanks y Patton no le restaba mérito porque esta operación sería la que más repercusiones tendría en la otra, todos se expondrían al máximo, cualquiera que fuera su misión.

Harvey no dejaba de pensar en la reacción de los alemanes cuando descubrieran el engaño, en cuánto duraría aquella confusión pergeñada para mantener alejados los tanques de Rommel. Decidió terminar aquella conversación enseguida:

—Señora Gellhorn, no voy a contravenir órdenes de mis superiores ni por usted ni por nadie. Las únicas mujeres a las que tienen en cuenta para esta operación son las enfermeras, y no está claro que embarquen en el primer momento. —Harvey se arrepintió de haberle contado eso en cuanto lo hizo—. Esto no es un juego.

—Ni mi trabajo solo una afición como el macramé o el *patchwork*. No me va a detener. Lamento que no me tome en serio, pero voy a hacerlo con su permiso o sin él. Nuestros conciudadanos tienen derecho a saber qué sucede aquí con esos chicos: con sus hijos, nietos, sobrinos, amigos, maridos, novios... Harvey, le diré qué hay detrás de esta prohibición del alto mando: creen que si alguna de nosotras desembarca en una de esas playas le quita mérito a la operación porque pensarán que algo así lo puede hacer cualquiera, incluso una mujer, ¿no es eso? No se sume a esas consideraciones y apóyenos. Creo que es difícil que alcance a imaginar el clima de irritación que hay entre las corresponsales de guerra. De lo contrario, no se expresaría así. Ya estamos hartas. Algunas reporteras en Londres hemos firmado una carta que he dirigido a sus superiores. Sé de muchas otras que también se habrían adherido a nuestro manifiesto.

Harvey miró alrededor. Constató que, por suerte, seguían solos en el bar de las instalaciones deportivas.

—Si me disculpa... Tengo que cambiarme. Ya es muy tarde.

Martha percibió su desabrimiento, pero decidió obviarlo de nuevo:

—Aquí tiene la carpeta, espero que aprecie la importancia de estos documentos, aunque provengan de mí —le dijo mientras se la dejaba sobre la barra. Y se marchó sin esperar respuesta.

En la habitación que ocupaba la Unidad de Radio, miles de palabras se cruzaban y superponían en el guirigay formado por las conversaciones del Cuerpo de Señales del Ejército. Martha imaginaba cómo tendrían la cabeza los radioescuchas alemanes que interceptaran aquellos mensajes para dilucidar si se trataba de órdenes y notificaciones verdaderas o falsas.

Ella hablaba por teléfono de pie desde un equipo instalado en una esquina. Se tapaba con la mano libre una oreja para poder oír a su marido, que la había llamado desde Hollywood. Después de un par de minutos callada, gritó con todas sus fuerzas, tan alto que incluso en medio de aquel barullo la oyeron:

—¡Ernie, eres una sabandija! ¡Lo peor de lo peor!

Algunos operadores giraron la cabeza en su dirección. Los miró como si solo entonces fuera consciente de dónde se hallaba, pero continuó:

—¡Sí, sí, sí! ¡Como te lo digo! ¡Yo nunca te hubiera hecho algo así! Eres un egoísta. ¡Y deja de llamarme Mookie! ¿Que es por mi bien? No, no y no. Te voy a recordar cómo sucedieron las cosas: tú y yo hablamos de que solicitarías ambas acreditaciones para que pudiéramos ir juntos. Nuestros otros compañeros de la productora no mostraron el más mínimo interés. «¿Quién en su sano juicio iba a cambiar Hollywood por la guerra?», eso fue lo que dijo exactamente Barry. Después añadió Mel: «Si me obligara el Ejército iría, pero mi provecta edad me mantiene a salvo de eso, al menos de momento». Me ha molestado mucho que los de la revista no me lo propusieran directamente a mí, pero aun así callé, convencida de que tu ardid daría resultado.

Después de otra nueva pausa para escucharlo, durante la que le costó mucho esfuerzo permanecer callada, Martha volvió a gritar:

—Voy a decirte lo que pienso: si no aceptan que vaya yo, deberías renunciar. O los dos o ninguno. Si me excluyen y tú vienes, les estarás dando la razón.

Cuando colgaron tras llegar a aquel callejón sin salida, Martha se quedó durante unos instantes con la frente apoyada contra la pared, y así la encontró Fairbanks cuando entró para entregarles unas hojas con mensajes a los radiotelegrafistas.

—¡Martha! —le dijo el teniente bastante asombrado por verla en aquella postura ante la Unidad de Señales al completo—. ¿Qué sucede?

La mayoría de los soldados los observaba. Parte del alboroto, al menos el que se producía por las emisiones desde allí, había cesado.

—Mi marido —resopló a la vez que se pasaba una mano por la frente.

—¿Le ha sucedido algo malo? —le preguntó.

Martha negó con un gesto.

—Entonces... ¿Se trata de una disputa conyugal? «Algunos matrimonios acaban bien y otros duran toda la vida». Eso dicen. —Fairbanks soltó una carcajada que cortó enseguida—. Lo siento. No he podido ser más inoportuno con mi comentario.

—¿Me invitas a una copa? —Era lo que más le apetecía, perder el sentido como hacía Lee con demasiada frecuencia. Sabía que, en horas de servicio el teniente no podía beber, pero también que durante aquellas jornadas cruciales se hacía la vista gorda porque interesaba mantener alto el estado de ánimo de la tropa a costa de lo que fuera.

Se dirigieron al bar. Algunos soldados la miraron con chispas en los ojos y prorrumpieron en silbidos.

—Haz que muera feliz, preciosidad —le dijo a Martha el que tenía más cerca.

—Eso. Y cuando acabes con este, vente conmigo —gritó otro.

—Respetad a esta mujer —les ordenó el teniente.

Martha se sintió agradecida porque Fairbanks la defendiera, pero habría preferido decirles lo que suponía esa exhibición de sus bajos instintos. Si se contuvo fue porque decidió que sería mucho más efectivo escribir sobre ese comportamiento de algunos miembros del Ejército de su país que amonestarlos personalmente. En Londres había leído un artículo firmado por el doctor George Franklin, en él decía que la ansiedad antes del combate se traducía en un mayor consumo de alcohol y en la intensificación de la libido.

Eligieron la mesa más alejada de la barra y Fairbanks fue a por dos whiskies mientras Martha se sentaba.

—El mío con mucho hielo —le gritó ella.

—¿Qué te ha pasado? —le preguntó él nada más volver a su lado.

Douglas y Martha se conocían desde hacía tiempo, como todos en Hollywood, y tenían la camaradería propia de los que comparten circunstancias y amigos, pero nunca habían estado frente a frente, solos y con un vaso en la mano.

—¿No le parece bien a tu marido que estés aquí sola y rodeada de tantos hombres?

—Es algo bastante peor: va a acreditarse por *Collier's* para cubrir el desembarco. Los de la revista solo pueden enviar a un corresponsal, igual que cada medio. —Martha hablaba cada vez más rápido—. Yo estaba esperando a que me hicieran llegar aquí el pase de prensa desde la sede de Springfield, en Ohio, mi marido solicitó el suyo y el mío. A mí me lo han denegado.

—Al menos a él sí se lo han aprobado, ¿no?

—¿«Al menos»? Lo que tendría que hacer es renunciar a ser el corresponsal de *Collier's* en Europa, ese sería un gran gesto por su parte, pero le puede la ambición, como si aún no hubiera conseguido bastante... —Martha soltó un bufido, un gruñido animal—. Habrá otros muchos a los que acrediten y se quedarán bebiendo *dry martini* mientras todo sucede, pero yo no, con credencial o sin ella estaré allí. —Extendió el brazo en dirección a Francia.

—Admiro tu determinación, Martha, pero eso no va a ser posible. El Estado Mayor aliado ha prohibido a las mujeres...

—Para, Douglas, ya me lo sé. No nos dejan ir mientras a los corresponsales los consideran casi oficiales del cuerpo militar. Nos tratan como a leprosas. Estoy aburrida de tantas miradas condescendientes, como si fuéramos dignas de lástima... Como si nuestra profesión fuera una tara, pero solo en nosotras. No tienen en cuenta nuestros años de experiencia ni que nos debemos a los lectores y a su imperiosa necesidad de ver a través de nuestros ojos lo que sucede en Europa.

—Por aquí puedes moverte con total libertad con ese uniforme. —Fairbanks le señaló la letra C de «corresponsal» sobre el bolsillo izquierdo de la chaqueta—. Además, se os otorga el título honorífico de capitanas para que, en caso de caer en manos del enemigo, no os fusilen. Ya lo sabes. Los documentos de acreditación del Ejército sí que los tienes.

—Pero no el permiso para el otro lado, Douglas, y yo quiero estar al otro lado. Dover y el resto del sur de Inglaterra son tan solo las salas de espera del gran acontecimiento.

Martha sabía que, entre todos los mandos, el general Montgomery, al contrario de lo que sucedía con Eisenhower, era quien se oponía con mayor rotundidad a que las corresponsales trabajaran en primera línea de fuego. Se dijo que tendría que esquivarlo. Para mitigar su mal humor, le preguntó al teniente por Harvey.

—Está en Londres.

«Huyendo de mí», pensó Martha.

—Tenía que reunirse con Montgomery... Oye, no publicarás nada de esto, ¿no? Ya sabes que Montgomery oficialmente está en África encarnado por ese patán de Meyrick Clifton James. Además, tenemos órdenes de no contar nada de los preparativos del desembarco.

Después de negar con la cabeza varias veces, ella le dijo:

—Necesito estar en esas playas, contarlo de primera mano. Es algo personal.

—Tendrás que regresar a América a principios de mes. No hay otra opción. Aprovecha el tiempo aquí lo máximo posible para redactar tus crónicas, algún día podrás publicarlas, pero antes de ponerte manos a la obra, para no trabajar inútilmente, ten presente que lo que escribas deberá pasar la censura militar. No todo se puede contar.

Martha continuó como si no lo hubiera escuchado porque, además, Harvey ya le había advertido de todo aquello:

—En cuanto comiencen las maniobras me desplazaré hacia el oeste. Cuando se ponga todo en marcha me daré cuenta. No hace falta que me aviséis.

Dio un trago y se dirigió al pasillo de la cantina donde, de nuevo, tuvo que atravesar aquellos metros bajo silbidos y piropos, acrecentados debido a que no la acompañaba el teniente. Esta vez se detuvo antes de salir, estaba decidida a encararlos, pero consideró que era mejor no enemistarse con quienes podían servirle más adelante de alguna ayuda. «Algún día también acabará todo esto», pensó. E imaginó lo absurda que sería esa escena al contrario: un grupo de mujeres comportándose de esa manera frente a un solo hombre, acorralándolo.

20

A la mañana siguiente Martha subió al barco hospital para entrevistar a las enfermeras con el objetivo de obtener la información que le permitiera poner en marcha su plan. La primera con la que conversó, Dotty, respondía a sus preguntas mientras masticaba chicle y se pintaba las uñas de un tono rojo encendido.

—Yo vivía en Pataluma, en el área de la bahía de San Francisco. Allí no se hablaba mucho del demonio del bigotito. Me uní al departamento de Relaciones Públicas de la Marina, fuimos cientos las voluntarias de la American Nurses Association que nos afiliamos a la Cruz Roja. En mi caso fue porque quería viajar al extranjero y aquí estoy.

—¿Y te arrepientes? —le preguntó Martha. Siempre aplicaba ese método para escribir sus artículos: hablar del mismo tema con cuantas más personas mejor.

—No pienso en eso.

—Solo piensa en Mike —dijo otra que estaba de pie detrás de ella—. Ese soldado tendrá en la batalla un ángel de la guarda particular.

La aludida sonrió y se le quedó una expresión bobalicona prendida en la cara.

La que había tomado la palabra se sentó en la misma silla en la que estaba Dotty, después de empujar con la cadera izquierda a su compañera hacia un lado. Enseguida aclaró que era la jefa.

—Señora Gellhorn, yo cruzaré el canal en una lancha muy grande que transportará los carros de combate y los camiones de la Cruz Roja. Una vez en Francia, conduciré uno de los vehículos sanitarios. Hemos recibido entrenamiento para subir a un barco agarradas a una soga, tendremos que saltar a los botes, atravesar las alambradas... Vestiremos uniformes militares y botas, las chaquetas Mackinaw que repelen el agua, los sobretodos de faena; llevaremos con nosotras el equipo de trinchera plegable, el morral y la máscara antigás de ordenanza. Contamos con los últimos avances técnicos, eso será lo que más nos proteja.

A aquella mujer se le notaba el orgullo en la voz. Martha tuvo la impresión de que era la única que sabía dónde se había metido. Después habló con diez más. Algunas, como Dotty, era la primera vez que salían de su pueblo y de otros lugares de los que habían decidido escapar huyendo de un matrimonio infeliz, del abuso o la explotación. No le cupo ninguna duda de que quienes le relataron vivencias así estaban tan desesperadas que preferían la guerra antes que el infierno particular habitado hasta entonces. La que se llamaba Stella se mostró, en cambio, pletórica, le dijo a Martha que aquel era el trabajo más estimulante que se le ocurriría nunca desempeñar, que era enfermera de raza, por convicción y vocacionalmente.

La reportera dejó de preguntarles cuando otra contó que su marido la había llegado a atar para que no saliera de casa el día que partieron de Estados Unidos.

—Pero me escapé y corrí —dijo con una sonrisa como si se tratara de una travesura infantil.

Martha imaginó sus uniformes color caqui manchados con la sangre de los jóvenes de su país o de quienes se habían sumado a la fuerza expedicionaria aliada llegando hasta allí desde Canadá, Australia, Gran Bretaña, Polonia, Francia y tantas otras naciones más, y se sintió muy triste. Por mucho que, como medida de supervivencia, quisieran quitarle hierro a la situación con sus palabras, esto era algo imposible. Había muchos hombres en aquel emplazamiento, y aún encontrarían más cuando se dirigieran hacia el oeste. Miles de ellos morirían. Ya estaban más en la eternidad que en Dover. Todo aquello era terrible hasta tal punto, pensó Martha, que comunicarse con los soldados se parecía mucho a hablar con el más allá.

La única que sobrepasaba los treinta años, como si le leyera la mente, le dijo:

—No va a ocurrir como en la otra guerra, en la que las infecciones se llevaron a tantos. Ahora contamos con las sulfamidas, con la penicilina, el DDT, y además estamos preparadas para hacer transfusiones. ¿Sabe cuántas somos? Setenta mil, algunas estarán en los hospitales de campaña, de evacuación y de base, también nos distribuiremos entre los buques, los trenes hospitales y las estaciones navales... A partir del día 25, del jueves que viene, nos dispersarán para que ocupemos cada una nuestro puesto. Nos vamos a dejar la piel por nuestros chicos, señora Gellhorn, dígalo en su artículo.

Martha le preguntó su nombre y lugar de origen porque era la primera vez que intervenía y porque en cuanto había comenzado a hablar reconoció su acento, tan parecido al suyo.

—Soy Lindsey Bennett de New Florence, Misuri.

—¡Yo soy de San Luis! —exclamó Martha porque ambas localidades estaban cerca, dentro del mismo estado.

Martha pensó en lo irónico que resultaba, en medio de aquellas circunstancias, el hecho de que sus dos ciudades pertenecieran al área geográfica conocida en Estados Unidos como el Rhineland, las tierras del Rin, una zona con muchos viñedos plantados en su mayoría a mediados del siglo XIX por inmigrantes alemanes, el mismo origen compartido por su familia.

Después se presentó ante Martha una rubia muy animosa que, en cuanto entró en la sala, le chocó la mano con una fuerza sorprendente.

—Shirley Ambrose, de la primera promoción de vuelo, graduada en la School of Air Evacuation, de Bowman Field, en Kentucky. Yo pertenezco a la élite —le dijo con una gran sonrisa—. Estaré con los soldados en los aviones de carga. Chicas, ¿le cantamos nuestro himno a la señora Gellhorn?

Martha ya lo conocía porque en la revista *Stars & Stripes* contó que fue estrenado en enero. La música la compuso Lou Singer y la letra la había escrito el neoyorquino Hy Zaret.

Entonaron todas a coro:

Marchamos sin que la fe desfallezca
junto a nuestros galantes combatientes.
Cuando están enfermos o heridos,
los cuidamos hasta devolverles la salud.
Mientras se necesiten manos que curen,
encontraréis a las enfermeras del Cuerpo.
En barco o avión, en tren de carga,
en casa o en una costa lejana.
Con corazón leal, aportamos nuestra contribución,
por el Ejército y por el Cuerpo de Enfermeras del Ejército.

21

Folkestone, sudeste de Inglaterra

Harvey regresó aquella noche de Londres en un tren de la Bluebell Railway que lo dejó en la estación de Dover. Cuando llegó desde allí a su casa en el vehículo militar que conducía uno de sus soldados vio a Douglas Fairbanks en el porche. Nada más situarse a su altura, le dijo lo que no había dejado de rumiar durante todo el viaje:

—No me gusta nada una misión que me han encomendado. Por si no tenemos bastante con todo lo que ya llevamos entre manos.

Fairbanks esperó a que continuara.

—Quieren que envíe a treinta mujeres a un bar de Dover para que seduzcan a los de nuestra unidad y ponerlos a prueba, a ver si sueltan información sobre las maniobras de engaño.

—Puedes mandar a treinta mujeres o puedes mandar a Martha Gellhorn treinta veces —dijo Fairbanks riendo.

—No la veo en el papel de Mata Hari. Es demasiado... indómita —dijo después de una pausa, como si le hubiera costado encontrar el adjetivo—. Recuerdos de tu amigo el coronel David Niven, también estaba en la reunión. Forma parte ahora de la Unidad de Señales Fantasma, la que se encargará de informar sobre las posiciones enemigas a los comandantes en la retaguardia.

—¿Viste *La tragedia de la Bounty*? —le preguntó Fairbanks.

Harvey siempre tenía la impresión de que a su compañero le importaba más el cine que la guerra.

—Sí, claro —respondió mientras pensaba que en aquella película que estrenó la Metro-Goldwyn-Mayer en 1935 Niven tenía un papel muy pequeño, por eso él lo relacionaba más con *Cumbres borrascosas,* la historia de amor encarnada por Laurence Olivier y Merle Oberon—. Niven se ha empeñado en defender de nuevo a Meyrick Clifton James, a pesar de la que armó en Argel. El viernes mandarán a este fantoche a Gibraltar para que suplante a Montgomery otra vez. Podemos esperar cualquier cosa, pero ninguna buena.

—Desde luego. —Fairbanks le enseñó las insignias de su unidad con las leyendas en latín que decían: «Vamos a simular lo que no existe» y «Lo que es real se debe camuflar»—. ¿Qué te parece?

—Que no podemos lucirlas, pero espero conservarlas de recuerdo si sobrevivimos.

—Durante tu ausencia hemos tenido un problema, por eso he venido —le dijo Fairbanks.

Harvey guardó silencio. Antes de que llegara Martha allí, sentía un pavor desconocido y borroso, que desde entonces ya se había concretado en algo específico: que ella sufriera algún daño. El persistente recuerdo de la reportera era como una telaraña de metal irrompible que le oprimía el cerebro y de la que no encontraba la forma de desligarse.

Fairbanks continuó:

—Esta mañana los guardias no detectaron a dos civiles

que paseaban en bicicleta... Se acercaron demasiado y vieron cómo cuatro soldados levantaban uno de los tanques hinchables. Imagínate la cara que se les quedó al verlos levantar las cuarenta toneladas de un Sherman.

—¿Y qué habéis hecho? ¿No los habréis matado?

—Los interceptó el cabo Shilshut y les dijo lo primero que se le pasó por la cabeza. Ya sabes cómo es. «¿Habéis visto qué fuertes son nuestros muchachos?». Después les habló de lo bien alimentados que estaban y les prometió que ellos también tendrían comida en abundancia una vez que venciéramos a los alemanes. Estaban tan estupefactos que no reaccionaron. No creo que hablen. Se les habrá metido el miedo en el cuerpo.

—Confiemos en que sea así. Si son colaboracionistas...

—Después ha aparecido el sargento Carson y les ha dicho que se trataba de un tanque anfibio, que por eso era de goma. Creo que esa es una mentira más convincente. Espero que no entiendan demasiado de armas, aunque..., como eran mayores..., tal vez participaron en la Gran Guerra. No sé.

—¿Los de Radio ya han grabado los otros efectos sónicos? Solo asistimos a las maniobras en las que oímos las columnas de carros de combate marchando por el campo, pero ¿y lo demás? ¿Cómo va?

—Bien, tenemos registrado el sonido de la construcción de un puente y el del bullicio del campamento. Han quedado muy reales. He pasado hace un rato por el camión fonoteca. Lo han grabado todo con un magnetófono de hilo de acero, no les servían los discos de vinilo porque la aguja saltaba. Y ya sabes lo que supone modular después el volumen. El meteorólogo de nuestra fuerza aérea ha analizado los datos climáticos: la humedad, la velocidad y dirección del viento, la temperatura y la presión atmosférica para que la difusión sea lo más parecida posible. Así que... casi todo en orden, Harvey.

—Necesito que convoques para mañana a primera hora de la tarde al fotógrafo Art Kane, al pintor Arthur Singer, al modista Bill Blass y al decorador George Distel. Quiero saber cómo les ha ido el entrenamiento de infantería a nuestra unidad. Todo es necesario. —Harvey hizo una pausa y continuó—: Hablando de lo del bar... —El general no dejaba de darle vueltas a aquel encargo—. Siempre ha sido eficaz el alcohol para ponerlos a prueba, creo que con eso bastaría. También les hemos pedido a ellos en algunas ocasiones que se finjan borrachos para soltarles a los lugareños la información que nos interesaba. A veces creo que incluso es sospechoso que hablen tanto.

—Los del cuartel general de tropas especiales número 23 son actores, Harvey, pero no se trata de que interpreten un papel para engañar a los posibles espías enemigos, sino de ver cómo son ellos realmente.

—No me gusta. Si llega a saberse, si descubren que desconfiamos... Son hombres de honor, han jurado mantener el secreto durante cincuenta años bajo pena de ser juzgados en una corte marcial. Puede que su participación en este operativo de despiste la vivan como una forma de representar un espectáculo itinerante, pero la muerte es real, es la única certeza absoluta. Se juegan la vida como todos los demás. No tenemos derecho a dudar de ellos. No lo voy a hacer, no voy a reclutar a esas treinta mujeres.

—No podemos desobedecer las órdenes de Londres. Nos gusten o no. ¿Y si le encargamos a Martha que lo organice?

—Tampoco le va a gustar la idea. Te lo aseguro. La conozco poco, pero lo suficiente. Ella escribe para ensalzar el papel de las mujeres en nuestro Ejército. Eso es lo que hará durante el tiempo que permanezca en la base..., entre otras cosas. Si le planteo que queremos a un grupo para que se comporten como prostitutas pondrá el grito en el cielo.

—Podemos ofrecerle algo a cambio. Eso siempre funciona. Ya sabes lo que quiere... A primera hora de esta tarde hemos estado hablando. La encontré hecha una fiera en la Unidad de Radio. Estaba discutiendo por teléfono con su marido. Parece que esperaban dos acreditaciones de *Collier's,* pero solo ha llegado una por lo de la prohibición a las mujeres. Martha ha reaccionado como si el hecho de que su marido no quiera renunciar a su pase fuera una traición. Está muy decepcionada. Dice que no va a volver a confiar en nadie. También parece que le falló hace poco Roald Dahl.

—La señora Gellhorn no hubiera podido usar esa acreditación. No tiene la más mínima posibilidad, cuanto antes acepte eso, mejor.

—Pero es el gesto... Está enfurecida y más dispuesta que nunca a llegar a Francia como sea junto a nuestras tropas. Ahora también por coraje, por despecho... El caso es que no vamos a poder pararla a menos que consigamos una orden de detención, pero no hay cargos contra ella. Además, incluso su posición aquí peligra porque cada medio de prensa tan solo puede tener un corresponsal en el extranjero, así que cuando llegue su marido, ella estará fuera.

—Tiene que regresar a América, aquí nos puede crear muchos problemas. Hay que convencerla como sea.

—Si me lo permites, yo considero que contar con la

certeza de que nuestros hombres no difunden ninguna información sensible es primordial, es muy importante estar seguros de antemano de que todo va a funcionar, ya sabes lo que dicen de la capacidad de anticipación, que «las improvisaciones son mejores cuando se preparan».

—Shakespeare.

TRES SEMANAS ANTES DEL DESEMBARCO

22

Dover, sudeste de Inglaterra

Al día siguiente del encuentro con las enfermeras, Martha consiguió los permisos necesarios para entrevistar a Dolores Brown, Mary Barlow, Mary Bankston y algunas de sus compañeras del Servicio Postal del 6668 Batallón del WAC, Women's Army Corps, el Cuerpo de Mujeres del Ejército. Necesitaba quedarse allí, advertir cómo se disponía todo para que las tropas cruzaran a Francia.

Cuando se dirigía a la nave que ocupaban en el campamento pasó junto al terreno acondicionado para que los soldados se entretuvieran disputando algún partido de béisbol durante sus horas de descanso. Uno de los nueve que vestía camiseta blanca corrió hacia la base del vértice más cercano a ella y se anotó el *home run*. Le guiñó un ojo a Martha y le hizo un gesto para indicarle que le dedicaba su jugada. Era Harvey. Por primera vez en años sintió que se ruborizaba y lo achacó a la sorpresa que le había producido su acción, además a la vista de todos. Le sonrió brevemente pensando que se habría dejado llevar por una mínima euforia que había disipado durante unos segundos la habitual adustez que le mostraba desde que llegó a Dover. «Este es otro», pensó la reportera. Como si necesitara asirse a algo, abrazó con fuerza la carpeta de piel, lo miró alejarse de espaldas y notó que un calor instantáneo le subía por los pies como si la hierba ardiera.

Se presentó bastante sofocada ante las mujeres que se disponía a entrevistar. Las que componían aquella unidad de tropa formada por varias compañías eran casi unas niñas y todas negras. Otro dato que también conocía de antemano. Había anotado que habían desplazado a ochocientas cincuenta y cinco jóvenes. Las tres con las que habló primero le contaron que salieron de Estados Unidos a principios de febrero y que llegaron a Glasgow el Día de San Valentín. Su lema era: «Sin correo, moral baja». No había nada que se pudiera comparar al efecto que les producía a los soldados recibir noticias de los suyos.

Las jóvenes le dijeron que cuando entraron en la oficina de Birmingham, su primer destino, encontraron pilas de correspondencia que llenaban las salas del suelo hasta el techo. Lo primero que hicieron fue contar las cartas: había más de diecisiete millones. Martha pensó en los miles de sentimientos repetidos que, expresados en el papel, habrían pasado por sus manos.

—¿Y cuánto tardasteis en darles curso?

—Tres meses —dijeron dos de aquellas mujeres mientras alzaban sus manos y las chocaban en el aire—. Ya las tienen sus destinatarios. Ahora están llegando las respuestas, pero las clasificamos en cuanto se reciben, ya no se acumulan. Trabajamos en tres turnos de ocho horas, siete días a la semana, y somos muchas.

Entonces Martha Gellhorn les hizo la pregunta que más le interesaba:

—¿Y hasta cuándo estaréis aquí?

—Antes de finales de mes cruzaremos el canal para ir

a El Havre, y de allí, en tren llegaremos a Ruan. Eso nos han dicho.

La periodista subrayó estos datos después de escribirlos. Ahí tenía otra vía abierta hacia el norte de Francia, pero no quería ver llegar las lanchas desde el continente, sino subirse en una de ellas.

—Ahora, en cuanto terminemos de hablar con usted, asistiremos a la clase de jiujitsu —le dijo la que se llamaba Dolores Brown—. Como no nos está permitido llevar armas, con este arte marcial nos defendemos de los visitantes no deseados. Hemos aprendido a inmovilizarles las articulaciones y a estrangularlos, pero no llegaremos tan lejos —dijo riendo.

—Solo se trata de asustarlos un poco para que nos dejen en paz y que se corra la voz —añadió Mary Barlow—. Ganarnos su respeto.

—Se trata de usar la fuerza del otro en su contra —concluyó Mary Bankston.

Entonces fue Martha quien alzó la mano para que las que estaban más cerca de ella juntaran las suyas en el aire.

—¿Dónde queréis que os fotografíe?

—Eso es lo de menos, sáquenos guapas, señora Gellhorn, que vean en nuestras casas que estamos bien.

Martha sonrió mientras acoplaba a la cámara un objetivo. Ese gesto la llevó a pensar en Lee Miller, la echó de menos. Tampoco tenía noticias de Otto Mannheim. Se dijo que en cuanto llegara esa noche al hotel vería la forma de recabar información sobre sus compañeras. Necesitaba saber que estaban bien. De momento no había recibido respuesta a la carta firmada por todas que había enviado al Cuartel General Supremo de la Fuerza Expedicionaria Aliada en Londres. Desde allí se dirigían las tropas de las doce naciones que integraban aquel Ejército.

Como otras veces que había interpelado por escrito a los mandos militares, Martha supuso que también habrían decidido dar la callada por respuesta.

Las jóvenes del Servicio Postal se colocaron ante ella con sus gruesos abrigos cruzados que, por la falta de calefacción durante el invierno, no se habían quitado más que para lavarse y para dormir. Entonces ya no hacía frío, pero se los pusieron igualmente para que se viera el uniforme completo. Los seis botones redondos y dorados y los dos de sus puños destacaban sobre la tela basta. Llevaban las solapas bien plantadas sobre los pañuelos blancos del cuello a juego con los guantes. La mayoría posaba encogida, con los hombros hacia delante. Martha les pidió que se pusieran firmes y mantuvieran con orgullo la mirada al frente.

Después la invitaron a un refresco en la cafetería y la interrogaron sobre el reportaje.

—Estoy realizando una serie de crónicas sobre la participación de las mujeres en la guerra. Vosotras saldréis en segundo lugar, después de las enfermeras. —Tal como había pactado con Ann Mitchell, no haría pública la conversación con ella hasta que la propia matemática lo autorizara, por ese motivo no la contaba.

Le preguntaron las jóvenes del Servicio Postal también si su novio o su marido estaba en el frente. Martha torció el gesto al imaginarlo atisbando las costas de Francia con unos prismáticos sobre la cubierta de un buque y con el flamante permiso de corresponsal en el bolsillo. Sintió mucho desasosiego, sabía que, a pesar de su airada discusión, no podría soportar que falleciera mientras cubría el desembarco. Lo quería, de eso no le cabía la menor duda. Si no habían vuelto a comunicarse fue porque Martha se negó a ello al sentirse traicionada, pero su amor y su cariño por él se mantenían igual.

—Es escritor, de algunas novelas suyas han hecho películas en Hollywood. Estará cerca —les dijo sin darles más detalles.

—¡Oh, Hollywood!

—No creáis que allí es oro todo lo que reluce, ni mucho menos —les dijo Martha.

Se despidió porque necesitaba pasar a máquina sus notas para enviar el artículo cuanto antes, en ese caso a la redacción del periódico militar *Stars & Stripes,* cuya sede estaba en unas dependencias del Departamento de Defensa, con lo que suponía eso respecto al control de sus contenidos. Los rollos de película también se revelaban allí.

—Espero que nos encontremos al otro lado —le dijo la primera con la que habló.

Martha pensó que, para ella, el otro lado de la guerra no eran las playas de Normandía, sino la paz.

23

El marido de Martha había vuelto a telefonearle, pero, de nuevo, no la encontró en el campamento porque lo hizo mientras ella entrevistaba a aquellas mujeres.

Martha decidió que pediría en la Unidad de Transmisiones que le dijeran siempre que no se hallaba allí. Imaginó que su marido ya estaría ocupado con los preparativos de su viaje a Europa. Lo imaginaba a su llegada en compañía de otros corresponsales estadounidenses, recostado en un mullido sofá de cuero del bar del Dorchester.

Estaba previsto que estuvieran en el Reino Unido más de quinientos treinta periodistas entre prensa, radio y fotógrafos acreditados. Muchos de ellos no saldrían de alguna de las lujosas cafeterías mientras durase el desembarco para no alejarse demasiado de sus daiquirís.

Llamaba a estos «los apocrifólogos» o «los falsos» porque inventaban las historias en lugar de vivirlas, como ella había hecho siempre con lo que narraba en sus crónicas: Martha primero se tragaba el mundo por los ojos y después convertía en palabras sus experiencias. Pero no solo eso, aquellos seudoperiodistas, además, se describían a sí mismos como los principales actores de las misiones de guerra en las que supuestamente participaban.

A Martha y a sus hermanos, sus padres les habían prohibido los chismes y los rumores. Solo podían hablar de lo que estuviera avalado por su capacidad de observación y su experiencia. Todo lo demás debían mantenerlo alejado de su conversación en nombre del «profundo amor por la nobleza», como decía su padre.

Llamó a la recepción del Dorch para preguntar por sus compañeras y también por su marido. Enseguida le confirmaron que él tenía una habitación reservada a su nombre para dos días después y por tiempo indefinido. De manera inmediata, Martha supo lo que haría.

La misma tarde en la que firmaron la carta, las reporteras habían acordado que, en el caso de que abandonaran la capital, dejarían sus datos para ser localizadas en sus nuevas coordenadas. Así se sentirían más protegidas. Planificaron comunicarse a través del señor Chambers, uno de los empleados del hotel. Entre todas le habían pagado varios cientos de libras para que fuera su nexo. De Martha, las demás ya sabían que se encontraba en Dover. Lee Miller había partido a fotografiar a las tropas acampadas en el sudoeste con otros compañeros del Cuerpo de Corresponsales de Guerra de Londres. Mary Welsh permanecía en su apartamento en el 31 de Grosvenor Street, del que salía antes de que amaneciera para ir a las oficinas provisionales de *Time, Life* y *Fortune.* Ruth Cowan Nash seguía por todo el país al WAC, el Women´s Army Corps. Para realizar su trabajo se le exigía que vistiera uniforme y cumpliera con el reglamento como un miembro más de las Fuerzas Armadas.

La única que seguía alojada en el Dorch era Helen Kirpatrick, la jefa de la oficina del *Chicago Daily News.* Esto tranquilizó a Martha, convencida de que su compañera sería capaz de sacarla de cualquier agujero.

Martha le dictó a Chambers los mensajes que quería dejarles y después colgó. No paraba de pensar en la inminente llegada de su marido.

24

Londres-Dover

Al día siguiente tomó el tren a Londres, quería estar en el Dorchester antes que él. Atravesó el vestíbulo y se dirigió a la recepción. Mientras decidía cuál era el mejor lugar donde esperar, alguien le tocó en el hombro derecho con un repiqueteo de los dedos que consiguió ponerla nerviosa incluso antes de comprobar que se trataba de él. Se le había adelantado.

—¿Mataste ya a algún alemán, Mookie?

Martha no estaba preparada para volver a escuchar ese apelativo, pero aun así decidió preguntarle por su viaje de buenos modos. No deseaba abrazarlo. Cuando él comenzó a desgranar los detalles del vuelo, no pudo evitar compararlo con su travesía en el carguero.

Su marido le pellizcó la mejilla. Martha iba a proponerle que se sentaran en una de aquellas salas multiplicadas de forma idéntica que llenaban la planta baja del hotel, pero en ese momento llegó otro hombre.

—¿Preparado para nuestra gran noche?

Martha abrió mucho los ojos.

—¡Oh! Lo siento, belleza, no me he presentado. John Weissman de Arizona, trabajo en el *Post,* en *The Washing-*

ton Post —añadió. Martha pensó que esa aclaración significaba que de ninguna manera se le había pasado por la cabeza que ella también pudiera ser periodista—. Los chicos nos esperan en el Star. Vamos antes de que estén demasiado borrachos y nos sea imposible alcanzarlos.

Martha estaba segura de que, a continuación, su marido informaría a su compañero de que ella era su esposa y que no podía seguir adelante con sus planes, pero en cambio dijo:

—Esta es mi llave, Mookie, espérame arriba. No creo que tarde más de cuatro horas en volver. Ese es el tiempo en el que suelo rebasar mi capacidad etílica, ya lo sabes.

Martha cogió a su marido del brazo y lo apartó unos metros del otro corresponsal.

—He venido desde Dover para que reflexionemos sobre nuestra participación en la guerra y respecto a nosotros. No puedes marcharte y dejarme tirada. ¿No lo entiendes? ¿Estás aún mareado por el viaje?

—Oh, Mookie, ¿qué son unas horas? No te supone nada esperarme. Aprovecha para escribir. O toma algo mientras tanto con alguna de tus amigas. Me dijiste antes de partir que ellas ya estaban aquí.

Martha pensó fugazmente en Helen Kirpatrick mientras oía a su marido decirle:

—Después duermes. Te sentará bien. Yo necesito despejarme. Tienes que entenderlo. Para mí tampoco es fácil. Además, te he llamado muchas veces a la Unidad de Radio del cuartel de Dover. ¿Sabes cómo me sentía cada vez que me decían que no estabas? ¿Puedes entender mi preocupación? Ponte en mi lugar por una vez.

—¿Como tú te has puesto en el mío robándome la acreditación?

—Martha, yo no he hecho tal cosa, ya sabes cuáles son...

El reportero de Arizona, que fumaba con el codo apoyado en la otra esquina del mostrador de recepción, los miró e hizo un gesto con la mano a la vez que Martha leyó en sus labios que le decía «Abrevia».

—Me da igual. ¡Vete! Creo que ya me has demostrado todo lo que tenías que demostrarme.

—Pero, gatita, no te enfades. Lo del pase de prensa no es cosa mía, ya lo sabes. Iré yo porque alguien tiene que hacerlo. De lo contrario, ambos perderemos la oportunidad.

—¿Y ahora? ¿De verdad vas a marcharte y a dejarme aquí sola?

—Marcharme, dejarte, ¡qué dramática eres! Por eso escribes como escribes —le dijo él mientras se reía.

Martha sintió que el rencor y la rabia le subían por todo el cuerpo como si se tratara de una raíz que creciera del suelo del Dorchester para atravesarla entera.

—Está bien, haz lo que quieras, pero atente a las consecuencias.

—¿Es eso una amenaza, Mookie?

—Todo te parece una broma.

Entonces John Weissman se acercó a ellos:

—¿Prefieres quedarte? —le preguntó.

—No, vámonos.

Antes de que se alejaran, Martha oyó que el reportero le preguntaba quién era ella, y su marido se encogía de hombros.

Ese gesto todavía le dolió más que todas sus palabras anteriores. Quiso llamar a Helen Kirpatrick, desahogarse con ella y pedirle consejo sobre cuál debía ser su actitud, pero regresó a Dover aquella misma noche. En lugar de informarse en la recepción sobre el horario del próximo tren, pidió que le buscaran un taxi y esperó en la estación. De la conversación con su marido, y sin saber por qué, su mente saltó a Harvey, a su sonrisa cuando le dedicó el *home run* durante el partido de béisbol.

Esperó más de tres horas sentada en un banco de madera de la estación de Waterloo. Sin nada que leer, se dedicó a ver pasar a los viajeros. Durante los casi ciento treinta kilómetros hasta Dover solo fue capaz de enumerar las sombras y los fracasos de su vida, como si sus muchos logros carecieran de importancia. Durmió algún rato, pero siempre la sacaba del sueño el frenazo de la locomotora cada vez que se detenían en alguna estación.

Cuando llegó con el taxi al Balmoral, ya había amanecido. Tuvo que soportar las miradas de reprobación de quienes, entre el personal del hotel, dedujeron que había pasado la noche de juerga.

Un botones le informó de que tenía un mensaje de Londres.

«Helen Kirpatrick», pensó. Seguramente se había enterado de que estuvo en el Dorchester y le recriminaría que no la hubiera avisado.

—Su esposo —balbuceó el hombre— ha..., ha tenido un accidente. Lo siento, señora Gellhorn.

Martha se quedó pálida.

—Parece que el coche en el que regresaba de Belgravia Square a su hotel ha chocado con un poste. Este es el número del hospital —le dijo el botones mientras le acercaba el aparato tirando del cable enroscado.

Martha asintió para que él marcara. Durante la conversación permaneció demasiado cerca de ella. Martha lo disculpó pensando en lo largas que debían hacérsele las horas de guardia. Cada vez le importaban menos cosas, se dijo. Cuando terminó, le transmitió las noticias sobre el estado de su marido:

—No es grave. Solo unas cuantas contusiones. Una brecha en la frente y un pie dislocado. Nada más. —Y anticipándose a su pregunta, añadió—: Esperaré aquí. No voy a ir a Londres. No voy a ir a ningún lado más que... —Iba a añadir «a Francia», pero se contuvo—. Buenas noches.

Martha subió a su habitación llena de sentimientos encontrados. Por una parte, pensaba que su lugar estaba al lado de su marido, en la cabecera de su cama, pero, por otro, tras el desplante en el Dorchester tenía muy claro que necesitaba hacerse valer, que si la quería a su lado tendría que rogárselo.

25

Southwick, sudeste de Inglaterra

Dos días después y tras saber que a su marido le habían dado el alta, Martha recorrió en taxi el trayecto que separaba Dover de Southwick con la tensión propia de la cuenta atrás, a la que se añadía que no sabía cuánto tiempo restaba para que todo se pusiera en marcha.

De momento, con mayor o menor dificultad desempeñaba su trabajo; las entrevistas también le servían como sistema de alerta temprana, a través de ellas sabía que sería capaz de detectar que la operación comenzaba a ponerse en marcha a partir de cualquier cambio en las rutinas. Esa sería su forma de anticiparse porque no podía confiar en que nadie la avisara.

El vehículo la dejó frente a la imponente columnata de la sede de la Defence School of Policing and Guarding (la Escuela de Policía de Defensa y Vigilancia). Admiró el interior de la cúpula que parecía flotar sobre el vestíbulo de la segunda planta y la magnificencia de los materiales de aquella construcción de estilo georgiano, simétrica, proporcionada y con ornamentos clásicos.

A Martha le sorprendió comprobar que Fanny Hugill, la encargada de registrar las rutas de los buques que navegaban por el canal de La Mancha, trabajaba subida en una escalera desde la que trazaba las singladuras de los barcos de la Royal Navy sobre un enorme mapa mural. Había esperado que fuera menos grande y estuviera sobre una mesa. La joven le contó que tenía veintiún años, prácticamente la misma edad que Ann Mitchell, la brillante criptógrafa que simulaba ser solo la secretaria de Masterman.

Le preguntó si estaba nerviosa ante la magnitud de la operación en la que iba a participar y ella le explicó la necesidad de planificar cada detalle. Era una persona serena que no se daba la menor importancia; en eso coincidía con la forma en la que la trataban el contralmirante Tennant y el almirante Ramsay, de quienes dependía directamente.

—Las personas te consideran según como te ves a ti misma —le dijo Martha—, pero no te preocupes, con los años te harás más fuerte.

Fanny se sonrojaba con frecuencia. En su crónica describiría ese rubor como una prueba de lo poco acostumbrada que estaba a recibir halagos.

—¿Cuál dirías que ha sido tu mayor desafío, Fanny?

Su primera respuesta fue escueta:

—Conseguir que mis compañeros se fiaran de mí.

Martha se sintió tan identificada que se sinceró con ella: le habló del problema con su credencial y de las continuas miradas y frases de algunos compañeros vanidosos, pesados y trepadores que tenía que soportar. También le contó lo sucedido cuando fue a recibir a su esposo a Londres y lo del accidente. Ambas supieron que, ante aquellas aguas y tierras dibujadas sobre el papel que cartografiaba el escenario de la guerra, había comenzado su amistad.

A medida que avanzaba la conversación, Martha calculaba cuántas líneas podría llenar con sus palabras. Como le había sucedido en otras ocasiones, era más lo que tendría que silenciar que lo que publicaría, pero aun así se sentía satisfecha. Para finalizar, le pidió su opinión sobre el conflicto y Fanny le dijo que los aliados se habían visto obligados a serlo para frenar los delirios de un demente incapaz de aceptar la derrota ante su pueblo. Estaba convencida de que, si no lo detenían, Hitler acabaría invadiendo las tierras del otro lado del Atlántico.

Martha coincidía con su visión. En 1932, durante su visita a Alemania con la delegación de periodistas extranjeros, asistió junto al grupo que capitaneaba Otto Mannheim a un discurso de Hitler. Aprovechó para observar a los jóvenes que los rodeaban. «Habían pasado de llevar pañales a vestir las camisas pardas», escribió entonces. Estaban imbuidos de odio y de brutalidad. Presagió la catástrofe cuando aún eran pocos los que se tomaban en serio aquella amenaza. Como una moderna Casandra, sufrió la misma maldición que la profeta mitológica: no la creyeron. En su entorno profesional consideraron aquel vaticinio un desvarío. La excepción fue, como siempre, su familia. Su padre, Albert Gellhorn, que seguía sintiéndose prusiano a pesar de vivir desde hacía más de cuatro décadas en San Luis, consideraba a Hitler un insulto personal.

Tras hablar un rato más, Martha se despidió de Fanny rogándole que la avisara si visitaba Dover. Terminó diciéndole que la encontraría allí porque no pensaba regresar a América por mucho que le insistieran, que cuanto más se empeñaran en enviarla de vuelta a casa como a una intrusa que había aparecido en un lugar insospechado, más reforzarían su determinación de quedarse en Europa, y que estaba dispuesta a hacer cualquier cosa para conseguirlo: cambiar de identidad, obtener un pasaporte británico..., todo lo que se le ocurriera, pero al margen de su marido.

26

Dover, sudeste de Inglaterra

En el salón anexo al de lectura en la biblioteca de la base, Martha Gellhorn mecanografiaba su entrevista a Fanny Hugill en una máquina de escribir Smith Corona modelo Standard. Aprovechaba que sus credenciales aún eran válidas para hacer uso de las instalaciones militares. Tras revisar el orden de las preguntas, se estiró para desentumecer los músculos y enseguida comenzó a bostezar. Entonces sucedió lo que menos esperaba: el general Harvey entró en el salón.

—¡Usted! —exclamó él muy sorprendido también.

Martha pensó que había reaccionado como si se hubiera encontrado con un selenita. Volvía a ser el mismo hombre que antes del episodio del béisbol.

—Sí, yo —le contestó mientras arrancaba del rodillo las dos hojas blancas entre las que había intercalado la de calco y después las juntó con las demás—. Estaba repasando. Ya me marcho.

—¿Puedo leerlo?

—¿No irá a censurarme usted también, general? —le preguntó ella mientras le sonreía.

—Eso lo dejo para otros, yo ya tengo bastante trabajo

con mi unidad. Es solo curiosidad. Espero que no le moleste.

Harvey finalizó con una mueca más alegre, pero apenas perceptible, y ella le tendió las páginas. Guardó su cuaderno, la pluma, varios papeles y recortes de periódico en su maletín de cuero. Se puso la chaqueta y, cuando iba a enrollarse el pañuelo al cuello, decidió anudarlo en el asa de su bolso. Con disimulo, se estiró las medias mientras miraba a Harvey a hurtadillas. Desde el primer momento le había impuesto su altura, los hombros ensanchados de tanto nadar, incluso le gustaba respirar su olor a madera de pino. Pensó en un ataúd y apartó enseguida esa idea de la cabeza.

Cuando dejó de leer, Martha le preguntó:

—¿Le ha parecido lo suficientemente inofensiva?

—Gracias por elevar la moral del Ejército.

—Gracias. Me ha dicho «gracias». ¿Se ha dado cuenta?

—Es importante que los soldados sepan el cometido de todas las unidades.

—Entonces, y pese a lo que significa su labor, ¿no le resulta extraño que Fanny Hugill no salga en las fotografías de la Royal Navy?

—¿Eso cree?

—No es que lo crea, lo he comprobado; no se reconoce su trabajo cartográfico de la misma manera que el de otros. Trazar las rutas de los buques en el canal como ella hace no es un cometido menor en esta situación. Sé de muy buena tinta, y no porque me lo haya contado ella, que no solo se ocupa de lo que sucede ahora, sino que junto al almirante Bertram Ramsay planifica las operaciones navales del desembarco y que ese día estará en la sala de operaciones. A pesar de todo eso, se la ningunea.

Harvey sopesó esas palabras y después le dijo, como si Martha no lo supiera ya:

—No podrá publicar nada hasta que lleguemos a las costas de enfrente. Vamos. La dejaré en su hotel.

—¿No se lleva ningún libro? —le preguntó ella mientras le señalaba con la cabeza la sala de al lado—. Puedo recomendarle unos cuantos.

—A eso había venido, claro, pero no quiero que se haga más tarde. A estas horas... una mujer...

—Había venido a buscar entretenimiento y me ha encontrado a mí —lo interrumpió mientras le sonreía de una forma que a Harvey lo hizo sentirse por unos instantes muy lejos—. Pero, claro, no lo quiere reconocer.

Él no dijo nada.

Tras salir del edificio cruzaron una plaza, el suelo estaba cubierto de grava, y, a pesar de eso, en el centro crecían unas caléndulas amarillas que luchaban por sobrevivir en medio de tanta dureza.

Harvey le abrió la puerta del coche.

—¿Le ha dado permiso a su chófer? —le preguntó ella cuando comprobó que el vehículo estaba vacío.

—Me gusta hacer algunas cosas por mí mismo de vez en cuando para no perder la costumbre —le dijo él mientras ocupaba su asiento.

En cuanto enfilaron la calle principal, Martha se fijó en el cartel de la película *Las rocas blancas de Dover*. Estaba colocado sobre una tabla que el viento movía como si quisiera que sus protagonistas, tan cerca el uno de la otra, acabaran de juntarse. «Amor en tiempos de guerra», decía la frase que acompañaba al título. Pensó en contarle lo del accidente de su marido, pero no lo hizo.

Harvey mantenía la mirada al frente. Ella observó con disimulo su mandíbula muy bien rasurada, los pómulos altos y la nariz grande y recta, y lo recordó vestido con la camiseta en el partido de béisbol.

—Señora Gellhorn, mañana en cuanto llegue al campamento puedo ordenar que le compren un pasaje para América.

De nuevo comenzaba la cantinela que le había descrito a Fanny Hugill.

—General Harvey, no voy a marcharme. Usted lucha para ganar esta guerra y yo por contar la verdad.

—Escribiendo sobre personajes ficticios en esa productora donde trabajaba junto a su marido y algunos más.

—Gracias a esos embustes, la inteligencia alemana está muy confundida. Hemos cumplido con la primera parte de nuestra misión. Eso sí, las mentiras hay que mantenerlas. Mañana entrevistaré a Glenn Connors y Aldrich Merck. Tal como estaba previsto, ya se han ido de la lengua en los pubs locales. Tenemos que seguir trabajando en ello —le dijo Martha—. Me consta que mis artículos también los leen en Berlín, y con mucho interés, además. —Se reservó para sí que era Otto Mannheim quien la mantenía al día de estas cuestiones.

—¿Entonces mañana no saldrá de su habitación? —le preguntó Harvey. Quería saber que permanecería en un espacio seguro y así se lo dijo de forma que ella no sintiera que la vigilaba. Necesitaba poner en marcha junto a su teniente lo que habían comentado respecto a llevar a cabo alguna acción, lo que fuera, con tal de que la disuadiera de aquella quimera en la que se había empecinado.

Comenzó a llover.

Harvey sabía que el hotel Burlington de Dover había sido alcanzado dos veces en 1940. Su gigantesco tamaño y la proximidad al paseo marítimo lo convirtieron en uno de los principales objetivos para la artillería alemana a ese lado del canal. No cesaron hasta que lo destruyeron por completo. A Harvey le horrorizaba pensar que con el Balmoral, donde se alojaba Martha, sucediera lo mismo.

—No estamos a salvo en ningún sitio —dijo Martha.

—¿Y su marido? —le preguntó.

—Ya está en Londres. Se está dejando llevar por su deseo de conseguir todavía más reconocimientos.

—Cuando acabe esta guerra, volverá la paz a su matrimonio también —le dijo Harvey.

—Eso no depende de mí. Yo siempre he tenido un comportamiento intachable, sin ninguna excepción.

El general no lo dudó. El limpiaparabrisas se movía como un metrónomo. Después de aparcar ante el Balmoral, él salió del coche para abrirle la puerta. Ella lo contempló como si pretendiera adivinar qué pensaba y Harvey le sostuvo la mirada. Entonces a Martha se le deslizó el pañuelo que había enrollado en el asa de su bolso, ambos se agacharon a la vez para recogerlo del suelo y quedaron unidos unos instantes y en silencio por el trozo de seda. El agua encharcada dibujó en la tela unas figuras difusas.

—Lo siento —le dijo Harvey.

27

La Abwehr o Defensa, como se conocía a la organización de inteligencia militar alemana, había sido disuelta en febrero de 1944, y desde entonces tomó el control de sus funciones la Oficina Central de Seguridad del Reich. Compartir aquellas conversaciones inventadas con los agentes Darling y Brandy era una prioridad. El mecanismo del engaño era el siguiente: los alemanes estaban convencidos de que eran sus principales activos allí; por tanto, mientras esta trampa funcionara, no enviarían a otros agentes, y lo que de allí saliera lo controlarían los aliados en las instalaciones militares de Dover.

Era mucho más efectivo que si tan solo se hubieran inventado a dos soldados que hablaban demasiado. Además, desde que estos personajes se habían encarnado en dos de los hombres de Harvey, aquello le había supuesto a Martha que, conforme esa misión culminaba con éxito, podía dedicarse a avanzar en su objetivo principal: ser testigo del desembarco.

Unas semanas antes, el Gobierno del Reich había descubierto que algunos oficiales de su Ejército formaban parte de una conspiración para asesinar a Hitler, otra más. Dieron a conocer los hechos, pero no sus nombres. Martha temía cada vez más por Otto Mannheim. Era crucial que en el servicio de inteligencia en Berlín se leyera la información que remitían quienes consideraban sus agentes más valiosos en Dover. Su entrevista inventada formaba parte de la treta para dotar aún de una mayor credibilidad a Darling y Brandy; la intención era que, mediante sus palabras directas, declararan cómo marchaban los preparativos. No había ningún problema en publicar datos falsos. La censura militar conocía tan bien lo que debía ocultarse como lo que era necesario comunicar.

Mientras tanto, Masterman vería la forma de acercarse a quien había conseguido ocupar desde hacía unas semanas el puesto de ayuda de cámara de Hitler, con lo que aquello podía suponer.

Martha se incorporó de la butaca que había junto al escritorio y recorrió con la mirada el suelo enmoquetado y las paredes forradas con un raso ya bastante ajado y desteñido. En el centro de la estancia había dos sillas vacías, una para cada personaje: Glenn Connors y Aldrich Merck. Esta escenografía mínima la ayudaba a concentrarse.

—Quiero que me hablen de Patton —dijo en voz alta como si realmente se hallara en compañía de los dos soldados.

Aunque estaba sola, impostó la voz para atribuirle sus palabras a Connors:

—Un guerrero puro y feroz. Eso dicen de él. Por algo se ganó el sobrenombre de General Sangre y Agallas.

Con otro tono, el que le atribuyó a Merck, se respondió:

—Sí, pero la sangre siempre es la nuestra, así es muy fácil tener agallas. Esto no lo publique, señora Gellhorn.

Este diálogo inventado repetía lo que ella oía más a menudo durante sus entrevistas. Sabía de compañeros que no respetaban el *off the record,* pero para ella era sagrado no traicionar a sus interlocutores, incluso cuando no existían, como en ese caso.

—Me lo ponéis difícil —dijo Martha actuando de ella misma—. Siempre me pedís que no salga lo más interesante, pero en este caso, tratándose de una revista patriótica, no escribiré nada que pueda comprometeros. De cualquier manera, no lo publicarían. Ya sabéis cómo funciona la censura militar. Sobre Patton solo diré que estudió Literatura Clásica e Historia Militar, obviaremos lo de su dislexia y pasaremos al momento en el que se licenció en West Point. Todo esto lo contaré en la entradilla junto con algunos detalles de vuestras vidas. «Sus hombres son quienes mejor lo conocen». ¿Qué os parece así para intercalar vuestras vivencias en su semblanza?

Martha sabía que Patton llevaba unos cuarenta años casado con Beatrice Banning. Ambos se conocían desde la infancia, pero era muy evidente que esta larga relación no parecía haberle aportado al general ninguna estabilidad emocional. Por fuera era de hierro, reforzado con wolframio, decían algunos, pero esta cápsula metálica encerraba a su peor enemigo: él mismo con su nulo don de gentes y los continuos cambios de humor, su personalidad desbordante en el peor sentido del término. A quien tenía la paciencia o la obligación de escucharlo le refería las hazañas de Aníbal, el general cartaginés del que se creía su reencarnación.

Como todos, Martha también sabía que Eisenhower había colocado allí a Harvey para que ejerciera de contrapeso a los dislates y desmanes de Patton, así se lo dijo cuando lo entrevistó en el vestíbulo de la Sunset Tower. Su paisano de Misuri fue el elegido porque su personalidad calmada, su saber estar, su rectitud, su comportamiento nada estridente componían un carácter por completo opuesto al de Patton. Además, a decir de muchos, era inusualmente cortés, incluso con sus soldados.

Martha detestaba a Patton, no podía expresarlo de otra forma, porque representaba lo peor del *American way of life*. El general subestimaba la capacidad de los hombres de raza negra en el Ejército y con el resto también mostraba muy poco tacto. Martha había conocido un episodio bochornoso durante una visita a un hospital en Italia donde Patton abofeteó a dos soldados heridos a los que, además, llamó «cobardes».

Evitaría relatar estas cuestiones, pero también cualquier asomo del tono laudatorio que había empleado en el reportaje sobre Harvey.

Aquella tarde en su habitación del hotel Balmoral, Martha añadió a su crónica bastantes datos más sobre Connors y Merck, pero ya sin interpretar ninguna función de teatro porque quería terminar de una vez. Con esa entrevista pretendía colocarlos bajo la luz de los focos, que los mandos del Ejército enemigo supieran de su importancia y del buen desempeño de su trabajo.

A través de la ventana veía caer la lluvia como una cortina de cuentas grises.

Dio por concluida su redacción después de releerla un par de veces y se preparó para salir a encontrarse con Fairbanks en la cantina. Necesitaba despejarse porque no dejaba de pensar en su marido y en que ella no estaba dispuesta a ser una nota a pie de página en la vida de él, decidido a convertirse dentro del ámbito del periodismo y de la literatura en una estrella de tal fulgor que nadie consiguiera hacerle sombra. Llamó el día antes al Dorchester, pero el señor Chambers le dijo que su esposo había salido acompañado de otros periodistas de su país.

Frente al espejo se retocó el peinado y después se echó una chaqueta sobre los hombros. En la puerta del hotel había un taxi del que bajaba un nuevo huésped. Ella lo reconoció enseguida, antes incluso de fijarse en los bártulos que portaba. La recorrió un escalofrío porque se trataba del fotógrafo húngaro Endre Friedmann, al que todos conocían como Robert Capa, el seudónimo que había inventado junto a Gerda Taro. A pesar de que no lo había vuelto a ver desde que ambos estuvieron en España, lo tenía muy presente porque el recuerdo de su amiga fallecida la acompañaba siempre. Desde entonces no había sido capaz de dirigirse a él, ni por carta ni por teléfono, a pesar de que cuando coincidieron en el conflicto anterior llegó a considerarlo un hermano. Los unía el afán por contar los efectos de la tragedia en la gente de a pie. Cada uno lo hacía con sus medios. Pero Martha fue incapaz de vadear aquella distancia que había abierto entre ambos la muerte de su compañera, y se arrepentía de haberse alejado de él cuando el fotógrafo más necesitaba su consuelo. Fue su forma de protegerse de la certeza de que Gerda nunca más volvería a mirarla, ni con su cámara ni con sus ojos, cerrados para siempre en Brunete, la localidad de Madrid que había pasado a la historia por la batalla de julio de 1937. Por fin tenía la oportunidad de redimirse ante Endre. Cruzó el vestíbulo y lo llamó. El chófer lo ayudaba a depositar sus bultos en la entrada para que los transportara uno de los botones. Él dejó caer al suelo una de sus maletas.

—¡Martha Gellhorn, radiante Martha, aquí estás!

Ella lo abrazó. Las lágrimas le brotaban. Se pasó las manos por los ojos en cuanto se separó de él.

—Cuánto sentí lo de Gerda, cuánto lo siento y cuánto lo sentiré todos los días de mi vida, Endre.

—Ella está aquí con nosotros. Viene conmigo para que siga retratando lo que todos deben ver.

—Yo también la siento muy cerca. Era una mujer única.

—Como tú, Martha, como lo somos todos y cada uno de los que matan en estas malditas guerras.

—Dime que brindaremos en París.

—Claro. ¿Dónde vas?

—Ven conmigo a la cantina. —Martha le habló de Douglas Fairbanks, de que le vendría muy bien estar con ellos para relajarse un rato, pero Endre Friedmann declinó su invitación.

—Otro día, Martha, porque habrá más días, muchos más. —Le tocó la espalda y la reportera interpretó ese gesto de camaradería como su forma de cerciorarse de que ese encuentro había sucedido realmente.

Sin dejar de mirarlo, se acercó hasta el chófer que lo había dejado allí a él y le pidió que la llevara a la base. Ya no tenía que luchar contra el recuerdo de Endre, había recobrado a su amigo. Apenas acababan de despedirse y ya lo echaba de menos. «Habrá muchos más días», repitió esperanzada.

Antes de entrar en el taxi alzó el rostro hacia el cielo y sintió la lluvia.

28

Una vez en el bar, después de cruzar de nuevo el pasillo bajo una lluvia de silbidos de los soldados, Martha avanzó hasta que vio a Fairbanks en una mesa.

—¡Me han llamado muñeca explosiva! —le dijo al teniente a modo de saludo y él soltó una carcajada.

Martha lo miró con tal fuerza que Fairbanks no se atrevió a replicar, se incorporó para ir a la barra y pedirle un whisky con mucho hielo.

Los alemanes llamaron *explosivpuppen* a los paracaidistas falsos del enemigo: unos quinientos muñecos de trapo equipados con bombas que, tras tocar tierra, supuestamente prendían fuego a sus paracaídas para que pareciera que los destruían con la intención de que sus enemigos no los encontraran. Los aliados, en terminología también jocosa, los llamaban *paradummies* o Ruperts, y los iban a dejar caer sobre playas alejadas de los enclaves del desembarco, como parte de la operación Titanic.

—Si yo los hubiera llamado a ellos «muñecos explosivos», ¿qué habría sucedido? Enseguida me habrían catalogado como una... ¿buscona? —le dijo cuando volvió a tenerlo enfrente.

Él movió la cabeza como si quisiera sopesar esa observación.

Martha observó que Fairbanks estaba más serio de lo habitual cuando se interesó por su situación.

—¿Qué quieres que te diga? —respondió Martha—. No dejo de hacer entrevistas, pero me desazona no saber aún nada del pase. Es una injusticia...

—No me refería a eso, sino a cómo está tu marido. Él no tiene nada que ver en esas decisiones.

Martha no sabía cómo se había enterado de lo de su accidente.

—Creo que solo le quedará una cicatriz en la frente como recuerdo de su borrachera. Se la cubrirá con el flequillo y ya está —dijo en un tono despreocupado, y añadió—: He vivido convencida de que éramos un equipo, pero ahora...

—Martha, creo que le estás dando demasiada importancia a algo que no la tiene.

—¿Que no la tiene?

—Es que no tiene sentido empecinarse en lo que es imposible.

—¿Qué es imposible? —insistió ella.

—Que te concedan el permiso para cubrir esa información desde Francia —le replicó él con cierto deje de pereza en la voz por las veces que ya lo había repetido.

—Iré igual sin la acreditación militar.

Fairbanks decidió que aquel era el momento más propicio para transmitirle a Martha la información que obraba en su poder.

—Tu marido... —comenzó a decirle. Hablaba de una forma muy lenta porque temía el impacto que podían producirle sus palabras—. El abogado de tu marido ha presentado una demanda de divorcio en la Metropolitan Courthouse de Los Ángeles. Yo también tengo mis fuentes... —le mostró las palmas de las manos alzadas.

—¿Qué? —gritó Martha desconcertada. Eso suponía un salto abrupto. Ella era la que tenía motivos para enfadarse, para lanzarle un ultimátum. Aún se sorprendió más cuando el teniente añadió:

—Creo que podré conseguir pronto una copia. —Su plan consistía en que se la hiciera llegar uno de sus subalternos desde California para que con esta evidencia se sintiera tan desanimada que olvidara su idea de participar en el desembarco.

La reportera tenía una sensación irreal, como si Fairbanks le hablara de otras personas.

—Parece que en la clínica donde ha estado tras el accidente se quedó prendado de la enfermera que lo atendió.

Martha lloraba de una forma queda, casi inaudible.

—¿Así? ¿Apenas unas horas después de que nos despidiéramos? ¿Tanto necesita que alguien lo cuide? ¿Por qué ha hecho esto? No puede tener ninguna queja de mí. No tiene sentido.

Para intentar animarla, Fairbanks le dijo:

—A cualquiera nos puede suceder algo así. En algún sitio leí una frase graciosa, decía que el amor es como una goma elástica que dos personas aguantan con los dientes y que el primero que la suelta daña al otro en los labios. Por suerte, hablo de oídas, mis relaciones no han sido nada tormentosas.

—Eso lo dices porque eres un caballero —acertó a articular Martha con lágrimas en los ojos porque sabía que Joan Crawford lo había dejado por Clark Gable.

La que Fairbanks tenía entonces a su lado era una Martha pura, sin defensas, desnuda de cualquier máscara. Le recogió una lágrima con un dedo, le apartó un mechón que le caía sobre el ojo derecho y se lo colocó detrás de la oreja.

Por ese gesto, ella lo imaginó con sus hijas, pensó en cómo sería en su papel de padre.

—Lo de mi marido con la enfermera ha debido de ser un arrebato, un *flash.*

Después recordó la entrevista que les había hecho a las que estaban destinadas tan cerca de allí. Eran mujeres muy atractivas: a su indiscutible poder de fascinación, debido a su valentía y su entrega, se unía la percepción que se tenía de ellas como madres suplentes en medio de la batalla. Como decían en su himno: siempre estaban con los soldados, y a juzgar por lo sucedido, también con los reporteros de guerra. Lo tenían todo para que las estimaran, no como a ella: esposa intermitente, mujer entregada en cuerpo y alma a su profesión. La sociedad le exigía pagar un precio demasiado alto: su felicidad conyugal a cambio de su éxito profesional y su independencia. Intentó calmarse.

—¿Tienes un cigarrillo?

—En mi coche —le respondió Fairbanks con la intención de llevarla al hotel para que descansara.

A Martha le hubiera gustado que Harvey estuviera junto a ella, bajo aquella lluvia incesante que se extendía por el sur de Inglaterra para conformar la barrera líquida que, de momento, contenía la invasión de Europa.

En cuanto Harvey regresó de una nueva visita a Londres para ultimar los detalles del dispositivo, Fairbanks lo puso al día de la situación de la reportera: Martha llevaba tres días sin salir de su habitación en el Balmoral. El general enseguida se dirigió hasta allí. En la recepción dijo que se trataba de algo urgente y subió los escalones de dos en dos. Llamó varias veces a la puerta, pero ella no le contestó. Entonces golpeó tan fuerte contra la madera que unos huéspedes lo miraron con desagrado.

Al fin, el estruendo traspasó las fronteras del sueño que Martha se había inducido con varias pastillas, y reconoció, muy lejana, la voz de Harvey.

Cuando se incorporó en la cama sintió que se mareaba y un sabor desagradable en la lengua que le llegaba hasta la garganta. Después pensó en el aspecto que debía tener. Con un hilo de voz dijo:

—Lo siento, general, no puedo abrirle. Le ruego que me disculpe. No me encuentro bien.

—Ya lo imagino —le respondió él—. Pero no me marcharé de aquí sin verla.

Martha se incorporó y fue hasta el espejo que había junto a la puerta. Nunca se había visto peor. Agradeció que las paredes no fueran transparentes.

—Gracias por interesarse por mí. Mañana pasaré a verlo, se lo prometo.

—La espero abajo —le dijo Harvey con un tono que Martha no le conocía.

Ella se dirigió con lentitud a la bañera, se arrancó la ropa que llevaba puesta desde la noche en la que Fairbanks le comunicó la noticia y se sentó dentro mientras el agua salía del grifo. Se demoró un buen rato en aquel refugio húmedo y caliente, a pesar de que nunca había soportado que nadie la esperara. Cuando no tuvo más remedio que salir, se secó el pelo con la toalla y se lo ató a la nuca con un pañuelo. Buscó unos pantalones de los dos que había llevado y un jersey negro de canalé. Se movía con dificultad.

Entonces vio delante de la puerta una carta. Aún sin recogerla del suelo leyó el nombre de Eleanor Roosevelt en el remite. La abrió: le proponía que se alojara durante unos días en la Casa Blanca para que le contara la situación en Europa y le hablaba de la necesidad de una administración paralela a la que presidía su marido para velar por el bienestar de las familias.

Martha había trazado en sus crónicas, a partir de sus numerosas conversaciones con ciudadanos estadounidenses durante los años más duros tras la catastrófica caída de la bolsa de Nueva York, un ajustado lienzo de la desesperación, pero sin sentimentalismos ni estridencias. Eleanor Roosevelt las había leído y eso supuso el inicio de su amistad. Se conocieron al atardecer de una primavera extemporánea ante la fachada principal de la Casa Blanca, entre las docenas de hortensias azules del jardín delantero. La reportera se envolvía en un chaquetón oscuro que olía a tinta. Caminaba satisfecha porque aquella cita suponía el reconocimiento que sentía más que justo por haber conseguido que sus palabras resonaran en los confines más remotos de la nación.

Eleanor Roosevelt la esperaba en el pórtico; tenía una elegancia humilde. Amplificó con sus palabras la admiración que le había producido su trabajo:

—¡Martha Gellhorn! —gritó como si su nombre fuera una contraseña. La primera dama le tendió su mano derecha: «Pétalos y acero», pensó ella—. Ha conseguido que todo un país hable con el corazón en la mano. Gracias a usted poseo la información que necesitaba para comenzar a poner remedio a tanta desgracia.

—Es muy amable, señora Roosevelt, pero solo me dedico a observar. Después cuento lo que graban mis ojos.

—Usted es la voz de todas esas vidas..., su eco. Tenga claro que sus súplicas no caerán en saco roto.

Ambas se emocionaron. Tenían un gran amor en común: los más menesterosos entre las gentes de América.

—¿Sabe qué nos une, señora Gellhorn? —le preguntó la esposa del presidente al final de aquella velada de dos horas de intimidad en la que él no estuvo presente. Y ante el silencio de Martha, ella misma respondió a su pregunta—: Que no podemos evitar complicarnos la vida.

Aún en su habitación de hotel, Martha decidió que respondería cuanto antes a la propuesta de la primera dama, y le informaría de que primero tenía que participar en el desembarco, aunque ella ya no pudiera interceder.

Harvey pensó, mientras la esperaba en el vestíbulo, en la opinión de Fairbanks sobre las treinta mujeres que podría haber sustituido por Martha. Al final no tuvo más remedio que obedecer, las había enviado un par de días antes a cinco localidades cercanas. Para que la misión fuera más acorde con sus principios, las reclutó entre las integrantes de la WAAF, la Women's Auxiliary Air Force, les ordenó que se vistieran de civil y se acercaran a los bares que frecuentaban sus soldados. Le constaba que ellas se habían esmerado, pero ninguno de sus hombres filtró nada. Ese resultado desató su entusiasmo. Tuvo ganas de felicitarlos, pero no podía revelar que los había puesto a prueba en otra simulación más dentro del espectáculo que construían. Se sintió muy orgulloso de ellos y le ilusionó pensar que, de aquella comprobación que se había visto obligado a llevar a cabo, saldrían varias parejas. «El dolor siempre se atraviesa mejor acompañado», se dijo.

Cuando Harvey la vio aparecer en lo alto de la escalera, advirtió que Martha estaba escuálida y ojerosa. Fue tal su impresión que la ayudó a bajar porque pensó que la barandilla no sería suficiente para impedir que se cayera.

En el exterior del edificio estaba aparcado el mismo coche con el que la había llevado al Balmoral la vez anterior. La flamante carrocería se reflejaba en el único charco que se había formado entre la grava. El general condujo en silencio hasta que llegaron a la cima de los acantilados. Tenían el mar a unos cien metros por debajo de ellos. Él le preguntó con la intención de romper el hielo que parecía envolverla:

—¿Cómo se encuentra? Siento que haya sufrido este revés.

Martha asintió con la cabeza baja. Para distraerla, Harvey le dijo:

—¿Sabe que a Inglaterra se la llama la Pérfida Albión precisamente por el color blanco de estas rocas verticales? Para los habitantes de la isla tienen un gran valor simbólico, las consideran sus defensas frente a cualquier invasión: un muro.

—¡Cuántos misterios esconderán estas aguas! —dijo ella con la voz muy débil.

—Y esta tierra —le replicó Harvey con la intención de sacarla de sus pensamientos—. Aquí está el Fan Bay, el laberinto de túneles metálicos que ordenó construir Churchill para proteger a las autoridades británicas de los bombardeos. Dentro hay un almacén de seguridad, un generador eléctrico y hasta un hospital. —Después de una pausa, Harvey añadió—: Es el signo de los tiempos que los locos guíen a los ciegos.

—¿Se refiere al desembarco? —le preguntó Martha sin poder reprimirse. Todo le parecía amargo, como el sabor con el que se había despertado.

—No, es una frase de *El rey Lear*. Dicen que el bardo de Avon se inspiró precisamente en este lugar para una de sus escenas, por eso se llama el acantilado Shakespeare. En esa tragedia, el personaje de Gloucester aparece ahí, en la orilla del despeñadero. —Señaló con el brazo extendido—. Sus torturadores lo dejaron ciego, y, por ese motivo, lo acompaña hasta aquí quien él cree que es un mendigo loco, pero en realidad se trata de su hijo Edgar. Descubrir su verdadera identidad cuando lo oye hablar lo salva del suicidio. Todo esto me lo contó Fairbanks. Él sabe bastante más de teatro que yo.

Martha pensó en el aprecio que le tenía al actor y teniente; sabía que, a pesar de sus bromas y de su histrionismo, su corazón era de oro. Fairbanks no se parecía en nada a otros famosos que frecuentaba en Hollywood y que tenían un solo tema de conversación: los beneficios de la taquilla. A «los elementos del cine», como ella los llamaba, los había dividido en dos bandos: los buenos y los intolerables. Martha elevó la vista al cielo y respiró con fuerza el aire oceánico. Quería que la curara.

Harvey le dijo en ese momento:

—El vuelo rasante de los cuervos, las faenas nocturnas de los pescadores y ese hombre que recoge hinojo. Parece que no han pasado cuatro siglos por este paisaje. ¿Oye el batir de las olas? Son las mismas de entonces.

Martha agradeció que la hubiera llevado hasta ese paraje que parecía atemporal por lo lejos que sentía de allí sus circunstancias. Además, volvía a tener al lado al mismo Harvey con el que conversó en la Sunset Tower. Rogó a las estrellas que le marcaran el camino para que el desconcierto que sentía no convirtiera su vida en un deambular errático.

El general miró al frente, inspiró y después se giró hacia Martha.

—Me está volviendo loco. —Sabía que no era nada oportuno, pero no pudo reprimirse.

—¿El qué?

—Usted.

Era la primera vez que la reportera se quedaba sin palabras. Esa declaración era lo que menos esperaba.

—No me la puedo quitar de la cabeza.

Martha se rehízo lo suficiente como para contestarle en el tono más neutro que fue capaz:

—Siento causarle tantas molestias. No era mi intención.

Harvey no supo dilucidar si era una mera fórmula de cortesía o se sentía tan desorientada por lo de su marido que no sabía qué decir.

—Durante todos estos días simplemente le he transmitido mi intención de cruzar el canal. Todos harán lo mismo. Miles. También es mi trabajo, no voy a hacer turismo.

Martha quería guarecerse en sus certezas y en sus varios y concéntricos litigios: la guerra, la prohibición de embarcar para las mujeres y la traición de su marido. A pesar de lo irritante que resultaba, constituía el espacio conocido, y por tanto seguro, que habitaba.

Cuando ambos se apoyaron sobre el capó del coche, el general le dijo:

—¿Ha oído hablar alguna vez de eso que llaman «la atracción por el abismo»?

Ella creyó que se refería a lo que le había contado sobre la tragedia de Shakespeare. Se miraron unos segundos en silencio, ella pensó en que se sentía muy a gusto a su lado, relajada, protegida, mientras se aproximaban cada vez más, a cámara lenta, primero rozaron sus mejillas y después sus labios. Sus figuras unidas se recortaron contra el cielo en lo alto del acantilado en medio del viento y del ruido de los golpes del agua contra las rocas.

Cuando se separaron, Harvey musitó:

—Ya se lo he dicho: me está volviendo loco. Siento comportarme así en un momento como este. Me hago cargo de cómo se encuentra, pero no le ocultaré que me alegro. Tal vez le parezca egoísta, pero...

En ese instante un avión sobrevoló los edificios más altos del centro de Dover y lanzó su munición. A la descarga siguieron las llamas y el derrumbe de las construcciones. Los gritos no llegaban hasta allí.

Harvey la abrazó y pensó que había actuado como debía, que no había alternativa ni dilación posible. Tal como acababa de reflexionar, la guerra provocaba un continuo *carpe diem,* no daba tregua ni admitía aplazamientos. En la situación de ambos, mañana podía significar nunca.

Le propuso a Martha ir a su casa, alejarse por unas horas de ahí como si eso implicara que ella lograra dejar sus pensamientos en ese lugar, a la intemperie, para que el viento los arrastrara hasta el mar.

29

Folkestone, sudeste de Inglaterra

Mientras Martha y Harvey fumaban en la terraza de la casa del general con la vista fija en las luces del puerto, ella se refirió al bombardeo. No podía sustraerse a lo que suponía la guerra, cualquier guerra. Ambos habían presenciado ya muchas acciones similares.

—Siempre es lo mismo, siempre es igual.

Como Harvey no quería que cayera de nuevo en el desaliento, se ofreció a preparar dos whiskies.

Sus empleados abandonaban la casa cada día sobre las siete de la tarde. Vivían muy cerca, así que le constaba que el señor y la señora Maddison también lo agradecían. Estaba satisfecho por el acierto que había supuesto alquilarla para pasar algunas horas en soledad y compensar el ajetreo continuo de la base de Dover. Así, siempre que se mostraba ante la tropa, estaba fresco, operativo.

Pensó que esa noche, por demasiados motivos, no era el momento oportuno para brindar, por eso le sorprendió que Martha alzara su copa:

—Porque la victoria traiga una paz duradera.

Creyó que la reportera temeraria había vuelto, pero no fue así. Enseguida se quebró de nuevo, dejó el licor sobre la balaustrada de piedra y lo abrazó. Él decidió que aquella noche no volvería a besarla, por mucho que le costara resistirse a su deseo, ni siquiera le mostraría los discos de jazz que había llevado con él, ni escucharían ninguna otra música.

La lluvia comenzó a caer de nuevo.

—Al menos así no podrán volar —dijo Harvey refiriéndose a los bombarderos. Notó que a Martha la recorría un escalofrío y la hizo pasar al salón.

—¿Quiere hablar sobre lo sucedido con su marido? —le preguntó mientras le señalaba el sofá—. Tal vez le venga bien.

—Me temo que ahora solo diría exabruptos. —Ella pensaba en cómo les iba a contar a sus compañeras que se había divorciado—. No es fácil asimilar todo esto. Además, me he tenido que enterar así, a través de Fairbanks.

—Sé por mis hombres de la Unidad de Transmisiones que su marido la ha llamado varias veces antes y después del accidente de Londres y también que a ellos les había pedido que le dijeran que no estaba.

—No quería que me hablara de la credencial, de que era mejor que la tuviera él que ninguno de los dos y todo lo demás. Ese pensaba que sería el tema, pero no. Ahora, sin escucharlo de su voz, me resulta muy difícil creer que ha interpuesto la demanda.

Harvey sabía que Martha no tenía la más mínima sospecha de que el teniente le hubiera mentido, ni de que se trataba de una treta para que se sintiera como estaba entonces: desarbolada, sin energías. Se dijo que cualquier argucia era buena en aquel momento para detenerla y se planteó aquello tantas veces repetido de que en el amor y en la guerra todo vale.

—Sí que me ha relevado pronto, ¿no cree? —le dijo a

Harvey—. No se lo ha pensado demasiado. Soy recambiable, prescindible.

—Todos lo somos, pero eso da igual, precisamente por ese motivo no tiene que importarnos —afirmó él mientras la tomaba de las manos—: Quiero pedirte algo. —La tuteó en esta ocasión.

Ella no contestó.

—Duerme esta noche aquí. En la habitación de invitados. Antes de que lleguen mañana por la mañana el señor y la señora Maddison te llevaré al hotel, pero ahora quiero que descanses y, sobre todo, que no te quedes sola.

También quería persuadirla de nuevo para que volviera a América. La mejor razón había llegado de la forma más inesperada, tal como Fairbanks le había dicho, tenía que reconocer que el plan de su teniente había salido a la perfección, pero sentía el estado en el que se hallaba Martha, que la hubiera afectado hasta el punto de que su carácter resultara irreconocible.

La cogió de la mano para conducirla a una habitación decorada en tonos pastel y con los muebles blancos. Mientras el militar miraba dentro del armario con la intención de encontrar alguna prenda que le sirviera para dormir, Martha se acercó a la cómoda y abrió una caja de música. Sonaban las primeras notas de *Para Elisa* de Beethoven cuando ella dijo mientras señalaba a la bailarina:

—Esta soy yo. Siempre giro en círculos. No avanzo. Por eso quiero estar en una de esas playas, para romper de una vez esta inercia que no me lleva a ningún lado salvo a naufragar.

Harvey cerró las puertas del armario, fue hacia ella y la abrazó.

—Martha.

Ella olió de nuevo la fragancia de la loción sobre su

piel y se quedó acurrucada contra su cuello. Algún día volvería a ser la mujer fuerte de siempre, pero entonces necesitaba permitirse estar así: callada e inmóvil hasta que se recompusiera. La intimidad que le proporcionaba Harvey le venía bien. Hubiera preferido no tener ningún testigo de su desmoronamiento, pero si tenía que mostrarse ante alguien, no le molestaba en absoluto que fuera él.

—Necesitas recuperarte, eso es lo primero ahora.

Se dejó caer vestida en la cama sin apartar la colcha. Él apagó la luz y cerró la puerta.

Cuando estaba a punto de dormirse, oyó el ruido de un motor y vio cómo en la habitación comenzaban a alternar las sombras con las luces que procedían de los faros de un vehículo. Se inquietó al oír hablar a Harvey en el porche y quiso saber qué ocurría, pero el sueño finalmente la venció.

UNA SEMANA ANTES DEL DESEMBARCO

30

Folkestone, sudeste de Inglaterra

Cuando notó el sol en el rostro, Martha se despertó sobresaltada. Pensó que había soñado con un camión que proyectaba sus luces sobre la fachada principal de la casona, y también con unos gritos y pasos apresurados, pero a medida que recuperaba la lucidez, fue consciente de que todo eso había sucedido realmente la víspera. «Estoy perdiendo facultades. Una buena periodista nunca se dormiría en un momento así», pensó. Cuando se disponía a salir de la cama para preguntarle a Harvey, él llamó a la puerta. En cuanto Martha le abrió, vio que llevaba una bandeja cargada de viandas y no vestía de uniforme, sino tan solo con un albornoz.

—Buenos días.

Martha le preguntó qué hora era.

—Más de las nueve. Necesitabas esta cura de sueño.

—Tendrás que ir a la base. Y... ¿tus empleados domésticos?

—Estamos solos. Mandé a avisarles de que no vinieran porque hoy tengo una reunión muy importante. Saben que hay cuestiones reservadas...

—Yo soy tu secreto.

Harvey la besó después de dejar el desayuno a su lado sobre la colcha. A ella sus gestos y su presencia la aliviaban, no podía evitar dejarse llevar. Le pareció que aquello era lo único.

—No quiero que abandones tus obligaciones por mí.

—No he parado de trabajar desde que te dejé ayer en esta habitación. Anoche vinieron a buscarme. He estado estas horas, mientras dormías, en Dover. Debemos tenerlo todo a punto para la gran simulación, que el señuelo funcione perfectamente: el desembarco es inminente. Ahora tengo derecho a un tiempo de recreo, y si es a tu lado, lo considero un premio. He preferido volver antes que irme a nadar.

Ella lo besó, pero sin dejar de pensar en que, por fin, acababa de llegarle la información que tanto ansiaba a través del medio que ella intuyó como adecuado desde que decidió entrevistarlo. Además, debido a lo ocurrido con su marido, el general estaría convencido de que había abandonado su propósito de cruzar a Francia. Esto suponía una ventaja para ella.

Harvey cogió una fresa de un cuenco de cristal. Le brillaron los ojos mientras la saboreaba. Después le sirvió el té y Martha deseó besarlo de nuevo. No sabía si se comportaba así por despecho o por puro placer, pero decidió que el motivo no era relevante. Pensó que, cuando estuviera lejos, compraría un frasco de esa loción para evocarlo por medio de su perfume.

En cuanto terminaron de desayunar, el general se levantó para dejar la bandeja sobre la mesa que había junto a la ventana y se la quedó mirando desde ahí. Martha le pidió que se echara a su lado. Rememoró la última vez que hizo el amor con su marido.

Harvey se despojó del albornoz y Martha admiró su

cuerpo. Se quedó solo con un *slip,* aquel modelo de ropa interior tan frecuente en la Riviera francesa que había llegado a Estados Unidos apenas una década antes. Su sentido de la moral no coincidía con el que los demás inferían de su comportamiento público.

—Tendrás que regresar a Dover —le dijo mientras anhelaba con todas sus fuerzas que no fuera así.

—En un par de horas. Mientras tanto, le he dicho a Fairbanks que se encargue de todo.

Martha le rodeó la espalda con los brazos. Mientras la guerra les pasaba por encima, pensó en ellos dos así, como si uno fuera el escudo del otro. «Juntos seríamos invencibles», se dijo sin poder sustraerse a la idea de que aquello suponía también una despedida.

Harvey comenzó a acariciarla como Martha necesitaba que alguien lo hubiera hecho alguna vez en su vida. Ella no podía dejar de besarlo, de sorberlo, de saborearlo. Quería entregarse y concluyó que, de esta forma, la doble traición de su marido cobraría algún sentido. Cuando sintió un estremecimiento tan fuerte que le vibró todo el cuerpo, Harvey se colocó sobre ella y comenzó a moverse mientras le decía que la amaba, que la deseó desde que la vio en la piscina de Sunset Boulevard. La besaba y le sonreía, le sonreía y la besaba, alternativamente, mientras ella lo notaba en su centro: vigoroso, como lo había presentido, certero, como se mostraba siempre en todo lo que hacía, incomparable, aunque respecto a esto no quería pensar en nadie más, no quería atraer de nuevo intromisiones ajenas a aquel momento pleno.

—No me abandones nunca —dijo Harvey.

A Martha no le cupo duda de que se había dejado llevar por el placer tan intenso. Sin embargo, cuando se incorporó y se envolvió con el albornoz de nuevo, le propuso que se alojara en su casa de América y que lo esperara allí hasta que regresara de la guerra.

Martha no pudo evitar responderle:

—El coche en la puerta y la piscina a un lado, tras un seto perfectamente recortado. Y en el futuro renovaremos esa imagen con un par de niños corriendo por el jardín. Una escena de portada de revista. Todo muy bonito, pero no tiene nada que ver conmigo. Lo siento. Yo solo quiero a alguien en quien confiar por completo. Esa es mi idea del amor. Parece sencillo, pero aún no lo he conseguido.

Harvey sonrió al constatar que la mujer que conoció en Hollywood había vuelto.

—Parece que a otros hombres les gustaba mucho que fuera tan salvaje, pero para domarme. Ese era el desafío. Tú no eres así. No lo olvides.

31

Dover, sudeste de Inglaterra

Harvey estaba a punto de despedirse de Martha en la puerta del hotel Balmoral, la había llevado con su coche antes de regresar a la base militar. Cuando atravesó el umbral, el general bajó de su vehículo, lo rodeó y corrió hacia ella.

—Espera. Ven aquí —le pidió y la besó de nuevo.

Martha le dijo:

—En cuanto me cambie, iré a la base para asistir al discurso de Patton. Entiendo que me sigue estando permitido desempeñar mi trabajo aquí a pesar de la inminencia de las operaciones, ¿no?

—Te mandaré un coche.

Cada uno le ocultaba sus planes al otro. Martha continuaría adelante con la idea que la obsesionaba.

Una hora y media después, mientras esperaba que el general Patton comenzara a hablar, Martha les preguntó a los soldados cómo se entretenían con la intención de quitarle hierro a la situación. Le relataron que, durante sus descansos, cualquier cosa era buena para intentar distraerse. Jugaban a las cartas, remendaban sus ropas y asistían a las misas que se celebraban en la cubierta de alguno de los buques atracados allí, pero, sobre todo, escribían a sus novias y familiares. En muchos casos, esas serían sus últimas cartas, sus testamentos afectivos. Algunos tenían apellidos alemanes, formaban parte, como Martha, de la primera o segunda generación de familias de inmigrantes.

En vísperas de la gran operación militar, solo los oficiales de rango superior conocían todos los detalles. Habían mantenido a las tropas aisladas, por lo que Martha sabía que esas cartas que escribían las retendrían para que tardaran en salir de allí de forma que no llegaran a su país hasta un tiempo después. Así evitarían que los alemanes las interceptaran por si lo que narraban en ellas aún fuera información sensible. El efecto sorpresa de la invasión era fundamental, respecto a aquello iban todos a una. Por ese motivo, los mapas que les mostraban a los soldados tenían los nombres cambiados. Muchos morirían sin ni siquiera saber dónde estaban.

Martha interrumpió las conversaciones con ellos cuando Patton subió al estrado que habían improvisado en la base. Después de las campañas del norte de África y de Sicilia, el general de San Gabriel, California, estaba allí. Su presencia en cualquier lugar del continente era interpretada por los alemanes como señal de que la invasión de Europa se produciría donde él se encontrara. Era el señuelo perfecto; por ese motivo, el alto mando lo colocó al frente del ficticio primer grupo militar estadounidense, el FUSAG.

Harvey se distrajo enseguida de su discurso porque se sabía de memoria sus frases tras asistir varias veces a sus soflamas. A él no le calaban sus palabras. Miraba desde lejos a Martha, concentrada en sus notas, y añoró abrazarla de nuevo. Deseaba abrirse paso a través de aquel mar de soldados, llegar hasta ella y quedarse a su lado para siempre.

Patton tenía quince mil hombres frente a él, les gritaba

que en el Ejército no había lugar para los cobardes, que matarían a los alemanes como a moscas y que el camino más corto a casa pasaba por Berlín y Tokio. Remataba cada frase con un restallido de su látigo de cabalgar que llevaba en la mano derecha, lo descargaba con mucha fuerza contra el suelo junto a sus botas recién lustradas. Su casco, como una cúpula refulgente, culminaba el uniforme de gala.

—No solo vamos a dispararles, ¡nuestra intención es arrancarles las tripas y usarlas después para engrasar las ruedas de nuestros tanques: vamos a matar a todos esos malditos teutones!

A Martha le habían contado que muchos soldados lo detestaban por la forma tan estricta que tenía de aplicar la disciplina militar, pero que, aun así, preferían estar bajo su mando porque consideraban que era la mejor opción para salir vivos. Entonces no sabían que no los comandaría a ellos, sino al Ejército Fantasma.

—Las francesas os recibirán con los brazos y las piernas abiertas.

Cuando Patton pronunció esas palabras, los soldados lanzaron sus gorras al aire y Harvey torció el gesto.

A Martha le desagradó tanto este último comentario que decidió que redactaría su crónica y la enviaría cuanto antes, pero sin incluir una entrevista con él. No tenía el más mínimo interés en conocerlo en persona, y las circunstancias le permitían elegir.

Cuando cinco meses antes Patton recibió la orden de Eisenhower de ponerse al frente del III Ejército, este le instó a que moderase su carácter. Fue él quien lo nombró comandante en jefe de aquella unidad con armamento de papel, cartón y madera en el que quienes tenían más peso eran los radiotelegrafistas que inundaban el espacio de mensajes para que fueran interceptados.

Martha sabía que, en cuanto Patton terminara su arenga, se dirigiría a una reunión para tratar de la Unidad Fantasma con Harvey. Entonces ella comenzaría a actuar por su cuenta, sin contarle a nadie la forma en la que materializaría sus pretensiones. Ni siquiera a él.

Desde la oficina de correos del cuartel, Martha envió a la Casa Blanca su carta de respuesta a la de Eleanor Roosevelt y la crónica sobre Patton a la sede de la redacción de *Stars & Stripes.* Aprovechó para mandar el dosier con fotografías y cartas personales de los inexistentes Glenn Connors y Aldrich Merck —Darling y Brandy— junto con su entrevista inventada. En una de las imágenes aparecía ella con los soldados que Harvey había decidido que desempeñarían esos papeles.

Martha sabía que su correo sería interceptado por los alemanes. A esos envíos los llamaban «pienso para los pollos». La trampa radicaba en que el Ejército de Hitler no podría anticiparse al haber recibido esa información junto a otras especificaciones falsas que no distinguirían hasta que las descifraran, bastantes horas más tarde de que se produjera la operación militar.

Entre unos documentos que Martha acababa de recibir de Oxford, no faltaba el que contenía la misma salmodia de todos aquellos días, lo que pretendían hacer pasar por real a fuerza de repetirlo: «Hay ochenta divisiones reunidas en Gran Bretaña, con ellas se llevarán a cabo maniobras de despiste que consistirán en desembarcos en el Mediterráneo francés, en las regiones del sudoeste y de Normandía, así como en Dinamarca y Noruega. La verdadera invasión de la Europa continental se lanzará desde Dover sobre Calais». Debajo de este texto consignaron que el agregado militar japonés se había reunido en Alemania con Hitler y después informó de su conversación a Tokio en un mensaje que fue interceptado por la inteligencia americana. Ese mensaje estaba firmado por Parsifal. Martha sabía a quién correspondía ese nombre en clave, se trataba de Otto Mannheim. Sonrió al constatar que seguía con vida, pero enseguida temió por Harvey. Imaginó las represalias contra él, Fairbanks y sus hombres cuando los soldados de Hitler descubrieran el engaño. Sus vidas corrían peligro porque parte de su misión era mantener el mayor tiempo posible al XV Ejército alemán enfrente, para que no viraran su mirada hacia el cuartel general en Portsmouth.

No dejaba de llover y el fuerte viento del noroeste tampoco cesaba, nadie sabía a ciencia cierta cuándo se produciría el desembarco, a pesar de que Patton empujaba con sus palabras a los soldados hacia las costas francesas como si la operación ya estuviera en marcha.

Cuando Martha ya se iba de la oficina de correos, le entregaron un telegrama de Guinardó para que lo transmitiera a quien considerara: «Rommel abandona muro atlántico por unas horas».

Se refería a que el general alemán no se encontraba en ningún punto de la construcción defensiva compuesta por búnkeres, casamatas, trincheras, blocaos de sacos terreros apilados y los llamados «dientes de dragón», las fortificaciones con forma de pirámide colocadas sobre la tierra para impedir el avance de los vehículos acorazados.

El mensaje continuaba con una línea más sobre la razón de su ausencia:

«Cumpleaños esposa. Regala zapatos».

Con aquel último dato, le otorgaba una mayor autenticidad a su transmisión.

Martha se estremeció al oír una sirena: necesitaba recorrer cuanto antes la distancia que la separaba de uno de los puntos de embarque hacia Francia en la dirección contraria a Dover. La operación se había puesto en marcha a pesar de que continuaba el tiempo adverso.

Localizó el coche que la había trasladado por la mañana desde el hotel Balmoral hasta el lugar donde Patton lanzó su discurso y le dijo al chófer que, por orden del general Harvey, debía llevarla hasta la base naval de Weymouth. Sonó muy convincente, pero, a pesar de eso, aquel hombre le respondió que esperaba a otra persona.

LA VÍSPERA DEL DESEMBARCO

32

Dover, sudeste de Inglaterra

Martha solo llevaba en su bolsa de piel la cámara, los objetivos y el cuaderno. De sus herramientas de trabajo no se separaba nunca. En aquellos momentos no podía detenerse a recoger ninguna otra cosa, ni siquiera una muda.

Sin pedir permiso, subió al remolque de un camión repleto de soldados. Antes de sentarse en un lateral se señaló, a modo de justificación, la letra C que llevaba cosida en el pecho. Ninguno de ellos le prestó demasiada atención.

Mientras se alejaba de Dover, vio que la gran simulación había comenzado: los *jeeps,* camiones, cañones y tanques hinchables estaban en marcha con el atronador sonido enlatado que los acompañaba, el de las orugas de los carros, que se mezclaba con el de los simulados despegues y el del falso fuego de artillería producido por efectos pirotécnicos. Varios haces de luz cruzaban la escena mientras algunos aviones alemanes de reconocimiento sobrevolaban la zona. Sus pilotos estarían convencidos de que habían podido llevar a cabo esta incursión en el cielo enemigo debido a un despiste de las unidades de vigilancia. Fotografiaron el ejército de blindados de goma a las órdenes de Patton que estaba a punto de embarcar en Dover.

El camión saltó en un bache y, casi a la vez, resonó un cañonazo lanzado desde la costa de enfrente. Sus efectos se hicieron visibles a su alrededor de forma inmediata: la tierra se hundió y una nube de humo y polvo se levantó hasta el cielo, que seguía gris como si esta condición fuera ya invariable. La determinación de Martha era bastante mayor que su miedo; a pesar de eso, sentía un aleteo salvaje que la hacía respirar a bocanadas. Miró a los soldados por si lo advertían, pero cada uno estaba inmerso en su propio ritual para conjurar a la muerte en aquella cuenta atrás ya imparable. Ella se repetía que llegaría hasta el final, que no se rendiría en medio de la danza de sombras que la máquina de crear espejismos había puesto en marcha.

En breve, comenzarían a caer sobre el otro lado de las líneas enemigas los *paradummies,* mientras ella se alejaba de aquel campamento con tantas tiendas, bidones de gasolina y cajas de municiones vacías. Casi todo tan falso como los hospitales, comedores, plantas de tratamiento de aguas residuales y las doscientas cincuenta lanchas que esperaban en el puerto. Tomó varias fotografías desde el camión mientras pensaba en dónde estaría Harvey, desde qué lugar dirigiría las maniobras.

De la misma manera que ella había finalizado sus acciones enviando el dosier de los agentes ficticios, los otros informarían de la intensa actividad desplegada en Dover. No dejaban de llegar trenes vacíos que supuestamente transportaban las tropas desde los más de mil campamentos instalados en Inglaterra. Los informantes también transmitirían, junto con los otros mensajes de radio con los que, en teoría, se organizaba el despliegue, órdenes y datos sobre la llegada de unidades extranjeras. Simularían también que el muelle petrolero y el de carga se hallaban en plena actividad.

A Martha le había contado Fairbanks que desde varios bombarderos se lanzarían tiras de aluminio, estrellas fugaces que cruzarían las pantallas de los radares alemanes. Y, en medio de toda esta escenografía, algunos torpederos arrastrarían globos sonda para que los alemanes pensaran que se trataba de buques.

El hombre que estaba más cerca de ella le dijo:

—Ya han mordido el anzuelo. Creen que apuntan a la flota aliada.

Martha pensó en medio de aquel simulacro que lo más importante no era falso: el amor sobrevenido e interrumpido que sentía por alguien a quien tal vez nunca volvería a ver. Lamentaba su salida apresurada sin despedirse, también que no hubiera podido ser del todo sincera con él, pero esto se debía a que, como tantas otras cosas en su vida, Harvey no estaba previsto.

33

Weymouth, sudoeste de Inglaterra

Después de bastantes baqueteos y sobresaltos, llegaron a su destino, la ciudad en la desembocadura del río Wey. Varios soldados encendían sus cigarrillos tras bajarse de los aviones que los habían transportado desde el norte. Embarcarían más de medio millón en las oleadas sucesivas desde la gran base naval y desde la isla de Portland.

El aeródromo temblaba por el efecto de tantos motores en marcha a la vez. A unos cien metros de Martha, una enfermera caminaba por el extremo de las pistas de aterrizaje. En cuanto la reconoció, corrió hasta ella y llego a su lado bastante sofocada.

—Reportera, ¿cómo va todo?

Era Lindsey Bennett, su paisana de Misuri. La presencia de Martha en la base militar de Dover no había pasado desapercibida para nadie. Tal vez porque muchos veían con buenos ojos la posibilidad de aparecer mencionados o retratados en *Stars & Stripes.*

—¿Cuándo embarcaréis? —le preguntó a la enfermera.

—A la mayoría nos han dicho que aún tardaremos seis días. Un despropósito. El número de soldados muertos se multiplicará por esta decisión. De momento solo irá un buque hospital. Ese —le dijo mientras le señalaba un barco enorme—. Su tripulación es de la marina mercante.

Martha disimuló como pudo su impresión y siguió escuchando a Lindsey:

—Los paracaidistas británicos ya han tocado tierra al otro lado. Después saltarán nuestros chicos. Que Dios los asista, ya que nosotras no podremos hacerlo.

Martha notó que tenía ganas de desahogarse, no quería interrumpirla mientras almacenaba mentalmente lo que le contaba para reproducirlo en su cuaderno cuando le fuera posible.

—A estas alturas, los alemanes ya sabrán la que se les viene encima, aunque sin imaginar la dimensión del ataque. Eisenhower está en un remolque blindado en Portsmouth.

Martha pensó en retroceder hasta allí, el puerto del que partiera no importaba siempre que pisara la arena de una de las playas para el desembarco en Francia. Sabía que conseguiría una gran exclusiva si lograba hacerle unas preguntas al general supremo de la fuerza expedicionaria aliada durante esa noche trascendental para el futuro del mundo, pero descartó esta idea en cuanto calibró lo que significaría desvelar que se encontraba en medio del operativo: no poder cruzar al otro lado. Eisenhower tal vez podría firmarle un permiso de última hora, pero ante la posibilidad de que se negara, decidió seguir adelante con su plan.

—¡No te veo por ningún lado! —exclamó en voz baja al recordar a su marido.

La enfermera se llevó la mano a la oreja, pero Martha se disculpó.

El fuerte viento del oeste le levantó la melena. La enfermera, que tenía la suya bien sujeta con horquillas bajo el gorro, se rio. Se peinaba con las mismas ondas que ella, pero domesticadas. Además del color y la forma de su cabello, y una estatura poco habitual en las mujeres, tenían en común el mismo acento del Medio Oeste que tanto echaba de menos lejos de su casa.

«Objetivo Merville». Estas dos palabras salieron de una radio cercana.

La periodista vio saltar a una embarcación anfibia a Endre Friedmann y sintió el impulso de hacer lo mismo, pero recapacitó. Tenía muy claro que solo lograría cruzar el canal si se ocultaba.

EL DÍA DEL DESEMBARCO

34

Weymouth, sudoeste de Inglaterra

Poco después de la medianoche, cuando se alejaron un poco de los múltiples ruidos de las maniobras, Linsay se despidió de Martha:

—Bien, querida, me alegro de volver a verte. Espero repetir esta frase en una próxima ocasión.

Martha se ofreció a acompañarla un rato más hasta que consiguiera ver cómo podía salir de allí de forma clandestina.

—Como quieras, pero lo mío no es tan emocionante como lo de estos. —Señaló a un grupo de soldados que pasaron ante ellas.

Unos marchaban cabizbajos mientras otros reían a carcajadas.

La enfermera le mostró su portafolios de metal.

—Tengo que inventariar los materiales sanitarios. Descontar los que se han gastado y elaborar una lista para que me envíen desde Londres lo que falta.

—Te acompaño —le dijo Martha y, para su sorpresa, la enfermera no se negó.

—Sabes mi nombre. Si no vuelvo, dile a mi familia que estuviste conmigo. Después te daré mis señas.

—Volveremos todos —le respondió Martha con un ligero temblor en la voz.

—Algunos incluso vivos. —Lindsey se rio.

Igual que los soldados, la enfermera aprovechaba la más mínima excusa para bromear como forma de hacer frente al horror.

Cuando entraron en el almacén, Lindsey sacó una llave del bolsillo de su uniforme con la que abrió varios armarios. Contó cajas de gasas, instrumental de quirófano, garrafas de alcohol, botellas de yodo, jeringuillas y paquetes de vendas.

—Si quieres, para ir más deprisa puedes dictarme lo que hay y yo tomo nota —le propuso Martha.

—Te lo agradezco porque tengo que subir al barco hospital antes de que zarpe.

Martha disimuló de nuevo el sobresalto que le produjo la referencia al que quería que fuera su medio de transporte hasta Normandía.

—Nos han dicho que desembarcarán cuando la marea aún esté alta para evitar chocar con las estructuras fondeadas en el mar. Tampoco es que nos cuenten mucho, pero de eso sí que nos han informado.

Después de unos diez minutos en los que estuvieron muy concentradas en el listado, Lindsey le dijo:

—Pues aquí ya está todo bajo control. Ahora arriba.

Mientras se dirigían a la salida del almacén, Martha vio una estantería con uniformes doblados, pensó que estarían allí para que los soldados a los que les dieran el alta los cambiaran por los suyos, ensangrentados y rotos. Con mucha rapidez, a espaldas de la enfermera, cogió uno y lo metió en su bolsa sin comprobar si estaba completo. Después se agachó para sacar de debajo del mueble el par de botas que le pareció del número más pequeño. Cuando se incorporó, sus ojos se encontraron con los de un militar que la observaba desde el otro lado del pasillo. Le temblaron las manos y quiso soltarlo todo, todo menos la cámara y su cuaderno de notas.

—¡Vamos! —le dijo entonces Lindsey antes de salir, y aquel hombre se despidió con un movimiento de cabeza.

35

Berghof, Alemania

En el refugio alpino de Hitler, Otto Mannheim, el agente Parsifal para Masterman y el resto de los miembros del Comité XX, dejó una bandeja con un termo de agua caliente junto a la butaca que ocuparía su jefe aquella noche.

La vida del Führer en los Alpes bávaros era bastante austera y no le daba demasiado trabajo; no había fastos ni celebraciones, había limitado a una manzana su ingesta diaria de fruta y, para ahorrar, había mandado también que las habitaciones solo se calentaran a dieciocho grados en invierno.

Cuando Otto Mannheim no se hallaba en los Alpes, lo informaba de todo la señora Rhegoland, una criada que pasaba su escaso tiempo libre tejiendo calcetines para los soldados del frente oriental, entre los que se hallaba su hermano Hervé. Para agradecerle su labor, él consiguió que a aquel soldado lo mantuvieran en la retaguardia ocupado en labores de intendencia. Sus contactos le servían a Otto en ambas direcciones. Cuando la sirvienta recorrió el salón aquella noche definitiva con una bandeja en la que portaba un pastel de pasas y nueces, él la observó y después le hizo un gesto imperceptible para los demás.

En la víspera de la operación decisiva, Hitler se disponía a ver una película rodeado de su círculo más íntimo. Como Mannheim comprobó, de puertas afuera solo trascendía que allí se proyectaba exclusivamente cine de propaganda o alguna de las cintas de entretenimiento producidas por la UFA, como se conocía a Universum Film AG, el conglomerado de empresas más importante de la cinematografía alemana, pero no era cierto. Sus entretenimientos eran muchas veces solo eso: vías para evadirse. Tras asistir a muchas de aquellas sesiones, Otto sabía que las películas favoritas del Führer eran *King Kong*, los dibujos animados de Mickey Mouse y los filmes de aventuras de Errol Flyn y Clark Gable. Sobre este actor, los periódicos americanos habían publicado la primera quincena de agosto de 1942 la noticia de su alistamiento en la fuerza aérea. Decía: «Al igual que muchos otros varones estadounidenses con las debidas calificaciones físicas, mentales y morales, Gable levantó ayer su mano derecha y repitió el juramento del Ejército de Estados Unidos».

Hitler vio allí también la cinta que el actor protagonizó para animar a sus jóvenes compatriotas a incorporarse a filas. Le pareció que cumplía tan bien con su cometido que ofreció una elevada recompensa a quien capturara a ese ídolo de masas. Esta información que transmitió Mannheim desde allí también sirvió para que aumentara la protección en torno a Gable. Era un símbolo y, como tal, la inteligencia estadounidense y británica debían custodiarlo.

La excepción a los largometrajes americanos que Hitler veía allí la constituían las grabaciones de su vida cotidiana realizadas por Eva Braun.

Aquella noche atravesaron el arco de entrada de la sala de proyecciones cinco hombres y tres mujeres que se sentaron en los sillones de mimbre, rodeados de una valiosa pinacoteca en la que predominaban los desnudos. Este último apunte pictórico no pudo evitar añadirlo el agente Parsifal. Según su informe, Hitler los esperaba apoyado en varios cojines con forma de corazón, tras leer, aún a aquella hora, los periódicos del día en su rincón preferido, decorado con platos de cerámica y ante una exposición de plantas en miniatura. Aquel lugar era también el primero al que se dirigía cada mediodía para desayunar frente al enorme ventanal acristalado. Recortados delante de la cordillera, se veían el hotel Zum Türken y la casa de Bormann, su secretario privado, que estaba aprestándose a quitar, con la ayuda de uno de los criados, el tapiz gobelino que ocultaba la abertura del proyector. Después despejaron la pared de enfrente, de la que apartaron una lámina para dejar espacio a las imágenes en movimiento.

Mannheim transmitió a Londres que estaban allí también Heinrich Hoffmann, el fotógrafo personal de Hitler, y Joseph Goebbels, el ministro para la Ilustración Pública y Propaganda del Reich y doctor en Letras. De ellos sabía que le interesaba sobre todo a su jefe lo mucho que aportaban al coloquio posterior a la película gracias a sus conocimientos artísticos. Como Mannheim o Parsifal había remitido en un dosier anterior, a Hoffmann y a su esposa, que no se hallaba presente, los tenía Hitler en alta estima porque fueron quienes le presentaron a Eva en 1929, cuando ella trabajaba de asistente en su estudio fotográfico. Al ayuda de cámara le constaba que su jefe solo había discutido con Heinrich Hoffmann una vez, cuando le recriminó de forma muy airada que publicara una fotografía en la que aparecía jugando con un terrier. Con el diario aún en las manos le gritó:

«Un estadista nunca se deja fotografiar con un perro

pequeño. Eso es ridículo. Un pastor alemán es la única raza digna de aparecer en una imagen así».

Hitler, tras saludar a sus invitados, escuchó las noticias que le transmitió Hans Lammers, el jefe de la Cancillería. Le dijo que varios enclaves del Muro Atlántico habían sido bombardeados, entre ellos los que albergaban las baterías costeras del Paso de Calais. Él y su ministro de Propaganda, Joseph Goebbels, decidieron que lo mejor respecto a esos funestos augurios era ignorarlos.

—Si quieren venir los yanquis, que vengan. Les daremos su merecido —dijo Goebbels.

A ojos de Mannheim, para ambos era evidente que el Ejército enemigo pretendía despejar la zona de acceso a la Europa continental para preparar el asalto, pero Hitler no mostró ninguna reacción. Los aliados ya habían entrado en Roma. Mannheim advirtió que, aunque Hitler continuaba escuchando a Lammers, lo hacía ya de una forma muy distraída, como si esos acontecimientos no tuvieran nada que ver con él. Solo cambió su gesto hierático cuando le comunicó que el rey de los italianos había abdicado para cederle el trono a su hijo. «Él no abandonaría —le replicó, y añadió—: El pueblo alemán tiene que gobernar el mundo o perecer, no hay alternativa». Después Hitler miró en dirección al piano fabricado por Edwin Beckstein y pronunció varios pasajes del aria *Die Frist ist um* (*Se acabó el plazo*) de la ópera *El holandés errante,* en la que su protagonista, tras regresar a tierra después de navegar durante siete años, canta que anhela el día del juicio final. Mannheim estaba convencido de que para Hitler el Berghof era como el buque fantasma de la obra de Wagner, donde solo se oían como un eco las palabras de los muertos. Sabía que no ganaría la guerra, a pesar de lo que manifestaba en público. Ya habían pasado cinco años desde que la conquista del mundo era aún posible. Esa certeza lo socavaba, pero se negaba a reconocerlo.

Aquella noche le dijo a Mannheim que no se alejara demasiado porque quería relajarse. En su código privado esto significaba que, con cualquier excusa, lo salvara de los interlocutores que no fueran capaces de olvidarse de esos temas tan farragosos.

Hitler alzó los hombros, inspiró y se sentó en un butacón junto a Speer, el ministro de Armamento. Este intentó darle más detalles sobre los ataques, pero Hitler lo evitó con un aleteo de su mano derecha, antes de que Mannheim se situara de pie junto a él. A su lado, Eva Braun y su hermana Gretel charlaban con su vecina, la señora Bormann, quien les preguntaba por Franziska, su madre. El Führer le dio la espalda al hombre para entablar conversación con ellas. Después de unos segundos, se giró de nuevo hacia Speer y le entregó un frasco de Pervitin que se sacó de un bolsillo.

—Sin estas pastillas no podría vivir. Pruébalas. Ya sabes que con ellas conquistamos Polonia. El doctor Ranke dice que elevan la confianza en uno mismo y aumentan la voluntad de asumir riesgos. Tal vez eso sea lo que te falta: un poco de entusiasmo.

Ranke, el doctor al que se había referido Hitler, era el director del Instituto de Fisiología General y de Defensa. Así lo escribió Mannheim también en su informe sobre aquella noche. La labor de este médico consistía en encontrar la sustancia definitiva para vencer el cansancio y la fatiga de combate de sus soldados, pero sin los efectos adversos que producían otras drogas: visión doble o alucinaciones.

Hitler le dijo a Speer:

—Además, quita el hambre.

Mannheim pudo ver cómo le lanzaba una insidiosa mirada a la barriga.

En cuanto todos se retiraran a descansar, Otto llamaría de nuevo a Guinardó. Estaba deseando transmitirle el siguiente mensaje: «Lobo dormido en la guarida». En realidad, a aquel lugar lo llamaban el Nido del Águila, o también el Kehlsteinhaus, la casa de las gargantas de piedra.

36

Weymouth, sudoeste de Inglaterra

La enfermera Lindsey Bennett le dijo a Martha a propósito del barco al que se dirigían:

—Está blindado para resistir los ataques de los submarinos, pero si le cae una bomba desde un avión se hundirá igual.

Martha pensó en los pilotos que participaban en las misiones nocturnas sobre Alemania, tal como le contó Lee Miller que los vio en Londres mientras esperaban a que los llamaran en las mesas de una sala grande, cada uno enfrascado en sus quehaceres como si se tratara de escolares que completaban sus tareas de forma muy aplicada. De cada cien que partían, veinticinco no regresaban. Martha había descrito a los Lancaster como pájaros negros y letales que alzaban el vuelo en mitad de la noche.

—No deberías subir a bordo —le dijo la enfermera mientras miraba las torretas del buque hospital.

—Ahora nadie repara en nada. Cada uno va a lo suyo. Bastante tienen con la que han organizado en los cuarteles costeros —le replicó Martha decidida a no volverse atrás.

Nada más entrar, le llamó la atención el damero granate y blanco de la cubierta. Esperaba que todo fuera bastante más austero. Vio la sala en la que estaban las literas recién pintadas de la enfermería y, en la de al lado, la lámpara enorme de la mesa de operaciones. Por un ojo de buey observó las lanchas Higgins con unos treinta hombres en su interior ya preparados para partir. El mar estaba muy agitado, las olas de más de metro y medio llegaban hasta la cubierta y movían la nave vecina con bastante violencia. Algunos soldados vomitaban sobre las aguas.

Sonó la sirena del barco hospital. Lindsey le dijo:

—Tengo que darme prisa, esta revisión era solo para cumplir con el expediente porque ya no da tiempo a nada, pero al menos sabremos lo que hay. Zarpará en unos diez minutos.

Martha se dirigió al pasillo y abrió la puerta de un armario tan grande que parecía una habitación. Estaba vacío.

—Cuánto espacio desaprovechado. ¿Por qué no hay nada aquí?

—No quieras saberlo. Ojalá que no se llenara nunca.

—Lindsey, tengo que desembarcar ya —le dijo Martha—. Pregunta por mí cuando estés en Francia.

—Volveremos a encontrarnos. Ya lo verás.

Le gustaba la solidaridad con aquellas mujeres a las que consideraba tan dignas de admiración. Se había propuesto compensar, con el altavoz que representaba la prensa americana, su discreción y humildad, desvelar su importancia en aquellos acontecimientos en los que pasaban desapercibidas, de puntillas, puntos invisibles sobre la vasta tela de la historia.

Lindsey le escribió la dirección de la casa de sus padres en una hoja del portafolios y la arrancó para entregársela. Martha se sintió bastante culpable por mentirle tras ese gesto tan entrañable que acababa de tener la enfermera. Le sonrió mientras le deseaba suerte a la vez que levantaba el pulgar de su mano derecha.

Al salir, Martha cerró la puerta de la sala en la que estaba Lindsey y se metió en el armario vacío. Pocos minutos después oyó los pasos de la enfermera en el pasillo del buque. Bajaba a tierra. Martha tenía una larga travesía por delante. Se veía incapaz de dormir debido a lo alterada que estaba. Pero, por si a pesar de todo caía rendida, decidió cambiarse de ropa. Comprobó que tanto su cámara como los objetivos y su cuaderno de notas cabían en los bolsillos del uniforme y abandonó allí su bolsa de cuero.

Se calzó las botas sin calcetines, un error que ya no podía subsanar, y se ajustó los pantalones a la cintura con el pañuelo que llevaba siempre, el mismo que, en la entrada del hotel Balmoral, la unió a Harvey por primera vez cuando ambos se agacharon a recogerlo. Recordó su forma de mirarla, de sonreírle y de hablarle.

Después comenzó a rezar por todos los que estaban allí y también por ellos dos. Hacía ya bastante tiempo desde la última vez que había mascullado una oración.

37

Dover, sudeste de Inglaterra

Desde la llegada de Patton, Harvey observaba las maniobras del simulado avance desde un segundo plano. La unidad estadounidense conocida oficialmente como la 23 Headquarters Special Troops puso en marcha todo su arsenal de trucos: los tanques hinchables y el resto de los vehículos falsos comenzaron a moverse para que fueran fotografiados desde el aire por los tripulantes de los aviones alemanes. La emisión de señales desde la Unidad de Radio se intensificó y el ruido de los altavoces que reproducían el traslado de las tropas llegó a ser ensordecedor. Esta gran maniobra de distracción se había convertido en la representación que se esperaba.

Harvey pensó en Martha, la imaginó a salvo en su habitación del Balmoral. Deseó que las bombas no llegaran hasta allí; para que eso no sucediera, tenían que detener a la artillería alemana.

38

Costa desde Sainte-Honorine-des-Pertes hasta Vierville-sur-Mer, líneas alemanas, Normandía

El operativo comandado por Patton comenzó a funcionar de una forma tan eficaz en Dover que aquel amanecer el gran contingente aliado pudo dirigirse hacia Normandía sin ser controlado por el Ejército enemigo, al menos no en toda su magnitud.

El cabo Helmut Traum, de veinte años y natural de Hannover, tuvo que frotarse los ojos varias veces durante su guardia cuando, tras semanas sin dejar de observar el horizonte marítimo desde el nido de ametralladora número 62, comenzó a ver cómo la superficie acuática se poblaba de manchas. Al principio pensó que ese efecto se debía a las partículas de arena que el viento levantaba de las dunas. Conforme los contornos de los numerosos buques comenzaron a definirse entre la bruma y bajo aquel cielo encapotado, su sorpresa dio paso a la desesperación. «¡Precisamente nos tenía que tocar a nosotros, con lo grande que es el Muro Atlántico!», repetía.

Cuando algunos compañeros suyos llegaron del campamento levantado a la espalda del fortín y entraron en el búnker, Helmut seguía con la vista fija al frente mientras los demás bostezaban y se desperezaban a su lado. La imagen lenta e hipnótica que se presentaba ante ellos, muy poco a poco, era la de la Armada más poderosa que nunca se hubiera formado frente a una costa. A esta visión fantasmagórica la acompañaba un zumbido continuo que aumentaba de volumen a cada instante.

El soldado Aldo Krombacher se situó junto a él y gritó:

—¡Ya están aquí! ¡Ya están aquí!

De uno en uno se asomaron para comprobar por sí mismos que las maniobras de aproximación de la flota hostil se estaban produciendo y, además, justo por aquel lugar.

Aquella línea de defensa frente al mar comenzaba en Noruega y llegaba hasta el golfo de Vizcaya. Helmut pensaba en todas las descripciones que había escuchado y leído sobre el Muro Atlántico, decían algunos miembros de la cúpula militar que era infranqueable y que había sido construido con «fanático celo». Él sabía que reforzar con palabras esta empalizada monumental formaba parte de la propaganda del Reich con la que perseguían infundirles ánimos para que lucharan de manera denodada. A ninguno de ellos se le escapaba que aquel lienzo tenía muchos agujeros. Lo sabían de primera mano, bien porque habían participado en su construcción junto a centenares de prisioneros o porque conocían a alguien que lo había hecho. El área frente a estas edificaciones la habían sembrado de minas para convertirla en lo que Rommel llamaba la «zona de muerte». Todo estaba dirigido a repeler la invasión de quienes entonces habían comenzado a atacarlos.

Desde dentro del búnker, Helmut y los demás vieron volar un artefacto que les pasó por encima y cayó en la retaguardia, a unos cincuenta metros de su posición. Un par de soldados observaron a través del ventanuco trasero el cráter abierto por la bomba en la tierra caliza. Algunos de sus compañeros, cuando se disponían a recibir el desayuno, saltaron con las tazas de metal en las manos. Enseguida un grupo de diez se dirigió al nido de ametralladora para protegerse.

Helmut vio al soldado Kelgock, que acababa de entrar. Temblaba abrazado a su arma polaca tras salir en medio del humo de los escombros de una de las construcciones del campamento. El polvo que lo cubría le daba la apariencia de una figura de arcilla.

Kelgock se quejaba de la picazón que la arena le producía en los ojos, también se le había metido por los oídos y la notaba al juntar los dientes como si con aquellos fragmentos diminutos masticara trozos de muerte anticipada.

A la vez que el ronroneo de los aviones comenzó a intensificarse hasta que se convirtió en un alarido que hería, los soldados alemanes vieron desde el búnker el metal brillante de los cañones de los buques. Cuando descargaron varios a la vez, una pared de fuego comenzó a desplazarse hacia ellos.

—¡Voy a morir, voy a morir, voy a morir! —gritaba el soldado Kelgock.

Otros dos rezaban a su lado con un murmullo ininteligible.

Helmut decidió organizar la ofensiva. A pesar de su exigua graduación, era el que contaba con más experiencia allí en aquel momento en el que sentía que estaban solos sin ningún apoyo por mar ni por aire.

La lluvia de bombas y proyectiles comenzó a arreciar. Dentro de aquellas cuatro paredes sentían las ondas expansivas como puñetazos por todo el cuerpo. Además, el dolor de oídos era insoportable; se llevaban las manos a las orejas para intentar mitigarlo, a algunos les sangraban.

Helmut llamó a Zimní, un cargador checo que acababa de cumplir diecisiete años. Como pasados unos minutos seguía sin dar señales de vida, preguntó por él y le informaron de que estaba en el suelo del campamento llorando.

La imagen que ofrecían las lanchas las hacía parecer escualos que saltaran entre las olas de metro y medio de alto.

—¡Comprobad que la ametralladora está bien colocada en el soporte! ¡Cargad ya la cinta de municiones! —les gritó Helmut a la espera de la orden de abrir fuego.

Rainer, el soldado que llevaba las municiones Mauser, le dijo:

—Ya llegan las ovejas al matadero. Vamos a divertirnos. Miradlos, son como hormigas, no hay de qué tener miedo. Está tan baja la marea que, de estos trescientos metros de playa, no van a recorrer ni diez. ¡Menudo desastre de estrategia!

Helmut pensó que ese excesivo triunfalismo se debía a que su compañero estaba drogado. No era capaz de encontrar otra explicación.

39

Bahía del Sena, canal de la Mancha

Martha pasó la mayor parte de la travesía hasta la costa francesa en duermevela. Supo que habían llegado cuando sintió un golpe y pensó que el barco había encallado tras adentrarse demasiado en la orilla. Se llevó la mano a la cabeza y cayó en la cuenta de que no llevaba casco. Debía ocultar su melena de ondas doradas o abandonar el plan. Se reprochó su precipitación, no haber preparado nada e incluso no haberse cortado el pelo. Se había dado cuenta de ello tarde, demasiado tarde, pero también era cierto que la operación Overlord se había puesto en marcha de una forma sorprendentemente rápida, tras prepararse durante año y medio, con las condiciones atmosféricas en contra. Eso también formaba parte de la táctica general del Ejército aliado, que buscaba impedir una reacción relevante por parte de los alemanes. Se recogió el pelo como pudo y decidió dirigirse hacia la cubierta. Tenía que evitar cruzarse con nadie.

Antes de subir la escalera vio un largo pasillo a su izquierda y oyó el ruido de una cisterna. Giró hacia allí. En uno de los primeros cubículos, por debajo de la puerta, vio un casco en el suelo. Su primer impulso fue robarlo, además calculó que cabría por el hueco, pero no lo hizo porque dejaría desprotegido al soldado. Tenía que procurarse otro como fuera. Volvió sobre sus pasos hasta la sala donde había estado con Lindsey. Después de varios minutos en los que casi se dio por vencida, vio en la parte más alta de un armario un casco con una cruz blanca pintada y lo cogió. Estaba tan desgastado que pensó que tal vez se debía a que lo habrían utilizado como orinal, pero le dio igual. Se lo puso y se sintió mejor, como si con ese gesto lograra desaparecer.

No sabía qué lanchas de aquella oleada saldrían antes y cuáles después. Así que decidió subir a la que tenía más cerca en cuanto bajó del buque.

—Muchacho, ¿dónde está tu fusil? —oyó que le preguntaba alguien.

Cuando alzó los ojos vio los galones. Era teniente. Pensó en Fairbanks, pero aquel hombre rudo no tenía nada que ver con él.

—¿Eres camillero? —le preguntó al advertir la cruz blanca de su casco.

Martha asintió sin levantar la cabeza.

—No sé por qué llevas ese uniforme entonces.

Enseguida el teniente se dirigió a quien tenía a su derecha y dejó de hablarle. Le decía al otro que dos oleadas de soldados habían llegado ya a la playa para asegurar las posiciones y que la noche antes se habían lanzado unos veinte mil paracaidistas detrás de las líneas alemanas para interceptar las vías de comunicación, sobre todo los puentes y el trazado del ferrocarril cerca de Sainte-Mère-Église y Sainte-Marie-du-Mont. Martha imaginaba esperanzados a los habitantes de aquellos lugares bajo la lluvia de «sábanas blancas», pero con mucho temor también, por las represalias que desencadenaría contra ellos. Sintió no poder sacar su cuaderno para registrar todos los datos. Confiaba en que sería capaz de recordarlos de forma precisa, a pesar de lo acongojada que estaba. Se tocó con disimulo el bolsillo de la guerrera para asegurarse de que su cámara seguía allí.

40

Costa desde Sainte-Honorine-des-Pertes hasta Vierville-sur-Mer, líneas alemanas, Normandía

El soldado Kelgock le dijo a su compañero Helmut Traum que el corazón le latía con tanta fuerza que le dolía el pecho.

—Se me va a salir.

Él no supo qué responderle. Solo se le ocurrió colocarle la mano bajo el cuello a la vez que le decía:

—Mientras no lleguen hasta aquí, no correremos ningún peligro. Vamos a encargarnos de detenerlos.

—Pero están muy cerca. ¿Por qué no disparamos ya?

Helmut observó a los soldados aliados: el peso de las mochilas sumado al del agua acumulada en los uniformes los hacía caminar encorvados.

—Pobres desgraciados —dijo y después pensó en lo que se parecían a ellos. Solo los distinguía el uniforme.

Dentro del búnker, muchos tenían ya los dedos en los gatillos.

Entonces un grito definitivo se repitió a lo largo de toda la línea defensiva:

—*Los! los! los!* ¡Adelante!, ¡adelante!, ¡adelante!

Y las Hitlersäge, las sierras circulares de Hitler, como

llamaban a las ametralladoras MG 42, comenzaron a lanzar balas con una cadencia de mil doscientas por minuto.

Parecía una lucha de soldados frente a niños que jugaban a la guerra en la playa. Las descargas de las armas alemanas eran tan enérgicas que les provocaron numerosas amputaciones a los estadounidenses. Los brazos, las piernas e incluso las cabezas de quienes pretendían entrar por allí en la Europa continental volaban ante ellos. Los trozos de algunas de las embarcaciones alcanzadas, convertidos en flechas, recorrían el cielo del norte de Normandía.

Algunos soldados se parapetaban tras las puertas belgas, ese era el nombre de las estructuras semisumergidas que habían sido diseñadas para impedir desembarcos como aquel. Los erizos checos, o caballos de Frisia como también se les llamaba, parecían enormes arañas metálicas sobre la arena. Consistían en varias barras colocadas en ángulo para impedir el avance de las unidades acorazadas. Los *bulldozers* blindados les servían también a los soldados estadounidenses para ponerse a cubierto.

Desde el búnker, Helmut, Kelgock, Zimní, Rainer, Krombacher y el resto de sus compañeros desde el campamento se admiraban ante la incesante llegada de más y más lanchas. Mientras Zimní, ya un tanto restablecido, cargaba y Rainer disparaba la ametralladora, los demás se concentraban en las rampas de las embarcaciones y apuntaban con sus fusiles para acribillar a las tropas en cuanto descendían por ellas o incluso antes. Los barridos de balas solo se detenían cada vez que no tenían más remedio que esperar a que la Hitlersäge se enfriase.

41

Bahía del Sena, canal de la Mancha

Martha tocó de nuevo su cámara a través de la tela del uniforme. Necesitaba que se mantuviera seca. Los reporteros gráficos cubrían los objetivos con profilácticos, al igual que hacían los soldados con los cañones de sus fusiles, pero ella no había encontrado la forma de hacerse con uno.

Recordó una canción de ritmo animado y machacón de los años veinte que a veces había sonado como acompañamiento en la proyección de las películas mudas: *Kitten on the keys* (*El gatito sobre las teclas*). Era el síntoma más claro de que se había adentrado en el bosque espeso y oscuro de la locura.

Navegaba en aquel mar de plomo, cada ola la acercaba más a la artillería cruzada, a la primera línea delante de los buques que maniobraban para alcanzar la orilla a riesgo de encallar. Desde sus cubiertas, algunos corresponsales contemplarían la escena con las miradas clavadas en las espaldas de los soldados sin sospechar que ella estaba allí. Su determinación, más fuerte que la angustia que sentía, era su narcótico. «Cuanto más audaz soy, mejor suerte tengo», se repetía mientras avanzaba a través de aquella tormenta artificial desencadenada por la ingeniería de la muerte. Quería que su gesta fuera incontestable, que las imágenes que tomara asaltaran, junto con sus palabras, las páginas de los periódicos y las revistas. Debía ganarse a sangre y fuego lo que desde el momento en el que escogió su oficio tuvo que haber sido una práctica natural. Si moría en esa acción militar, la mayor invasión de todos los tiempos, conseguiría al menos perdurar en la memoria de los ciudadanos estadounidenses y facilitarles, de esa forma, el camino a sus compañeras. Lo daría por bien empleado, aunque ya no pudiera saberlo. Solo le dolía pensar en lo que sufriría su familia... y Harvey.

Allí, en medio de aquella situación de caza del hombre por el hombre, de cosecha del diablo, donde la sangre vertida era la medida de la derrota o de la victoria (la otra forma de perder, aunque atenuada), se respiraba el desafuero de la barbarie.

Para Martha, el triunfo definitivo no consistiría en vencer en las batallas, sino en acabar con ellas de una vez, pero hasta que eso sucediera, continuaba inmersa en aquel averno recién inaugurado: acuático, arenoso, irrespirable y candente a la vez de las costas del norte de Francia, donde los cuatro elementos de la naturaleza habían sido profanados para conducir a través de ellos el fluido más peligroso, el final sin epílogo: la muerte.

En la barca, ya de regreso, Martha comenzó a temblar. Ya no era capaz ni siquiera de cambiar el rollo de película. Pidió permiso para coger una de las mantas secas que permanecían enrolladas en un rincón, las que se habían mojado se volvían después rígidas como madera, se arrebujó en la única con la que aún podía arroparse y se tapó hasta la cabeza.

El ruido de la artillería alemana no cesaba. Uno de los militares que acompañaba a los camilleros dijo que, según la última transmisión por radio, más de doscientos guardabosques estadounidenses habían desembarcado en la Pointe du Hoc, a menos de medio kilómetro de allí, y que los combates se concentraban en el pueblo de Sainte-Mère-Église, donde habían aterrizado los paracaidistas la noche anterior.

Atrás dejaron cientos de muertos y el fuego de mortero que, por escasos metros, no los alcanzó como había sucedido a la ida. Cuando ya se creía a salvo, en pleno canal de la Mancha, vio como el soldado que reposaba en la camilla más cercana fue asaeteado por las largas astillas que, debido a una explosión, se desprendieron de la barca de al lado. Martha se llevó la mano a la boca y notó un reguero de sangre que le manaba de la cabeza. Se recorrió esa zona con temor hasta que un dedo se le hundió en el cuero cabelludo y tocó algo duro incrustado ahí. Le pareció metálico. Una esquirla de metralla..., un trozo de acero candente...

El dolor.

Se disipó ante sus ojos la luz furiosa de aquella mañana y todo se volvió negro, denso. Perdió el conocimiento. Fue tragada por el vacío. Ya no pudo ver ni fotografiar nada más.

42

Harvey, a bordo del USS Augusta, llamaba por radio a Southwick House para conocer los últimos datos. Los que le habían llegado a través de un informe dirigido a Eisenhower no le parecían fiables. Aquella era su misión, y quería comprobar que los alemanes habían mordido el anzuelo y no dejaban de despilfarrar municiones dirigiendo sus cargas de artillerías contra las costas de Dover a la vez que se posicionaban en la costa del Paso de Calais para hacer frente a unas tropas enemigas que nunca llegarían allí.

Tuvo que esperar casi tres horas más para saber que en Omaha Beach los soldados del Ejército estadounidense habían atravesado por primera vez las líneas alemanas, a pesar de que el fuego del nido de ametralladora número 62 no se detenía. En Caen, a menos de veinte kilómetros de los tramos costeros que habían renombrado para la operación Juno y Sword, la compañía D del 2.º Batallón de la Infantería Ligera Oxfordshire y Buckinghamshire al mando del mayor John Howard había tomado el primer objetivo: el puente Pegasus.

Harvey escuchó que pedían treinta botes de tropas de combate más. Las descargas de la artillería no se detenían y aumentaron todavía más cuando el contralmirante a bordo del acorazado USS Texas dio la orden de ataque.

Por fin le llegó la información requerida: «Cierre de playas, minado, progreso lento». Como ese sí que le pareció realista, pidió a la Unidad de Radio que se lo remitieran de forma inmediata a Eisenhower.

Junto a otro mensaje que decía que las defensas alemanas habían sido barridas en cuatro de las cinco playas, escuchó el parte de bajas y una frase lo sacó de sí:

—Mujer, estadounidense según documentos, herida grave.

Añadieron que se desconocía cómo había llegado hasta allí. Harvey sabía que, de esta forma, sus superiores evitaban asumir ante el alto mando la responsabilidad que suponía su presencia en el desembarco contraviniendo las órdenes de Montgomery, a quien habían designado comandante de las fuerzas terrestres.

Harvey se quedó sin respiración. Estaba seguro de que se trataba de ella. No sabía a quién maldecir. Había pensado mucho en Martha durante aquellas horas, pero la creía pendiente de las transmisiones para escribir su crónica y enviarla cuanto antes a la sede de *Collier's*. Confiaba en que el desembarco la hubiera pillado por sorpresa.

El siguiente mensaje telegráfico que se recibió en Portsmouth decía que los primeros soldados de la infantería ligera del rey de Shropshire ya habían avanzado una milla desde la costa hasta el pueblo de Hermanville, pero Harvey solo lo escuchó de forma inconexa. No veía el momento en que el buque en el que trasladaban a Martha atracara en el puerto. Deseó volar para atravesar cuanto antes la prisión de agua que lo rodeaba y llegar a verla aún con los ojos abiertos. La lentitud de la singladura lo angustiaba y esa desazón la sentía en la garganta y en el pecho. Se asfixiaba a cielo abierto.

Poco antes de las once y media de la mañana, sus compañeros lo llamaron para que escuchara por radio el discurso de Churchill ante la Cámara de los Comunes. A mitad de la alocución, Harvey advirtió que había comenzado a caer una lluvia fina y salió a la cubierta. Ya no resistía más el encierro. Que comenzara a empaparle el agua le permitió disimular sus lágrimas. Se reprochaba haber perdido de vista a Martha durante las últimas horas, pero también lloraba por todos aquellos que ya no se levantarían de la arena normanda. Temía también por quienes habían sido sus hombres y entonces se hallaban bajo las órdenes de Patton. Quería que aquellos mil, al menos, regresaran sanos y salvos a Hollywood para que, desde allí, regalaran al mundo su arte durante varias décadas más.

Los disparos de la artillería pesada alternaban con el ruido de los tiros que llegaba de más adentro y le retumbaban en el corazón y en la cabeza.

Mientras tanto, a varios cuarteles alemanes de aquella región llegó una información falsa: que las tropas aliadas habían sido expulsadas hacia el mar. Harvey sabía que, si daban ese mensaje por bueno, eso les otorgaría a los suyos bastante capacidad de maniobra. Él no haría otra cosa durante las siguientes horas que buscar denodadamente a Martha. La zozobra lo reconcomía. Era incapaz de quedarse quieto. Bajó adonde estaban sus compañeros para preguntar qué periodistas habían estado en las playas. Le informaron de que solo se había notificado la presencia del reportero de Reuters Doon Campbell y la de Endre Friedmann, el fotógrafo. A pesar de esos datos, él tenía la certeza de que la mujer herida no podía ser otra que Martha, la persona más obstinada que había conocido nunca.

43

Playas desde Sainte-Honorine-des-Pertes hasta Vierville-sur-Mer, líneas alemanas, Normandía

A media mañana los tanques estadounidenses modelo Sherman recorrían la playa. En el nido de ametralladora número 62, Zimní, el cargador checo, informó a Helmut de que la munición comenzaba a escasear. Cuando los demás lo oyeron, les cambió la mirada. Quienes estaban en el campamento comenzaron a huir cuando vieron volar sobre ellos un amasijo de carne y huesos compuesto por varios cuerpos.

Los blindados, cada vez más numerosos, se desplazaban rodeados por las nubes de arena que levantaban a su paso. Desde el búnker comenzaron a disparar contra ellos, querían acertar en el centro de la estrella blanca pintada en la parte anterior, pero los proyectiles rebotaban en el blindaje mientras salían de los tanques ráfagas de ametralladora que ya habían destruido varias torretas de las fortificaciones. Una bala alcanzó en el pecho a Kelgock. Otra le destrozó la mira del arma a Krombacher, que maldijo hasta que otra nueva descarga lo dejó sin voz.

Helmut supo que había llegado el momento de marcharse, la última cinta acababa de entrar en la sierra circular. Dentro de poco la ametralladora se quedaría muda también, como Kelgock y como Krombacher.

Miró alrededor, se fijó en la barbilla imberbe del checo y, cuando de nuevo posó sus ojos en el exterior, vio a un soldado americano que apuntaba hacia ellos con un lanzallamas. Rainer no reaccionaba, había dejado de ser humano para convertirse en una bestia: solo quería matar. A Helmut le costó arrastrarlo hacia la trampilla lateral para que junto con los otros tres que quedaban allí escaparan por detrás de la construcción de hormigón.

Quería volver atrás. Le gritaba «Déjame» mientras lo amenazaba con el fusil en el que tenía montada la bayoneta. Vio los cuerpos carbonizados de otros soldados alemanes a los que les habían alcanzado con aquel mismo lanzallamas. Cinco soldados estadounidenses se les aproximaron, los rodearon y los apresaron para trasladarlos junto a los demás prisioneros que esperaban allí. Sus captores apilaron las Karabiner 98k y se las llevaron también.

44

Distrito de Merzig-Wadern, Alemania

Mientras tanto, a casi setecientos kilómetros de aquella playa, Berta, la madre de Aldo Krombacher, el soldado del búnker a quien el fuego de los aliados había partido en dos la garganta, lo vio en la ventana de su modesta casa de Weiskirchen, en la orilla del río Sarre.

—¡Al, Al! —gritó—. ¡Has vuelto!

Su marido, Haines, se levantó del viejo butacón en el que pasaba la mayor parte del día desde que se había jubilado.

—¡Ha vuelto de la guerra! —le dijo ella mientras abría la puerta a toda prisa—. Está fuera. Lo he visto.

Haines no sabía qué pensar ni cómo reaccionar. Se le pasó por la cabeza que Aldo hubiera desertado. Se asomó él también, pero solo vio el viejo puente de madera vacío, que se incrustaba en las rocas del otro lado del cauce, y a su mujer, que corría por el pasto seco entre el que crecían las amapolas mientras gritaba el nombre de su hijo.

—¡Berta, ven aquí! —la llamó. Estaba seguro de que, al final, tras tanto dolor, había enloquecido.

Llevaba demasiado tiempo despertándose sobresaltada por las noches y, durante el día, permanecía callada y con la mirada perdida durante horas, y de ese ensimismamiento solo salía para rezar. Había abandonado las labores domésticas, solo hacía lo indispensable, y se había descuidado tanto que era necesario fijarse mucho en ella para advertir que su verdadera edad estaba unos veinte años por debajo de la que representaba.

Haines cogió el bastón que dejaba siempre apoyado en la esquina que formaba el muro delantero con el pilar de su casa y salió. Berta adoraba a su hijo. Cuando Aldo tuvo que incorporarse al Ejército no quería dejarlo ir. «¿Por qué? ¿Por qué? —gritó desde aquella misma puerta el día que se marchó—. ¿Por qué se los llevan? ¡Maldito Hitler y malditos todos los que mandáis a nuestros hijos a la guerra! ¡Qué lástima que hayáis nacido!».

El padre de Aldo Krombacher comenzó a caminar todo lo deprisa que sus maltrechas piernas le permitían. Desde el sendero que bordeaba los campos y los separaba del bosque no veía a Berta. La llamó varias veces, pero solo oyó croar a las ranas. Cuando ya llevaba más de una hora bajo aquel sol de junio, aún tímido, oyó unos sollozos y entró él también en el prado de hierbas altas y secas. A los pocos metros encontró a su mujer, boca abajo, llorando.

—Vamos a casa —le dijo mientras intentaba incorporarla.

—Haines, era él, era Aldo. Lo he visto.

Él no supo qué contestarle. Muy poco a poco, apoyados uno en el otro, volvieron por el sendero de tierra hasta su hogar, que entonces se había convertido en el lugar que, además de acogerlos a ellos, albergaba, como huésped principal, la ausencia de su hijo.

45

Portsmouth, sudeste de Inglaterra

Cuando por fin comenzaron las maniobras de atraque en el puerto, Harvey vio desde el barco a Fairbanks y se desgañitó llamándolo. El teniente había permanecido allí tal como le había ordenado Patton. Harvey sabía que quería evitar que ninguno de los dos le hiciera sombra. Se había negado incluso a que regresaran al escenario de las operaciones en Dover para continuar con la supervisión del simulacro y comprobar que, en efecto, el Ejército alemán se dividía.

En cuanto le fue posible, bajó. Fairbanks lo recibió con la noticia de que las cinco playas de la costa de enfrente estaban aseguradas y que en Calais las cosas marchaban bien.

—Parece que, frente al paso más angosto, el de enfrente de Dover, se están comportando como patos mareados. Lo mismo avanzan con los *panzer* que se detienen o dan marcha atrás. Mientras tanto, nuestros artistas siguen a salvo.

—¡Douglas, tenemos que encontrar a Martha! ¡Está grave!

Sin que le aclarara nada más, Fairbanks supo enseguida cuál había sido la sucesión de los hechos.

—Estuvo allí —dijo. Y Harvey asintió—. Pero ¿cómo? Participar en una acción de guerra sin permiso es un delito. Ella lo sabe de sobra. Esto puede acabar con su carrera. No pensé que sería capaz por mucho que nos lo repitiera.

Harvey apremió al teniente:

—Vamos a la Unidad de Radio, tenemos que encontrar a quien transmitió el mensaje sobre ella.

Fairbanks intentó decirle que tal vez no se trataba de Martha, pero no quiso mentir.

—Tenemos que interrumpiros un momento —dijo Harvey nada más atravesar la puerta de aquella sala con escritorios de los que parecían crecer los cables como si fueran plantas gelatinosas.

Harvey jadeaba, así que Fairbanks tomó la palabra:

—La información sobre la mujer americana ¿quién os la ha proporcionado?

—Llegó del buque hospital cuando les solicitamos, a petición del general Eisenhower, el número de bajas que transportaban.

—¿Dónde está ese barco ahora?

—A tan solo un par de millas de la costa inglesa, general.

Si antes, en la cubierta del USS Augusta, Harvey tuvo ganas de volar, en ese momento deseó lanzarse al agua para alcanzar aquella nave antes de que llegara.

En cuanto estuvieron en uno de los diques, Fairbanks se sentó en un noray y sacó un paquete de cigarrillos Pall Mall; le ofreció uno a Harvey, pero este lo rehusó. Le temblaban demasiado las manos como para fumar. Hasta ahí no llegaban los cañonazos, pero el peligro podía aparecer a través de cualquier otro medio.

—Nunca atendió a razones, por eso te enamoraste de ella —le dijo el teniente—. No acabamos de creernos que no daría su brazo a torcer.

—Nos ha faltado tiempo para todo —musitó Harvey, que dejó de mirar a Fairbanks y se dio la vuelta hacia el mar: vio aparecer en el horizonte un nuevo barco y echó a correr por el muelle—. Voy a por unos prismáticos.

En unos minutos regresó. Se puso a observar a través de los binoculares; los bajaba, se situaba al lado de Fairbanks, caminaba unos metros y volvía junto a él.

—Tienes que serenarte —le dijo el teniente.

Harvey no le contestó. Las olas rompían contra los pilares del muelle.

Aún tuvieron que esperar casi una hora para subir al barco hospital. En cuanto estuvieron dentro se vieron inmersos en el ajetreo: pasos apresurados, abrir y cerrar de las puertas de cristal de las vitrinas, el ruido del instrumental quirúrgico depositado sobre el mármol, pero, por encima de todo, sobresalían los quejidos de los soldados.

Fairbanks le dijo:

—Han notificado que enterrarán a los fallecidos en la otra orilla en cuanto sea posible. No pueden transportarlos hasta aquí. Son demasiados.

Harvey tragó saliva. Sabía que, si al contrario de lo que le habían comunicado, no hallaba a la reportera en el buque, tendría que trasladar su búsqueda a las costas de enfrente, pero que sus pesquisas ya serían de otro cariz.

Una enfermera que acababa de subir también al barco los miró de malas maneras y les preguntó qué querían con toda la delicadeza que fue capaz de aparentar. Era evidente que cualquier persona molestaba allí en aquellos momentos.

—Hirieron a una mujer durante el desembarco —murmuró Harvey.

No fue necesario que le indicara dónde estaba porque enseguida oyó sus lamentos, se acercó hasta la litera en la que la habían acostado, separada de los demás por un biombo. No había nadie en la cama de arriba.

Fairbanks entró también en el compartimento junto a dos médicos.

Martha tenía un vendaje en la cabeza, que, a pesar de que era reciente, estaba ya manchado de sangre.

—¡Está viva! —exclamó Harvey, pero de forma que solo pudiera oírlo Fairbanks.

—Las fotos —dijo ella con los ojos cerrados mientras movía la cabeza a un lado y a otro como si tuviera una pesadilla.

—¿Sabe dónde está su cámara? —le preguntó Harvey a uno de los doctores. Como no obtuvo respuesta, continuó hablándoles—: Vamos a trasladarla a una clínica de Portsmouth. Tal vez en unos días nos la podamos llevar por carretera al hospital subterráneo junto al castillo de Dover. —Harvey se refería al complejo construido a prueba de bombas para realizar allí las primeras curas a los heridos antes de transportarlos al interior del país.

Un guardia que estaba al fondo de aquella sala se situó junto a ellos.

—General, la señora Gellhorn está detenida por contravenir las órdenes del alto mando. La ha arrestado la Policía Militar por haber ido a Francia en una lancha sin contar con el permiso del Ejército.

Harvey dedujo que la habrían identificado al comprobar los mismos documentos a los que se refería el mensaje de radio. Se mostró tan malhumorado que Fairbanks pensó que le recordaba demasiado a Patton.

Al acercarse de nuevo a ella, Harvey notó que algo se interponía entre Martha y la sábana que la cubría. Como no la quiso destapar, les preguntó qué era aquello.

—Las esposas, general —le dijo el soldado—. No hemos tenido más remedio.

—¡Pero si no puede moverse! —gritó Harvey mientras se llevaba las manos a la cara.

Entonces el otro médico se dirigió a él:

—Soy el cirujano que la ha operado. Ha perdido mucha sangre, está débil. Parece que tiene amnesia. Ha estado casi todo el tiempo inconsciente y desde hace una hora solo dice lo que ha escuchado, pregunta por unas fotos, pero no sabe quién es ni qué hacía en la playa.

Tratándose de Martha, Harvey no sabía si lo fingía o era cierto que había perdido la memoria.

—El impacto de la metralla ha sido profundo. Le hemos extraído un fragmento de unos tres centímetros, pero tiene más. No le han atravesado la cabeza porque le llegaron ya desviados, sin demasiada fuerza. Debieron impactar antes en otro lugar. No sé si la intervención ha sido lo más conveniente porque ahora la hemorragia no cesa. Tal vez nos hemos precipitado. Debimos dejarle todo el metal dentro, como a tantos otros, y ver cómo evolucionaba. Operarla solo si se le infectaba la herida.

A Harvey le sorprendió que compartiera sus dudas con ellos, pero se dijo que así era todo en tiempos de guerra: muy distinto.

—Vamos a llevárnosla a Dover o al hospital de aquí —insistió.

—No es posible. Cumplimos órdenes del comandante Montgomery —repitió el soldado que la vigilaba.

—Bien, lo llamaré —dijo Harvey, pero antes de salir, se volvió hacia Martha—: Douglas y yo te sacaremos de aquí —le dijo como si ella pudiera oírlo desde la región abisal en la que la metralla la había sumergido.

46

De nuevo en el muelle, Harvey le dijo a Fairbanks:

—Vamos a darnos prisa. Sabes que Montgomery no es santo de mi devoción... ni de la de nadie, pero no tenemos más remedio. Es el único que puede revocar esa orden. Si no acepta, tendré que pedírselo a Eisenhower, pero eso... podría suponer que se sintiera traicionado por puentearlo.

—Ya sabes que Eisenhower lo llamó «psicópata». Es posible que podamos aprovechar la tirria que le tiene.

—Como militar lo respeta mucho y eso es lo único que importa.

—Tal vez distraerlo con un asunto... —Fairbanks evitó añadir la palabra «menor» porque anticipaba lo que eso desataría en Harvey. En cambio, dijo—: Tiene tantos celos de Patton... Sabe que nosotros dependemos de él. Así que, solo por ese motivo, cualquier cosa que le pidamos es capaz de negárnosla. —Soltó una carcajada que a Harvey le pareció muy inoportuna—. Perdona, recordaba cuando Monty —se refería a Montgomery— te invitó a la comida de Navidad y solo te dio una manzana. No te estuvo mal, por aceptar, aunque tampoco tenías opción. Además, esa obsesión por comparar a Inglaterra con Estados Unidos... Que si tienen tantos siglos de historia, que si la acumulación de conocimientos. No será en su cerebro.

Y se volvió a reír. Adivinó que Harvey estaba a punto de reprenderle, así que dijo:

—La evolución de Martha no dependerá de que estemos tristes o no. Lo importante es cómo actuemos y para eso hay que mantener la moral alta y la cabeza fría.

En cuanto entraron de nuevo en la Unidad de Radio, Harvey pidió a un operador que preguntara cuándo podía comunicarse de manera urgente con el comandante Montgomery.

—Esa frase, amigo mío, lo de comunicarse con él, ya es un contrasentido. No es posible para nadie —dijo Fairbanks sin importarle que estuvieran presentes tantos soldados. Al cabo de un par de minutos, uno de los operadores fue a la sala de espera donde se habían retirado Harvey y Fairbanks.

—No lo localizan, señor —le dijo al general—. Señor, con todos mis respetos, si me disculpa quería decirle que no creo que en un día como hoy...

Entonces atronó en la sala la voz de Montgomery. Después de varios improperios preguntó qué sucedía en el puerto de Portsmouth como para que lo reclamaran con tanta insistencia.

—El general Harvey, señor, quiere hablar con usted.

Él se acercó hasta el puesto de radio y le dijo:

—Discúlpeme. Verá, una reportera americana...

El comandante no lo dejó continuar:

—¡La que llegó a Omaha en una escoba!

Después de encajar como pudo aquellas palabras, Harvey le dijo:

—Señor, le ruego que me dé su permiso para llevarla a Dover.

—Si sobrevive, será trasladada a un campo de trabajo del Ejército. Eso es lo que se ha buscado, por lista. No hay nada más que hablar. Manténgase alejado de ella y no vuelva a molestarme con otra tontería, de lo contrario tomaré medidas disciplinarias contra usted.

Después cortó.

Harvey se quedó paralizado, igual que todos los operadores que ocupaban la sala. No estaban acostumbrados a presenciar que se vilipendiara a un superior como si se tratara de un soldado raso.

—Vámonos —le dijo a Fairbanks, pero antes de salir se dirigió a los miembros de aquella unidad—: Y a todos ustedes, gracias por su trabajo durante esta noche definitiva en la que tan gran labor han desarrollado.

Los componentes de la Unidad de Radio bajaron la cabeza y sonrieron complacidos.

En cuanto se quedaron a solas, Fairbanks le dijo:

—No abundan los caballeros por aquí. Me precio mucho de tu amistad.

Bastante azorado, Harvey le palmeó el hombro a su teniente y después le pidió que volviera al lado de Martha.

—Me reuniré con vosotros en el barco hospital cuanto antes.

47

Berghof, Alemania - Salzburgo, Austria

Otto Mannheim informó puntualmente a Guinardó y a Masterman de que aquella mañana del 6 de junio Hitler se despertó pasado el mediodía como tenía por costumbre. La víspera se retiró a dormir hacia las cuatro de la madrugada. La situación del agente Parsifal era cada vez más complicada. Se repetía que era cuestión de horas que lo descubrieran. No solo temía por su vida, había algo que, para todos los demás miembros de la Alemania Secreta, como llamaban a la resistencia contra el nazismo, era mucho más importante: poner a salvo lo que él llamaba el Libro de las Exculpaciones, un listado de unas veinte páginas en el que había ido consignando los nombres de quienes sobrevivieron tras participar en los infructuosos atentados contra Hitler. La misión de Otto consistía en que no se tomaran represalias contra ellos ni sus familias una vez que el régimen fuera derrocado. Estos datos aparecían cifrados y solo él conocía el código para convertir aquellos signos en letras.

Además de Mannheim, el profesor de Oxford y el agente catalán sabían que los timbrazos de los teléfonos habían ido despertando a todos los mandos alemanes. Al coronel general Alfred Jodl, a las seis y veinticinco, cuando, por su cuenta y riesgo, revocó la orden de avance de dos divisiones hacia el norte de Normandía. Cinco minutos después su superior, Erwin Rommel supo a través de su jefe de personal que miles de paracaidistas habían aterrizado detrás de las líneas alemanas.

—*Explosivpuppen?*—preguntó con la esperanza de que se tratara de señuelos.

—No, mariscal.

—¿Qué dicen en el castillo de La Roche-Guyon? —le preguntó Rommel. Aquel lugar era el cuartel general del Reich en la región del valle del Oise.

—Nada, mariscal. La Resistencia ha cortado las comunicaciones.

A esas horas aún desconocían que se había producido el desembarco aliado. Rommel le pidió que lo dejara solo y llamó al refugio alpino de Hitler. Mannheim escuchó desde otro auricular.

—Tenemos que enviar los *panzers* hacia el oeste. También hay movimientos allí. Necesito que me autorice para ordenarles que salgan del Paso de Calais cuanto antes. Tardarán en llegar.

A través de la línea, Otto advirtió los bostezos que Hitler no se molestó en disimular:

—Eso es lo que quieren. Se trata de una maniobra de despiste más. No caeremos en la trampa.

—¿Entonces? —le preguntó Rommel.

—Mándelos de todas formas, sí, mándelos, mejor eso antes de que estén parados como pasmarotes oteando la costa. Que se muevan —dijo mientras pensaba en el dispendio de combustible que supondría ese desplazamiento y en lo poco que le importaba ya nada.

En cuanto colgó, Otto Mannheim recorrió el pasillo hasta la sala y entró. La víspera, en el té verde que Hitler tomaba siempre un rato antes de acostarse, le deslizó dos somníferos que se sumaron al cóctel que a diario le administraba su médico personal.

—El primer ministro húngaro llegará en menos de una hora al Schloss Klessheim —le dijo.

Otto se refería a la reunión que aparecía aquel día en la agenda de Hitler con Döme Sztójay, quien tanto había apoyado a los oficiales extremistas cercanos al Estado Mayor desde su anterior puesto como embajador de Hungría en Alemania.

—No voy a desayunar nada —le dijo a Otto mientras apartaba la bandeja.

Mannheim siempre había pensado que la razón principal para contratarlo fue que le gustaba mucho que lo sirviera un miembro de la nobleza.

—Saldremos hacia Salzburgo inmediatamente. Avise al chófer —le ordenó.

—Ya está preparado.

Durante la hora escasa que tardaron en recorrer aquel trayecto en compañía de Goebbels, ninguno de los cuatro hombres dijo nada. Hitler pasó todo el tiempo con la vista puesta en el paisaje. Otto ocupaba el asiento del copiloto. Esa cita llevaba días prevista en la programación del Führer, pero tras los últimos acontecimientos se producía en el momento más inoportuno, cuando Otto necesitaba comunicarse con Masterman y Guinardó de forma ininterrumpida.

En cuanto entraron en el palacio de Klessheim, los mandatarios se situaron frente a los periodistas y, tras los saludos de rigor, Hitler y su ministro de Propaganda se transformaron y comenzaron a llenarlo todo de palabras con las que disiparon el silencio denso que los había acompañado durante el viaje. Goebbels fue el primero en hablar:

—El Führer está extraordinariamente emocionado

—dijo como si Hitler no estuviera presente o no fuera capaz de expresarse por sí mismo—. La invasión se lleva a cabo por el lugar exacto desde el que esperábamos a las tropas aliadas, y, además, mediante los métodos para los que tan bien nos hemos preparado durante estos meses.

Como de costumbre, Goebbels mentía para que el derrotismo no se instalara entre la población. El enclave frente al que las tropas alemanas estaban apostadas en un número muy superior no era Normandía, sino Calais. Después Hitler tomó la palabra tras inclinar levemente la cabeza en dirección a su ministro:

—Así es, los hemos atraído adonde más fácil nos resulta luchar. Esta puede ser la batalla definitiva.

Otto pensó que los engaños funcionan perfectamente cuando cumplen con las expectativas que tiene la otra parte. Imaginó el ajetreo que estarían viviendo Masterman, Oriol Guinardó y todos los demás componentes del Comité XX desde Londres y Lisboa y miró a su alrededor. Él también tenía que ponerse en marcha cuanto antes. Cada vez se secaba el sudor con más frecuencia y, por efecto de la tensión le dolía hasta tragar saliva. Las agujas del reloj se le clavaban en la piel cada vez que miraba la hora. Se sentía un topo, en ese momento, sepultado. Necesitaba proteger el Libro de las Exculpaciones, el manto de salvación que sus páginas supondrían para muchos opositores clandestinos del régimen. Los timbrazos de los teléfonos despertados antes del amanecer le retumbaban en la mente. «Ushuaia», pronunció en voz baja para intentar sosegarse con esa evocación del paisaje del fin del mundo. Necesitaba comprobar que Masterman y Guinardó seguían al otro lado dispuestos a conjurar su arriesgada soledad en medio de aquella corte de orates.

48

Southwick, sudeste de Inglaterra

Harvey condujo hasta el puesto de mando instalado a unas cinco millas al norte de Portsmouth. Entró en la casona de Southwick tras atravesar la columnata que volvía intermitente el sol al cortar sus rayos con los fustes. Enseguida tuvo ante los ojos el mapa inmenso sobre el que Fanny Hugill registraba las singladuras de los buques de la Royal Navy. Se detuvo unos instantes para hablar con ella del desarrollo de las maniobras y le preguntó por el almirante.

—Está en un barco aquí —le dijo mientras le señalaba con una larga vara de madera la parte sur del mural.

Eso le suponía una contrariedad porque sabía que de aquel hombre dependía el destino de Martha.

—¿Con quién puedo hablar ahora mismo? —le preguntó.

Fanny Hugill advirtió la desesperación en su voz y le pidió que la acompañara hasta una lujosa sala de juntas y se retiró. En cuanto saludó a los cuatro miembros del alto mando que discutían sobre lo adecuado de las estrategias para entrar en el continente, les dijo:

—He venido hasta aquí antes de regresar a Dover porque quiero que se revoque la orden según la cual se va a trasladar a la reportera estadounidense Martha Gellhorn a un campo de trabajo.

—Las órdenes no se discuten —le dijo Bedell, el jefe del Estado Mayor de la Fuerza Expedicionaria Aliada—. No querrá que se le acuse de indisciplina o, peor aún, de rebelión.

A pesar de aquella amenaza, Harvey continuó con el tono más neutro que fue capaz de emplear:

—La periodista de *Collier's* se encuentra retenida por nuestro Ejército en el buque hospital que regresó de Omaha Beach con los primeros heridos. Después de haber desempeñado su trabajo, está allí contra su voluntad. Yo me responsabilizo de ella y de sus acciones. Asumiré las consecuencias.

—Mal momento para enamorarse, Harvey —le dijo el comandante en jefe de la Fuerza Aérea Expedicionaria Aliada.

Como no quiso negar lo que sentía, solo añadió:

—Estoy aquí para evitar que se maltrate a una ciudadana estadounidense. Ese también es mi deber. Como comprenderán, no tengo nada que objetar respecto a que se la recluya en el campo de trabajo, se ha saltado la ley militar y debe pagar por ello. Incluso ese adiestramiento le vendrá muy bien en el futuro, pero ahora, en su condición de extrema debilidad, es muy desaconsejable. No aguantaría el desplazamiento. Además, está amnésica. No sabe quién es ni qué hacía en la playa.

—Esa es la clave, nosotros tampoco sabemos qué hacía en la playa. ¿Quién lo permitió? ¿Usted? —le preguntó el comandante.

Harvey se defendió con rotundidad:

—Por lo que el teniente Fairbanks y yo hemos averiguado, zarpó como polizón en la misma nave donde se encuentra ahora.

—Tendría que haber vigilado más a su gacetillera si tan interesado está en ella —le dijo el comandante con ánimo de ofenderlo.

Pensó que Bedell tenía razón, por una vez. Se le había pasado por la cabeza enviar a varios soldados para que hicieran guardia en el hotel Balmoral y le informaran de los movimientos de Martha, pero temía su reacción si lo descubría y quería afinar más el procedimiento para que ella no lo advirtiera. Para eso también le había faltado tiempo.

Oyó entonces que su superior le dijo:

—Estamos informados de que llegó de América hasta aquí a bordo de un carguero que transportaba explosivos.

Harvey recordó la conversación con Martha, su mención a la solicitud denegada de Roald Dahl, su disgusto al enterarse de que había viajado en aquel vuelo la actriz y cantante Gertrude Lawrence, y la negativa del agregado aéreo de la embajada británica en Washington a que viajara en el avión. Todo eso la llevó hasta la peligrosa travesía en el barco noruego y no parecía revestir para los demás la menor importancia.

—Con esos antecedentes era fácil prever...

Walter Bedell, a quien todos llamaban Beetle, le hizo un gesto con la cabeza para que abandonaran la habitación. Harvey se llevó la mano a la sien derecha y después salió.

—Puesto que a todas luces parece que se trata de un asunto privado, hablémoslo de esa forma —le dijo Bedell en cuanto se quedaron a solas. Apenas habían recorrido unos veinte metros cuando abrió la puerta de un despacho y lo hizo pasar, cerró tras ellos y enseguida cambió el tono de su voz.

Harvey sintió que se hallaba ante un amigo.

—Tendría que ser más cauto, general. ¿Dónde ha quedado su proverbial templanza? Se hace a sí mismo un flaco favor mostrando sus debilidades ante los demás, así siempre sabrán por dónde atacarle. Ya sabe que el fuego amigo puede ser el peor. No veo posible convencerlos de que detengan el traslado de la periodista. Ya sabe que no soportan que nada escape de su control y eso es precisamente lo que ella ha hecho. No estaba autorizada a embarcarse. No podía hacerlo de ninguna manera —insistió Bedell—. Si sobrevive, la llevarán a Culford, al este, en el condado de Suffolk. En los bosques realizará labores de desbroce, talará árboles, serrará los troncos y los transportará en los vehículos a los aserraderos. Cosas así.

Harvey lo interrumpió:

—Beetle, tiene que ayudarme. Le doy mi palabra de que en cuanto la señora Gellhorn se restablezca yo mismo la llevaré hasta allí. Sabe que soy un hombre de honor. Pero ahora, si la viera..., está muy débil. Ese viaje la mataría.

El jefe del Estado Mayor de la Fuerza Expedicionaria Aliada vio en el rostro de Harvey el reflejo de lo que sentía.

—Intentaré convencer a Ramsay de que postergue su traslado dos días debido a su estado, pero no le prometo nada.

Harvey sabía que esas cuarenta y ocho horas serían decisivas para idear un plan; tuvo ganas de avanzar hacia el militar y abrazarlo, pero se contuvo y le dijo:

—Le debo una, Beetle.

49

Portsmouth, sudeste de Inglaterra

Cuando Harvey abordó el buque hospital, vio de espaldas a la misma enfermera que la atendía y de inmediato supo lo que harían.

Harvey saludó a Fairbanks y le acarició a Martha las manos engrilletadas.

—¿Cómo está? —preguntó.

—Peor. No vuelve en sí. Ahora ni siquiera pregunta ya por la cámara —le dijo el teniente.

—General —intervino entonces la enfermera—, me llamo Lindsey Bennett. Ayer pasé con ella más de una hora. Se brindó a acompañarme, me quedé un rato más aquí cuando me dijo que se marchaba, yo estaba convencida de que había desembarcado antes de que zarpáramos... Lo siento.

Harvey no le respondió porque solo era capaz de pensar en su plan.

—Le di la dirección de mis padres por si... Y ahora es ella la que está postrada en esta litera. Ni se me pasó por la cabeza lo que pretendía. Me siento culpable. No debí permitirle que viniera conmigo.

La enfermera hablaba temerosa, como si pensara que podía detonar la furia del general. En cambio, después de mirar a los lados y bajar mucho la voz para que solo lo oyeran ella y Fairbanks, él le dijo:

—Quiero proponerle algo. Voy a firmarle un permiso de quince días para que lleve a cabo una misión secreta. Como estoy seguro de que la concluirá con éxito, redactaré un informe de progreso y propondré que le aumenten el sueldo por méritos y la asciendan. ¿Qué le parece?

Le contó de forma muy detallada que tendría que suplantar a Martha y todo lo que ello comportaría.

Lindsey estaba tan asombrada que permaneció en silencio y repasó mentalmente lo que acababa de escuchar para asegurarse de haberlo entendido. Harvey le proponía obtener todo lo que ansiaba. Era consciente del riesgo, pero este era inherente a la guerra. Estaba tan desconcertada que no dijo nada más.

—A las dos de la madrugada de pasado mañana nos encontraremos aquí. No prepare equipaje. No lo va a necesitar. Ya se lo entregarán en su destino.

Estaba seguro de que si Martha no estuviera herida, habría aceptado aquel castigo en Culford porque le habría supuesto otra oportunidad más para llamar la atención sobre el desigual trato que recibían las reporteras en comparación con sus compañeros. Harvey abría y cerraba mucho los labios para compensar el volumen casi inaudible en el que le habló:

—Mientras tanto, ocúpese de ella. —Se giró hacia su teniente—: Vamos a cenar y a dormir un rato, Douglas, nos espera una noche muy larga. Hoy mismo regresaremos a la base.

A Fairbanks la guerra lo sobrepasaba, deseaba volver a Dover para continuar con la representación del simulacro frente a las costas de Calais como si todo fuera mentira, un juego de niños, pero macabro.

EL DÍA DESPUÉS DEL DESEMBARCO

50

Dover, sudeste de Inglaterra

Una vez en la base militar, comprobaron que todo marchaba según lo previsto. Los aviones que regresaban a repostar lanzaban de paso más tiras de aluminio para que los ojos electrónicos de los radares alemanes continuaran saturados y a partir de ello interpretaran que, de aquella zona de las costas inglesas, no cesaban de partir tropas. Los trescientos paracaidistas de trapo con cargas explosivas sí los detectaron como falsos. A través de la radio comenzaron a transmitir el mensaje de que los aliados no cesaban de arrojarles espantapájaros con explosivos. Desde sus posiciones los veían caer y bailar en el aire arrastrados por el peso de sus corazones inflamables.

Patton menospreciaba todo lo que no tuviera que ver con el combate; por ese motivo, más que relegado, se sentía castigado allí, en su función de señuelo, mientras otros se batían en primera línea. Se había resignado a dirigir aquellas operaciones «de pega», como las llamaba él, sin tener en cuenta que el resultado de estos operativos de distracción se traducía en el enorme descenso de bajas entre los soldados de los Ejércitos aliados. Habían sido vanos los intentos de convencerlo de que su elección se debía a que era quien mejor representaba el valor y la efectividad, que su presencia en Dover ayudaría a que los alemanes se tragaran el anzuelo.

Fairbanks lamentó haberse perdido la parte principal de aquel espectáculo, pero ambos tuvieron que supervisar las maniobras más hacia el oeste, según la orden de Patton con la que perseguía alejarlos de él durante aquellas horas cruciales.

—A nosotros nos correspondieron los ensayos y a Patton el estreno. Ahora él ocupará el primer plano. ¡Qué se le va a hacer! —le dijo a Harvey.

—Mejor así. Ha sido providencial que nos halláramos cerca de Martha. Ahora voy a telegrafiar a Masterman a Oxford. Veremos si es capaz de colaborar en su evacuación. Creo que es quien posee los mejores contactos para sacarla de aquí.

—Suerte.

—Solo quiero que le proporcione un lugar seguro en Londres.

—Ojalá. ¿Por qué no se lo pedimos al teniente coronel David Niven? No se ha lucido con lo de su recomendado para suplantar a Montgomery. Se tiró piedras sobre su propio tejado, pero creo que, si obviamos esto, siempre se ha desempeñado de forma brillante.

—¿Te refieres a las producciones de la Metro y la Paramount? —ironizó Harvey.

—Y en el Ejército también. No lo infravalores. En la Brigada de Fusileros y en el Regimiento de Comandos Phantom demostró de sobra su valor. Puedes acercarte a él a través de su ayuda de campo, Peter Ustinov, se conocen desde que participaron en varias películas de propaganda. No lo llames directamente, buscará cualquier subterfugio para escabullirse. También podemos contactar con Prímula, su esposa. Era oficial de sección en el WAC, pero dejó el Ejército para criar a sus hijos.

Harvey no era partidario de esos procedimientos tan alambicados. Al fin y al cabo, aunque David Niven fuera una estrella de Hollywood, en el Ejército él era su superior. Mientras acababa de decidirse, el teniente se le adelantó con la llamada.

—De ninguna manera, Fair —fue lo primero que le dijo el actor británico—. Enemistarme con el alto mando puede costarme la vida. Si permito que esa mujer pernocte en mi casa, me expongo a un proceso por desobediencia. No hace falta que te dé más detalles.

—Créeme si te digo que esto no va a suponer tu desdoro como militar sino todo lo contrario. En esta operación está involucrado el Comité XX nada menos. Serán solo dos días, tres a lo sumo, después se encargarán ellos de su traslado fuera de las islas. Están buscando a quien los ayude. Por supuesto, todo esto es confidencial. —Fairbanks inventaba como si se tratara de aumentar las líneas de un guion del que solo tenía algunas frases—. Somos amigos, Dave. No puedes haberte olvidado de nuestros grandes momentos juntos. Además, eres un buen hombre y por eso sé que me ayudarás como ya lo hiciste antes. Cuando Joan se fue con Gable, ¿quién estuvo a mi lado? Tú. Te sentí como un hermano. Eso siempre lo tengo muy presente. Te juro que no os pondré en riesgo. No te supone nada. Además, tú no estarás allí. Si alguien pregunta, diremos que es una amiga de tu mujer.

Fairbanks fue todo lo persuasivo que la práctica de su oficio le había enseñado, pero al otro lado de la línea solo había silencio por parte de alguien que también era muy conocedor de esas argucias.

—¿Tengo tu palabra, Fair, de que solo estará de paso?

—La tienes.

—Cuánto menos tiempo, mejor. Llegad y salid de noche.

Al actor de Hollywood se le puso la misma sonrisa con la que aparecía en las estampas de cine.

DOS DÍAS DESPUÉS DEL DESEMBARCO

51

Portsmouth, sudeste de Inglaterra

A la hora convenida del día siguiente se desplazaron hasta el puerto para buscar a la enfermera junto a la litera de Martha. Contaban con el silencio del cirujano, que haría como que no se daba cuenta de que la paciente era otra persona.

Patton les concedió un permiso para ausentarse un par de días. No quería que nadie lo molestara ni interfiriera en sus decisiones.

Se colaron en el barco con el corazón en un puño. Harvey no acertaba a imaginar qué excusa daría si los descubrían a bordo. Caminaron como dos sombras pegadas al pasillo. Rogaron porque no se abriera ninguna de las puertas.

En cuanto entraron en la sala principal, comprobaron que la periodista se encontraba un poco mejor. Lindsey apareció un par de minutos después, a la hora exacta. Había hecho coincidir su turno con la cita. Todos los pacientes dormían. Sacaron a la reportera de su lecho. Harvey la enrolló en una manta y se la cargó al hombro, la notó más ligera que en su casa de Folkestone. Confió en que la hemorragia no fuera muy grande.

Solo los iluminaba la luz que desde los edificios del muelle entraba en el barco.

Mientras tanto, la enfermera se había desvestido para ponerse el pijama holgado que llevaban los soldados heridos. Cuando, desde el otro lado de la litera, Lindsey le entregó su ropa al teniente Fairbanks, este no pudo evitar oler esas prendas antes de guardarlas en su bolsa con los cierres de tiras paralelas bajo las letras U. S.

Ella advirtió este gesto y sonrió. Le gustó saberse deseada. En tales circunstancias, la pasión eclosionaba en el momento más inesperado, como si la guerra la retuviera dentro de un artilugio de vapor del que saltaba la válvula de repente y sin que, muchas veces, se supiera por qué. Lindsey imaginó el roce del bigote del teniente Fairbanks contra su piel.

—Vámonos de una vez —susurró Harvey.

—Falta un detalle muy importante. Bueno, dos —dijo Fairbanks. Sacó unas esposas de la bolsa y se las colocó a Lindsey; antes de incorporarse, la besó en la frente—. Gracias. Te sacaremos del campo de trabajo de Culford cuanto antes. Que te mejores —bromeó.

—Seguro que en cuanto me quede sola me bajará la temperatura —le dijo ella mientras le guiñaba un ojo.

Durante el descenso por la escalera del buque, Fairbanks sostuvo también a Martha rodeada por la manta para aliviarle un tanto su carga a Harvey mientras le decía que esperaba que la guerra acabara pronto porque cada vez le resultaba más difícil serle fiel a su esposa.

—Menos mal que la mayoría de mis admiradoras se conforma con que les regale una fotografía firmada por mí.

Enseguida colocaron a Martha echada sobre los asientos traseros del vehículo militar que les habían cedido para trasladarse a Londres.

52

Londres

Harvey, Fairbanks y Martha llegaron a la capital en menos de tres horas. Cuando atravesaron las primeras avenidas aún no había amanecido, pero con los faros del coche se atisbaba la magnitud de la destrucción producida por la Luftwaffe durante aquellos años. Donde antes se alineaban los edificios, quedaban solo las estructuras de algunos de ellos sobre montones de escombros, madera, utensilios de estaño, cristales, ladrillos y tejas rotas, camas desvencijadas, cascotes, vigas. Los grandes cubos de hierro con los que se recogían todos estos desechos para alzarlos mediante grúas estaban por todas partes. El metal había desaparecido casi por completo. Era lo más apreciado, para fundirlo en las fábricas de armamento. Vieron una máquina de coser lanzada al medio de la calle por efecto de una explosión y a las dos personas que se apresuraron a llevársela. Lo peor eran los restos de quienes se habían visto sorprendidos por el último bombardeo, sin tiempo de alcanzar el refugio. El paisaje parecía el resultado de dos catástrofes sucesivas: un terremoto y un incendio.

Solo se detuvieron para esquivar algún obstáculo en la calzada durante el trayecto hasta Grosvenor Gardens House, la manzana de apartamentos también conocida como Belgrave Mansions donde vivían los Niven. Aquella construcción se había convertido en un emblema de la ciudad. Detuvieron el vehículo a la altura del portal. Desde allí se veían los jardines de Buckingham Palace.

Harvey miró la esfera color caqui de su reloj con la estrella blanca del Ejército de Estados Unidos estampada en el centro. Sintió escalofríos al imaginar lo que le depararían las siguientes horas. Aún faltaba bastante para las seis de la mañana. Le propuso a Fairbanks que esperaran un rato antes de llamar a la puerta. Martha había dormido durante el viaje por efecto de la sedación. Harvey consideró que alargar ese descanso lo máximo posible era lo que le convenía, además de que no quería despertar a aquellas horas a Prímula, la esposa de David Niven.

—Voy a buscar algo parecido a dos cafés —le dijo Fairbanks.

Harvey se colocó entre los dos asientos para acariciarle un brazo a Martha y se encolerizó al advertir las rozaduras de las esposas en sus muñecas. Quiso gritarle a Fairbanks que buscara también un cerrajero, pero ya se había marchado.

Un policía le pidió que apartara el coche de allí. En cuanto se fijó en sus galones, no echó ni siquiera una ojeada al asiento de atrás y se fue sin insistir en su orden. Harvey pensó que no había sido una buena idea esperar y decidió bajar a Martha del vehículo. Con ella cargada a la espalda, llamó a la campanilla de la puerta. Enseguida le abrió una sirvienta. Harvey dejó a Martha en un banco tapizado y le preguntó a la criada si su señora ya se había despertado.

—Sí, madruga mucho para despachar la correspondencia. Voy a su escritorio a avisarla.

En cuanto la vio aparecer vestida de blanco, apreció que la esposa de Niven era tan bella como la flor de la que llevaba el nombre. Se saludaron con mucha cordialidad. El general advirtió que había bastantes cajas en el suelo e incluso sobre algunos muebles.

—En cuanto acabe la guerra nos mudaremos a Beverly Hills. Ya falta poco, ¿no? ¿Qué noticias tiene?

Esos planes eran su forma de protegerse de que el destino los torciera, como si por el hecho de avanzar en aquella dirección fueran ya irrevocables.

Entonces llamó Fairbanks a la puerta.

—Señora —la saludó—. He recorrido las zaheridas calles de Londres en busca de este brebaje. —Dejó los dos vasos sobre una consola.

—¡Douglas Faibanks! —gritó ella.

La criada que les había abierto se asomó junto a otra más joven desde una de las salas laterales para contemplar la escena.

El teniente tomó de la mano a Prímula y le hizo una reverencia. Harvey pensó que llevaba el teatro en la sangre.

—Mi marido me dijo que se conocieron en el rodaje de *El prisionero de Zenda*. Hace de eso...

—Se estrenó en el 37. Pues un año antes, cuando comenzamos los ensayos.

—¿Cuántas películas ha hecho desde aquella?

—Ocho.

—Pues creo que las he visto todas —le respondió Prímula muy ufana.

Para que acabara cuanto antes ese intercambio de parabienes y sonrisas tan poco oportuno al que Harvey había asistido sentado junto a Martha en el banco, con ella apoyada contra él, se vio en la obligación de solicitarle a la esposa de David Niven que le indicara dónde podía descansar la periodista. Al mirarla de nuevo, comprobó que Martha, hasta con el pijama de la enfermería del buque hospital y, a pesar de su estado, resplandecía.

Prímula dejó de mirar a Fairbanks y reaccionó:

—La acomodaremos en la habitación de invitados más grande.

Mientras subieron a la segunda planta, Douglas se quedó fumando en un patio interior con el techo acristalado. Dos criadas muy sonrientes se acercaron con el pretexto de preguntarle si deseaba tomar algo.

—Preparadle un caldo a mi amiga y avisad a un cerrajero, por favor.

Media hora después Martha ya estaba liberada de las esposas. Harvey le acarició las marcas que le habían quedado sobre la piel y en cuanto se quedaron solos le besó las muñecas. Entonces ella abrió los ojos. No le preguntó dónde estaba. Él pensó que tal vez hubiera escuchado sus conversaciones.

—Has vuelto.

Martha se llevó la mano a la cabeza y se tocó la herida por encima del vendaje.

—Me duele.

—El doctor que te operó nos dijo que estaba cicatrizando bastante rápido —le mintió—. En un par de horas vendrá un médico a reconocerte. Creo que estarás bien muy pronto, pero te ruego que no vuelvas a jugarte la vida de esa forma.

—Tengo que enviar mi crónica a *Collier's* cuanto antes.

—Pero ¿recuerdas algo?

—Sí, a ráfagas, sobre todo imágenes, gritos, movimiento. Creo que será suficiente; en cualquier caso, es bastante más que lo que tienen los que lo contarán de oídas.

Harvey advirtió el rencor mezclado con el cansancio que traslucían esas palabras.

—Necesito una máquina de escribir —le dijo con un gran esfuerzo—. ¿Tienes mi cámara? Enviaré también el rollo. Solo hay uno. No fui capaz de cambiarlo. Estaba demasiado asustada.

—Martha, lo han requisado junto con la cámara, esos negativos contienen material sensible. La censura militar no te autoriza a publicar esas fotografías.

—Son mías, me he jugado la vida para conseguirlas. No tienen derecho. —Martha conocía los riesgos de su profesión, no era nada ingenua al respecto porque siempre se había visto obligada a lidiar con más inconvenientes que ventajas, pero aun así no podía ocultar su decepción.

—Me han dicho que las van a depositar en un archivo.

—¿Dónde?

—No lo sé aún, pero lo averiguaré. —Entonces le preguntó lo que más le intrigaba—: ¿Estabas amnésica?

—Tú no te borraste en ningún momento de mi mente.

Harvey sonrió.

—Lo demás, por el golpe... Pero poco a poco conseguiré recordarlo todo.

Harvey le explicó con detalle lo sucedido desde que la encontraron en el barco hospital, ella le hizo muchas preguntas sobre Lindsey. No se le había ocurrido pensar que hubiera alguien suplantándola. Se sintió responsable por los riesgos. En vez de cometerse una injusticia contra una mujer, se habían cometido dos: contra una periodista y una enfermera.

53

Culford, este de Inglaterra

Lindsey Bennett llegó al campo de trabajo a media mañana. Sobre el pijama de la enfermería solo llevaba una chaqueta tres cuartos echada por los hombros. Durante el trayecto no intercambió ninguna palabra con los dos militares que la trasladaron. No quería que ningún detalle la delatara.

En cuanto presentó los documentos de Martha, le entregaron un equipamiento en el que, además de ropa y calzado, había una boina verde, un impermeable, toallas, un brazalete, una insignia de metal y otra de baquelita para el sombrero.

Con el paso renqueante para aparentar que aún no se había recuperado, se dirigió hasta el dormitorio común, donde comenzó a guardarlo en el armario asignado. Para darse ánimos pensaba en su ascenso, en la mejora económica que le supondría, pero sobre todo en que les enviaría a sus padres mucho más dinero y ella se expondría menos. No se arrepentía de haber aceptado. Resistiría como fuera. Además, le ilusionaba pensar que, en cuanto Martha Gellhorn estuviera a salvo, iría a buscarla Douglas Fairbanks. Comprobó el estado del vendaje que se había colocado ella misma en la cabeza en el buque hospital para suplantar a Martha.

TRES DÍAS DESPUÉS DEL DESEMBARCO

54

Londres

En su habitación del apartamento de los Niven, el médico encontró a Martha con buen color de cara y muy activa.

—La herida está seca —le dijo tras cambiarle el vendaje—. Le quedará una hendidura en el cráneo y ya está. ¿Le cayó un cascote?

Martha asintió.

—El peligro no pasa cuando se van los aviones —añadió el médico.

En cuanto los dejó solos, Martha le pidió a Harvey que le diera la mano para ayudarla a sentarse en el escritorio frente a la máquina de escribir que le habían llevado. Se encontraba un tanto mareada.

—Descansa. Tal vez en unos días...

—¿Quieres que espere hasta que los demás hayan mandado sus paparruchas que, a falta de otra cosa, los medios colarán como verdaderas crónicas del desembarco?

—Está bien, está bien —le dijo él mientras alzaba las manos. Se agachó para darle un beso en la mejilla y añadió—: Fairbanks y yo tenemos que ir al cuartel. Nosotros también debemos relatar los acontecimientos tal como los hemos vivido. Patton nos concedió dos días libres, pero ya que estamos en Londres...

—Dile a Eisenhower, si ya está de regreso, que quiero entrevistar a la señorita Summersby.

Martha actuaba como si fuera libre, así que a Harvey no le quedó ninguna duda de que deliraba. A pesar de eso bromeó con ella:

—Creo que le molestaría que entrevistases a su chófer y no a él.

—Tienes razón, tendré que hacerle unas preguntas también a Eisenhower, pero solo para poder acercarme a esa mujer.

—Siento recordarte que es mejor que nadie sepa tu paradero.

—Bueno, pues más adelante.

Aunque aquella entrevista no fuera posible de momento, a Harvey le gustó comprobar que estaba tan animada.

Cuando se quedó sola, Martha comenzó a escribir como si sus manos se movieran de manera independiente. Siempre había sido así, era tal la necesidad de expresar lo que se le agolpaba en la mente que no hacerlo le habría supuesto una enfermedad. Durante el tiempo en el que en París estuvo ocupada en acopiar materiales para redactar el libro antibelicista que había publicado años antes, «masticó mucho cemento», así se refería a los miles de horas de escritura que empleó hasta terminarlo. Estaba convencida de que no había atajos para conseguir un estilo que fuera como «una carpintería inmaculada». Por eso siempre hacía y deshacía lo escrito de una manera compulsiva. «Maldita Penélope, ¿a quién esperas?», se gritaba a sí misma desde que llegó a la capital de Francia con una máquina de escribir portátil, dos maletas y setenta y cinco dólares en el bolsillo. Para sobrevivir redactó anuncios sobre unos baños supuestamente adelgazantes y artículos sobre moda francesa que enviaba a Estados Unidos mientras vivía en el hotel más barato que pudo encontrar. Nadie le había regalado nunca nada. Se dejó la piel, literalmente, porque a cambio de dinero se prestó como cobaya humana para las pruebas de un tratamiento que eliminaba con productos químicos la capa superficial de la epidermis. Pero todo lo daba por válido porque la había conducido a desembarcar en Normandía.

Allí, en la casa de Prímula, Martha recreó de manera minuciosa lo que hubiera aparecido al revelar los negativos de las fotografías requisadas. Pretendía publicarlas de esa forma, convirtiendo las imágenes en palabras. Se centró en lo más importante: en las bajas. Nada de términos grandilocuentes, épicos, con los que disfrazar de hazaña el horror. Llenó cinco páginas con los cuerpos que flotaban en el mar, también aparecían muchas miradas, gestos y los objetos personales que se desplazarían a la deriva sobre las aguas del canal de la Mancha y que tanto la impactaron porque resumían sentimientos y esperanzas, hasta que, mojados, rotos y hundidos, como quienes habían sido sus propietarios, dejaron de tener valor.

Recreó también una de las conversaciones que escuchó durante el traslado hasta la orilla: los soldados hablaban del excepcional desayuno que unos camareros vestidos con traje blanco les habían servido en el USS Samuel Chase: filetes de cerdo y de pollo y, de postre, helados y dulces. Como si fueran niños. Pensó de nuevo en el soldado al que recogieron en la playa. La enfermera Lindsey Bennett también le contó que algunos barcos ofrecerían judías, salchichas, café y dónuts. Esa fue la última comida para muchos de los que llegaron a la playa en la primera oleada a bordo de una de aquellas embarcaciones con forma de ataúd.

Terminó su crónica con algo que le contó Harvey sobre un grupo de treinta y cinco soldados que procedía de Bedford, una localidad del sur de Virginia. Pertenecían al 116.º Regimiento de Infantería de la 29.ª División del Ejército de Estados Unidos. Veinte de ellos murieron, doce fueron heridos de gravedad y tres lesionados de manera más leve. Martha anticipó la conmoción que produciría en su pequeña localidad y cómo representaba a escala lo sucedido en cada una de las naciones donde habían crecido los hombres que formaban parte del Ejército aliado.

Justo cuando una de las dos criadas de Prímula llamó a su puerta, Martha acababa de dar por concluido su artículo. Quería que dijeran de él lo que había leído en anteriores reseñas, que sus escritos no parecían hechos de palabras, sino del tejido mismo de los seres humanos. Se refirieron, sobre todo, con aquellas apreciaciones a su serie sobre la Gran Depresión, que en Francia titularon *Détresse américaine* (*La angustia americana*). Al contrario de lo sucedido en los años treinta, cuando los habitantes de su país morían lentamente en la miseria, en esa guerra la vida se extinguía a mucha velocidad, mediante una rapidez mecánica y alumbrada por múltiples fogonazos, las luces que constituían la despedida de tantos de este mundo.

Cuando la sirvienta le preguntó a Martha si almorzaría en el comedor, le dijo que aún no tenía fuerzas ni ánimo suficientes para estar en compañía. La hemorragia había cesado, pero el dolor de la herida le resultaba a ratos insoportable.

55

Nada más regresar del Cuartel General Supremo de la Fuerza Expedicionaria Aliada, Harvey llamó a la puerta de Martha. En cuanto le preguntó por su estado, como respuesta ella le tendió los folios mecanografiados:

—Por favor, quiero que los lleves personalmente a correos y los certifiques. Si los reciben de esa forma, los guardarán en sus archivos, ahora me interesa más que nunca que sea así para que quede clara mi autoría. Por eso he firmado en cada página. Si se atrevieran a publicarlos con otro nombre o con un seudónimo siempre me sería posible reclamar con el resguardo postal y, también, cuando lo tenga en mi poder, con el acuse de recibo. Aquí tienes la dirección —le dijo Martha mientras le mostraba otro papel más pequeño en el que había anotado las señas de la sede de la revista en Springfield, Ohio—. Mientras tú envías esa copia, yo le dictaré mi artículo a alguien de la redacción de *Collier's* desde el teléfono de Prímula. Espero que mi crónica salga cuanto antes, por eso quiero utilizar este doble procedimiento, no quiero que los testigos lejanos de la invasión se me adelanten.

Harvey sonrió porque acababa de comprobar que tenía ante sí a la Martha de siempre. Casi casi con la misma energía que cuando la conoció.

—Nunca olvidaré lo que estás haciendo por mí. —Martha lo besó—. Me apoyas y me comprendes a pesar de todas las circunstancias. Además..., confío en ti.

Esa frase, en el lenguaje de Martha, suponía que le declaraba su amor. El general lo sabía, pero para disimular el impacto, dijo:

—Almorzaré aquí contigo. Fairbanks tiene muy entretenida a la señora Niven. No me echarán de menos. —Después se puso serio—. Necesito saber que estás en disposición de viajar.

Martha asintió.

—¿Cómo estará Lindsey?

—Bien. Es una mujer muy fuerte, como tú, os parecéis mucho —le dijo Harvey.

—Creo que debo ocupar su puesto ya. Tienes que llevarme al campo de trabajo para que ella salga. Si le sucediera algo, no me lo perdonaría. Mi crónica está escrita y enviada. He cumplido mi misión.

—No puedes ir allí. Tu salud no te lo permite. No podemos pecar de optimismo. El peligro aún no ha pasado. Además, se descubriría todo y nos meteríamos en un lío aún mayor.

Comenzó a detallarle la información que había recabado en el cuartel general con el fin de facilitarle la fuga de Gran Bretaña a espaldas de sus superiores.

Ella primero se opuso, pero al ser consciente de que no tenía otra salida, decidió atender al general mientras él le desgranaba las indicaciones. Sabía que, por ella, iba a poner en riesgo su capital más preciado: su reputación en el Ejército.

Hacia las dos, después de una sobremesa de tan solo unos diez minutos, Harvey le dijo que intentara dormir un rato porque a las cinco Prímula subiría a tomar el té con ella.

Martha no consiguió reposar, sino que se despertó más cansada porque oía el ruido de las ametralladoras y los gritos de los soldados. Aquellos recuerdos la ensordecían y embotaban. Por aquel motivo la alivió tanto la presencia de Prímula y de sus dos hijos, Jamie y David Junior. Los pequeños la saludaron a la vez:

—Buenas tardes, señora Gellhorn.

—Ahora *mom* hablará con nuestra invitada sobre Beverly Hills, el lugar al que pronto nos trasladaremos y donde seremos muy felices los cuatro. Podéis jugar mientras tanto en la alfombra.

Los niños abrieron un par de bolsas de tela y desparramaron su contenido por el suelo. Martha contempló con tristeza los tanques, soldados, aviones y barcos metálicos de juguete.

Los niños comenzaron a imitar el sonido de las armas. Como si adivinara sus pensamientos, Prímula le dijo:

—Cuando lleguemos a América se les pasará.

Con esas palabras parecía referirse a una enfermedad, así las recibió Martha, para quien la guerra era la peor calamidad que podía sufrirse porque, al contrario que otras plagas y catástrofes, era provocada y evitable.

La criada más joven entró con una bandeja con el té y las pastas. Después de pasar una hora en compañía de Prímula, Martha entendió por qué David Niven se había casado con esa mujer nada más conocerla.

Prímula fue muy discreta, como si quisiera que en su casa se sintiera a salvo de todo. No le habló de su etapa como militar en la WAC. Tenía los ojos puestos solo en el futuro.

—Nos veremos en las colinas de Santa Mónica. Douglas me ha contado que su padre fue uno de los primeros que tuvo una casa en propiedad allí, dice que su mansión era un lugar solo un poco menos importante que la Casa Blanca... y mucho más divertido. Parece que eso fue durante el tiempo en el que estuvo casado con la actriz Mary Pickford.

Martha sonrió porque sabía que quien era invitado a asistir a una de esas veladas pasaba a formar parte de la élite social de Hollywood, una cápsula tan brillante como cerrada. Y estaba segura de que Prímula encajaría muy bien en Beverly Hills.

—Niños, despedíos —les pidió la esposa de David Niven a sus hijos.

De nuevo, y tras incorporarse del suelo mientras una de las criadas recogía sus juguetes, hablaron a la vez:

—Adiós, señora Gellhorn.

Martha pensó en el tiempo que habrían empleado los de aquella casa hasta conseguir que memorizaran su apellido por su compleja pronunciación, incluso para quienes hablaban inglés.

Antes de que le sirvieran la cena, se sumió en un sueño muy profundo.

CUATRO DÍAS DESPUÉS DEL DESEMBARCO

56

Londres

A las cuatro de la madrugada, Harvey entró en el dormitorio de invitados, se sentó en la cama y le acarició a Martha el cabello con mucho cuidado para no rozarle la herida.

—Tenemos que marcharnos ya. Te he traído el desayuno.

Ella recordó la primera vez que estuvieron juntos en su casa de Folkestone. Sorbió el té con leche mientras lo miraba por encima de la taza. Tenía que esforzarse para recomenzar su vida cada vez que abría los ojos.

—¿Enviaste la crónica?

Él asintió.

—Harvey, algo más. No puedo marcharme de Londres sin saber de mis compañeras. ¿Podemos pasar un momento por el Dorch? Allí hay un hombre..., el señor Chambers, que nos mantiene en contacto a mis compañeras y a mí.

—No, eso es imposible, pero escríbeme sus nombres y yo te haré llegar noticias sobre ellas en cuanto tengas una dirección a las que enviártelas. De momento, creo que es mejor que no les digamos que te has marchado. A todos los efectos estás en Culford, internada en el campo de trabajo. Es importante que nadie sepa que Lindsey se ha ausentado de su puesto. Nos conviene mantener esta tapadera hasta que estés a salvo. Haré público su ascenso, pero sin comunicar aún su nuevo destino para que no se advierta su desaparición temporal.

Martha entendió que era lo más razonable y pensó en pedirle que pasaran al menos por casa de Mary Welsh, pero enseguida lo descartó también. Él continuó hablándole:

—He sabido algo a través de un oficial de prensa: el avión Piper J-3 Cub que trasladaba algunas de las crónicas del desembarco hasta aquí fue abatido sobre el mar. Parece que el piloto estaba muy molesto porque tus colegas no se interesaron en ningún momento por la suerte que había corrido, a pesar de que ya le habían encomendado en ocasiones anteriores sus escritos y, por tanto, se conocían. Solo preguntaron si el avión cayó en el viaje de ida o en el de vuelta. Lo único que les importaba era saber si sus textos habían sido entregados.

Martha no pudo evitar sentirse identificada con ellos. Había sido incapaz de robarle su casco al soldado en el retrete del barco y su conciencia no la dejaba tranquila desde que sabía que Lindsey estaba en el campo de trabajo ocupando su lugar, pero lo de que los textos se convirtieran en papel mojado sabía lo que dolía. Cuando acabó su desayuno, Harvey la ayudó a vestirse y salieron. Fairbanks los esperaba en el pasillo y se apresuró a coger a Martha del otro brazo tras despedirse de Prímula.

—Tal vez dentro de poco nos encierren en un calabozo inmundo, pero habrá valido la pena —le dijo el actor—. Eso sí, vosotros estaréis a salvo de todo. Te lo prometo. Nunca hemos estado aquí.

En el mismo vehículo con el que llegaron a Londres se dirigieron a un aeródromo cercano.

—El tío de Prímula es teniente de vuelo —le dijo Harvey a Martha en cuanto divisaron las pistas. Al final había tenido que implicar también a ese hombre—. Él lo ha organizado al detalle. Saldrás de Gran Bretaña con la identidad de Lindsey Bennett. Llegarás bien —añadió Harvey como si quisiera convencerse de ello.

En cuanto aparcaron el coche, se acercó un piloto.

—Él es Timothy Crane, de Arkansas. Te sacará de aquí —dijo Harvey mientras le palmeaba con fuerza la espalda al aviador—. Es uno de los mejores, fue a él a quien abatieron sobre el mar del Norte cuando trasladaba las crónicas de los periodistas a Londres, pero aquí está, ya ha salido de muchas. Llegó a la orilla a nado. Nuestros hombres están muy bien entrenados. Él es especialista en mantener la calma en medio de la tempestad.

Martha le dio las gracias.

—Amanecerá antes de una hora —respondió Timothy muy serio y bastante azorado por unas muestras de afecto que le resultaron desproporcionadas por desempeñar su trabajo—. Tenemos que comenzar a prepararnos.

Timothy era bastante menudo, tenía la mandíbula y los pómulos muy marcados y los ojos de un color azul grisáceo. Martha pensó que el hecho de que le destacaran de aquella forma sus rasgos respondía a que seguramente no comía tanto como deseaba.

Harvey vio al fondo el biplano Havilland Tiger Moth y sintió un nudo en la garganta. Para disimular su congoja, dijo:

—Ahora los alemanes están muy concentrados en el norte de Francia.

Según los últimos mensajes recibidos en la base de Dover, eran muchos los ciudadanos que habían respondido a la llamada del alto mando aliado destruyendo vías férreas y atacando a los convoyes para detenerlos. En los cruces de carreteras, los habitantes de los pueblos cambiaban los indicadores para que las fuerzas de ocupación se confundieran. También cortaban los hilos del telégrafo para impedirles que se comunicaran.

—Es un buen momento para sobrevolar el Atlántico y entrar después por el oeste al continente —dijo Harvey.

Martha advirtió su verdadero estado de ánimo, a pesar de la entereza que el general intentaba transmitirle.

—Hay un uniforme para la señora en el cuarto del fondo del hangar —dijo el piloto. Después se dirigió a supervisar el avión junto a Fairbanks.

Martha encontró unas botas, unos pantalones bastante anchos y una cazadora de cuero con el cuello de borreguillo, además de la camisa reglamentaria. Se desnudó delante de Harvey, al que le entregó el traje color esmeralda que le había prestado Prímula para que le diera buena suerte.

—Devuélveselo, por favor. Siento no haber podido llevarlo antes a la tintorería —bromeó Martha.

Él admiró de nuevo las sinuosidades de su figura como si se tratara de un paisaje de dunas.

—Así lo haré, pero no te vistas todavía.

Martha le sonrió. Buscaba sus labios. Harvey comenzó a acariciarla y la abrazó. Se sentó con ella encima en un rudimentario banco de madera hecho con una viga. Martha le desabrochó los pantalones y se ancló a él. Quería fundirse con Harvey, alargar ese momento todo lo posible. No dejaba de sonreírle ni de balancearse.

—¿Te gusto incluso con la cabeza agujereada? —Después de reírse, Martha cambió de tono—: Aunque me ha venido bien. He perdido bastante memoria. Ahora solo recuerdo lo importante. Ha sido como lanzar lastre por la borda.

En cuanto se separaron y Martha comenzó a enfundarse las prendas, notó que a Harvey se le nublaba la mirada.

—Pronto volverá la paz —le dijo él, que pensaba en la muerte, en las enormes cifras de bajas civiles y militares.

—Creo que este mundo no tiene remedio.

Él le alzó la barbilla y volvió a besarla.

—Nosotros podemos construirnos un oasis. Nos reencontraremos en la Sunset Tower. Esta vez veremos atardecer juntos.

Cruzaron el hangar y salieron a la pista. El motor del Havilland Tiger Moth ya estaba en marcha. Fairbanks la abrazó y la ayudó a subir al biplaza. Después le entregó un paracaídas. Ella se colocó el casco de piel y las gafas igual que Timothy.

Harvey veía ese avión como un pájaro en el tiro de una escopeta. Estuvo a punto de arrepentirse y detener la fuga. Fairbanks se acercó y le pasó el brazo sobre los hombros.

—Todo saldrá bien, amigo.

La aeronave ya comenzaba a girar, el piloto se llevó la mano abierta a la sien y Martha los saludó con un movimiento del brazo. La cola del avión aún tocaba el suelo. Cuando las ruedas se levantaron, mientras Timothy se concentraba en describir la diagonal del vuelo, Harvey sintió que le arrancaban varias capas de tejido del pecho. Fairbanks y él contemplaron el Havilland Tiger Moth hasta que se perdió de vista.

57

Tarbes, sur de Francia

Desde el aire, Martha vio algunos barrios londinenses arrasados y las vastas tierras de la campiña; para no pasar sobre el canal y Normandía se iban a desviar hacia el océano. Aún se sentía bastante débil. Cuando la costa del oeste de Francia comenzó a recortarse debajo de ellos, se durmió. Así estuvo durante gran parte del vuelo, hasta que una sacudida la despertó.

—¡Rachas de viento! —le gritó Timothy para tranquilizarla.

El siguiente movimiento ladeó el aparato. Martha se agarró con fuerza al fuselaje.

—Estamos cerca de nuestro destino —le dijo el piloto.

El Havilland Tiger Moth se agitó de una forma todavía más violenta y el motor se apagó.

—¿Qué sucede? —le preguntó ella con la voz ahogada—. ¿Se ha acabado el combustible?

—No. Es un fallo mecánico, pero tranquila, vamos a planear —dijo él como si no fuera importante. Timothy había realizado numerosas prácticas que consistían en simular que se averiaba la máquina en pleno vuelo.

Cada vez se acercaban más a las carreteras, a las casas, al campanario de una iglesia. El aparato se mecía.

—¡Solo tenemos que caer en el campo! ¡Estamos muy cerca!

Conforme se acercaban a tierra, el Havilland temblaba más. Martha estaba aterrada. Vio una gran extensión de matorrales y esperó que fueran lo suficientemente mullidos para amortiguar su caída. Temió que el fuselaje se partiera al chocar y se le clavaran los hierros. Tragó saliva y se encomendó a Dios. Tras el impacto, perdió la conciencia.

El piloto no dudó en quedarse a su lado, a pesar de que era muy probable que alguna patrulla enemiga diera con ellos.

Los encontró una hora después un campesino que se presentó como Luc. Martha abrió los ojos cuando les dijo que se hallaban en la localidad gascona de Tarbes. Timothy sacó de un bolsillo el mensaje que portaban todos los pilotos aliados, a veces cosido en la parte de atrás de sus chaquetas, lo llamaban *blood chit* (vale de sangre) y estaba escrito en varios idiomas:

> Soy un piloto aliado. Mi avión ha sido destruido. No hablo su idioma. Soy enemigo de los alemanes. Tenga la bondad de protegerme y cuidarme y lléveme al puesto más cercano de mi Ejército. Mi Gobierno le recompensará.

Luc les informó de que Tarbes se había convertido en un lugar muy inseguro desde que el 3 de marzo dos guerrilleros lanzaron una bomba dentro de la cantina en la que los oficiales alemanes de la guarnición bebían cerveza. Doce días después un guía de montaña que pasaba evadidos del Reich a España disparó contra el jefe de la Gestapo. Por ese asesinato pagaron muchos. A finales de mes se paralizó durante dos semanas la producción de motores de aviación en la fábrica Hispano-Suiza por un sabotaje que destrozó los transformadores. Todo ello había desembocado en la omnipresencia alemana y la hibernación de quienes los combatían.

Entre ambos ayudaron a Martha a llegar hasta un granero. Timothy pensó que debía enviarle un telegrama al general Harvey.

—Tenéis que llegar hasta Pau —dijo Luc—, es el lugar más próximo donde os pueden ayudar. —A continuación sacó un mapa y les señaló aquel lugar.

Timothy lo cogió para calcular la distancia: unos cuarenta y cinco kilómetros.

—Saldréis a las cinco de la mañana. —Luc abrió la mano para asegurarse de que les quedaba clara la hora—. Os llevaré a la estación. Cogeréis el expreso de Toulouse. ¿Lo habéis comprendido todo?

—¿A cuántos has salvado ya, Luc? —quiso saber Timothy y por si no lo había entendido añadió—: *Sauvés, pilotes sauvés.*

—Muchos —respondió él.

—Serás rico entonces —le dijo Timothy.

En la mayoría de los casos, el dinero no era el objetivo. Desde que los combates aéreos arreciaban, el rescate de los pilotos y otros tripulantes de las aeronaves se había convertido en una de las principales actividades de quienes se oponían al régimen de Vichy. Debían anticiparse a las tropas de la Wehrmacht para dar con ellos y asumían numerosos riesgos. Los miembros de la Resistencia contaban con una cadena de casas seguras donde cobijar a los pilotos, siempre que fuera durante el menor tiempo posible y de uno en uno o, como mucho, de dos en dos.

—Viajaréis con esto —dijo Luc, que en realidad se llamaba Marcel Faure. Les entregó una sotana y un uniforme de enfermera de la Cruz Roja—. Si os preguntan, decid que volvéis de Lourdes, solo eso. Lourdes —repitió separando las dos sílabas—. Nada más.

Resultaba difícil hacer pasar por franceses a los estadounidenses, en especial a los que eran enormes, rubios, blancos y pecosos, tan distintos a los lugareños de allí. Caminaban de forma peculiar, con más lentitud, con las piernas separadas como si necesitaran mantener el equilibrio a cada paso. A Luc, muchos le recordaban a los *cowboys* de las películas del Oeste que antes de la guerra veía en el cine Méridien de Tarbes. Había llegado a trabar amistad con algunos a los que había escondido en su casa. Los veía como a los hijos que le hubiera gustado tener para que lo ayudaran en las labores agrícolas: fuertes, incansables, con pocas ideas, pero muy claras. En su consideración, hombres de provecho. Algunos provenían de zonas rurales, de lugares muy similares a ese, y formaban parte del Ejército porque en sus pueblos se habían dedicado a pilotar las avionetas con las que fumigaban los campos. Ese era también el caso de Timothy, que era moreno y bastante enjuto, y no encajaba en el modelo habitual que tanto preocupaba a Marcel, pero aun así se notaba que era extranjero. Además, como la mayoría de sus compatriotas, fumaba unos cigarrillos que, comparados con los locales, al campesino le olían a perfume.

—Avisaré para que os esperen en la estación de Pau.

Martha se encontraba mejor, ya no sangraba. Le costaba pensar, pero no sentir.

CINCO DÍAS DESPUÉS DEL DESEMBARCO

58

Pau, sur de Francia

A la mañana siguiente una mujer que se presentó como Solange recibió a Martha y a Timothy en el andén del edificio ferroviario de la capital de aquella región, se encontraron bajo un techo con las mismas vidrieras transparentes con las que estaba construido uno de los laterales a la manera de un invernadero enorme.

Solange tenía un aspecto candoroso, como si fuera un ángel en medio de la batalla. Los ojos almendrados color miel, el cabello del mismo tono, la piel blanca y el cuello largo. Transmitía una agradable sensación de bienestar.

—Os cruzarán a España en cuanto sea posible —les dijo en inglés—. Iréis con un grupo compuesto por otros pilotos de avionetas derribadas sobre Francia. Será cuestión de horas.

A Martha le costaba entenderla, no solo porque Solange hablara su lengua con mucho acento, sino por su cansancio.

Timothy agradeció estirar las piernas al bajar del tren. Necesitaba calmar los nervios.

—¿En qué parte de Francia estamos? —le preguntó Martha a Solange.

—En el departamento de los Altos Pirineos.

Cuando oyó el nombre de la cordillera, Martha pensó en los triángulos de la espalda de un dragón mitológico. Esperaba que Timothy y ella lograran atravesarla mientras la bestia nazi durmiera.

—Mi esposo y yo formamos parte de la red Vital desde hace tres años —les explicó Solange—. Vivíamos en Toulouse, pero, cuando las circunstancias lo requirieron, nos trasladamos a esta zona para arrimar el hombro por Francia. Aquí no nos conoce nadie y podemos desenvolvernos con mayor libertad. Ya hemos salvado a muchos, a pesar de que desde que el Ejército alemán invadió también la Zona Libre, la presión de la Gestapo cada vez es mayor. Hacia el Atlántico hay otra ruta, la Comete Line. Allí, en la Fôret de Fréteval estaba Virginia Albert-Lake, también americana como usted —le dijo a Martha—. Se encargaba de la logística y, además, igual que yo, trabajaba como intérprete para los aviadores, pero la acaban de detener. Ha sido muy triste. Nos tememos lo peor.

A Martha le costaba seguir la conversación, pero no quería pedirle que hablara más despacio porque estaba muy interesada en lo que les contaba para después redactarlo.

—Nos encargamos de la logística para que los que han sido derribados puedan volver a Gran Bretaña y pilotar de nuevo. Cuanto más intensas son las acciones aéreas, más rescates tenemos que llevar a cabo. Como dicen: «Los aviadores llueven». Sois lo más valioso que tiene el Ejército —dijo mientras le sonreía a Timothy—. Los civiles escapan para salvar la vida, mientras que los militares lo hacen para volver a luchar. Pero hay de todo, cada vez más: voluntarios, prisioneros fugados, judíos, oficiales en misiones secretas, antifascistas de aquí, pero también muchos polacos, belgas, holandeses... Pretenden llegar hasta las delegaciones diplomáticas de sus países en España o a alguna sede de la Cruz Roja para que los auxilien y puedan continuar adelante. Llegan con el tren hasta algún puerto peninsular desde el que parten. No es fácil encontrar comida para todos vosotros, lavar y secar la ropa sin delatarnos...

Cuando se sentaron en el taxi, los tres enmudecieron. Había muchos agentes alemanes en los medios de transporte, en los alojamientos y en las cafeterías. A mitad del trayecto se detuvieron en una oficina de La Poste desde la que Timothy le envió un telegrama a Harvey. Resumió su situación en dos palabras: «Frontera sur».

Por indicación de Solange, el vehículo se detuvo justo en el límite entre las últimas calles de Pau y el campo. Cuando el paisaje comenzó a cambiar, a Martha le llamó la atención la gran altura de los árboles.

Tras caminar unos tres kilómetros, llegaron hasta un conjunto de construcciones antiguas y mal conservadas. Solange abrió la puerta de un almacén.

—Mirad —les dijo mientras señalaba las telas y cuerdas de unos paracaídas desplegados y después posaba la mano sobre unas cajas—. Las armas y la financiación nos las proporcionan los servicios secretos franceses, belgas e ingleses. Para muchos compatriotas somos unos idealistas, pero prefiero que nos llamen así que nazis. Cuando atraveséis las montañas, llevaréis también el correo. En una hora almorzaremos. Mientras tanto, acomodaos lo mejor que podáis.

En cuanto se quedaron solos, Martha conversó con Timothy respecto a todo lo que les había contado Solange.

—Pasaremos desde aquí a España como tantos otros a través de esta línea de escape. No tiene por qué ser distinto en nuestro caso.

Diez minutos antes de las doce, fueron hasta el edificio principal de la granja. A Martha aún le dolía bastante la cabeza.

Le parecía increíble que ese conjunto de instalaciones semiderruidas estuviera habitado. El silencio era casi absoluto. Martha vio dentro a un grupo de diez hombres en torno a una mesa de madera rústica. Cuando entraron, alguno silbó y otros aplaudieron.

El primero que se presentó se llamaba Clifford, era inglés y había sido derribado sobre Alemania.

—Fueron tan misericordiosos que me internaron en un hospital cuando me encontraron herido, pero como sabía lo que me esperaba después, me escapé en cuanto pude. Llevo de periplo, entre Holanda, Bélgica y Francia, casi medio año. Seguro que ya han retirado mis cosas de la taquilla.

—Espero que hayas escrito a tu familia.

Cuando pronunció esta primera frase, varios de ellos gritaron a la vez:

—¡Americana!

Martha sonrió.

—¿De dónde sois? —les preguntó a los demás y oyó que algunos pronunciaban con mucho orgullo sus lugares de origen junto a su nombre.

Uno se llamaba John Drylie y era escocés, de Fie. Explicó que cuando el Lancaster III NE150 en el que sobrevolaba Normandía el 6 de junio fue derribado, él cumplía a bordo con la función de *navigator*. El piloto al que acompañaba murió. John permaneció escondido en unos arbustos durante tres días, hasta que empujado por el hambre llamó a la puerta de una granja cerca de Saint-Fromond, en el distrito de Saint-Lô. El propietario, tras comprobar su identidad con la célula de la Resistencia local, lo acogió hasta que se recuperó. Después, jugándose la vida, lo trasladó hasta Bayeux. John dijo que nunca se olvidaría de aquel hombre. Esperaba sobrevivir para volver a su casa y agradecerle que lo salvara.

Junto a él se sentaba el único que no había participado con ningún gesto ni palabra en la bienvenida. Martha pensó que estaría devastado por lo vivido en la guerra. Alguien dijo que se llamaba Avery.

—Espero que volváis pronto junto a los vuestros... —dijo ella, y decidió que era su turno para impresionarlos—: Estuve en el desembarco, en primera línea de fuego, y me hirieron en la cabeza a bordo de una de las lanchas. Soy reportera, no enfermera, así que no esperéis de mí más que palabras. Envío mis crónicas a *Stars & Stripes*.

La mención del diario del Departamento de Defensa le pareció más oportuna que hablarles de la revista *Collier's*.

—¿Y usted, padre? ¿Cómo ha llegado hasta aquí? —le preguntó Jeffrey, otro de los aviadores, a Timothy.

—Soy piloto como vosotros.

—Pues tienes cara de santo.

Jamie, uno de los más jóvenes, les propuso que se tomaran una fotografía para enviarla a algún periódico de América, pero sin descubrir su paradero.

—Me han incautado la cámara. No quieren que publique las fotos de la masacre de Omaha. —Se llevó la mano a la herida. En el hueco le cabía entera la primera falange del dedo índice.

—Una carnicería, sí, señor. Por eso tenemos que machacar a los teutones. No pueden salirse con la suya. Ellos empezaron esta maldita guerra..., pues que sepan qué significa ir a por lana y salir trasquilado —dijo Jeffrey.

Los demás lo corearon. Martha, en cambio, bajó la cabeza.

Durante el encuentro de Martha y Timothy con los aviadores, Solange hizo guardia a unos cien metros de la casa. Era un día especial por la llegada de la periodista, pero no quería que la operación peligrara. La granja era el punto de reunión de la zona. Antes de dirigirse todos juntos rumbo al sur, tendrían que salvar aún muchos obstáculos, el principal era atravesar los Pirineos. En el centro de la cordillera, gracias a que la orografía era más abrupta, las rutas estaban más despejadas.

Desde el 9 de junio se había cerrado el paso internacional del tren en el puesto fronterizo de la provincia de Huesca, con el objetivo de evitar invasiones, según el Gobierno de España. Los aliados también lo preferían así para impedir el comercio con Alemania. Los evadidos ya no podían llegar a través de ese medio hasta la estación, solo les quedaba ir monte a través, conducidos en algunos casos por quienes antes se dedicaban al contrabando.

Baptiste, el marido de Solange, había acompañado días atrás a un grupo hasta un refugio de montaña cerca de Urdos, donde debían encontrarse con el *passeur* que los conduciría durante el último tramo. Cada viaje era distinto, de esa forma despistaban a las patrullas alemanas. Las dificultades con las que se enfrentaban en aquellas travesías eran muchas. Al menos en esa época el clima era más amable, que no hubiera riesgo de congelación ya era muy importante, pero la vigilancia de la Policía, de la Gestapo, de las SS y de la Abwehr no cesaba y tampoco la colaboración de la Gendarmerie, dispuesta a detener a los evadidos para entregarlos a la Milice, las fuerzas paramilitares de Vichy.

El otro gran peligro eran los delatores que aprovechaban los incentivos del Gobierno de Pétain, y algunos llegaban incluso a unirse a la expedición para recabar más datos. Cuando culminaban el paso, avisaban a las autoridades. Estas detenían a los fugitivos y a los pasadores, a quienes acusaban de complicidad en el delito de franqueamiento clandestino de la frontera. Baptiste aún no había regresado de su última expedición.

Tras la sobremesa, los aviadores se retiraron a descansar en la planta subterránea. Martha volvió al almacén y se echó un rato sobre un montón de paja, pero estaba tan inquieta que salió a buscar a Solange, enfrascada en los mil y un asuntos de la intendencia de un alojamiento provisional y tan precario. Se aprestó a ayudarla. El trabajo le pareció ingente para una sola persona.

Mientras transportaba un cubo de agua del pozo para fregar la olla y los platos de la comida, Martha vio llegar a un hombre y de inmediato se dio cuenta de que estaba abatido. Se trataba del esposo de Solange.

—Hemos vuelto a ser sorprendidos por una patrulla alemana. Tres de nuestros aviadores... no lograron escapar. Los han detenido.

Su mujer lo abrazó.

—No te sientas culpable. Hiciste todo lo que estaba en tus manos. La conciencia tiene que remorderles a quienes no hacen nada a pesar de lo que estamos viviendo.

Baptiste asintió.

Para Martha, asistir a esa conversación suponía la mejor forma de obtener un material de primera para el reportaje que pensaba escribir sobre el paso del Pirineo. Después de que Solange los presentara, Baptiste se dirigió a ella:

—A los prisioneros los suelen internar en el campo de

concentración de Miranda de Ebro, en la provincia de Burgos.

Martha percibió la magnitud del desafío que suponía el cruce de la cordillera. Esperaba que si los detenían no los enviaran a Alemania.

Para animar a Baptiste, Solange le sirvió un plato de *garbure*, una sopa tradicional de la región. Las verduras variaban en cada estación, junto a ellas cocía un muslo de ave o un trozo de pierna de cerdo seca. Aún podían permitirse esos guisos, que entonces eran manjares, gracias a la financiación en libras que recibían. El disfrute de los placeres cotidianos en medio del horror los hacía sentirse vivos y con esperanzas.

SEIS DÍAS DESPUÉS DEL DESEMBARCO

59

Pirineos franceses

El grupo de doce personas del que formaban parte Martha y Timothy salió a la mañana siguiente en compañía de Baptiste. Solange le había entregado a Martha unas cartas atadas con un cordel para que, una vez en España, las hiciera llegar a sus destinatarios. Transportar esa correspondencia complicaba aún más su situación porque las habían escrito miembros de la Resistencia, y aunque sus nombres no aparecieran en los remites, si la interceptaban los alemanes, aquella sería la prueba que la delataría. Pero Martha no podía negarse, los miembros de la red Vital también se arriesgaban mucho para que ellos pudieran ser libres al otro lado de los Pirineos.

Entraron con el tren en Urdos, la localidad en el distrito de Oloron-Sainte-Marie, a menos de veinte kilómetros de la frontera. Desde hacía siglos este lugar lo habían atravesado miles de peregrinos de la ruta jacobea francesa, y también comerciantes, contrabandistas, soldados y viajeros que visitaban los baños de aguas termales y las montañas o recorrían esos parajes en dirección a Zaragoza primero y a Madrid después. Entonces se encontraban ahí, llevados por el viento de la historia, aviadores de Estados

Unidos, Escocia e Inglaterra, junto a una reportera nacida a orillas del río Misisipi a su paso por San Luis, Misuri.

Desde la camioneta, Martha leyó el nombre del hotel: Les Voyageurs (Los Viajeros). «Muy apropiado», se dijo, y lo anotó en su cuaderno. Desde que salió del aeródromo de Londres había acumulado material para unos cinco reportajes, aunque gran parte de él solo lo había elaborado mentalmente. Se sentía muy recuperada, la noche anterior se había quedado despierta hasta las doce para ordenar sus notas, aunque sabía que no podría publicar nada hasta que Alemania fuera derrotada. Esperaría, pero sin renunciar a que aquellas líneas y todas las demás salieran a la luz para que tantos héroes anónimos y humildes obtuvieran el reconocimiento que merecían, sobre todo las mujeres implicadas.

En cuanto entraron en Urdos, se dividieron porque en ninguno de los lugares que tenían habilitados para esconderlos había sitio para todos. Timothy, todavía vestido de sacerdote, fue junto a otros cuatro a la iglesia, y ella, con los seis restantes, a la casa del jefe de Policía, tal como el marido de Solange les había indicado.

Hasta entonces no se cruzaron con nadie. Debían aguardar, sin pisar las calles, a que los recogiera una camioneta que los subiría hasta un puerto de montaña. Algunos bromearon con que otros compañeros suyos viajaron en taxi. Cada uno intentaba aliviar la gravedad de la situación como podía.

Tan solo unas tres horas después los avisaron de que debían partir. Los esperaba en la plaza un vehículo con el motor en marcha. A Martha, ese paisaje de tejados agudos tan cerca de las montañas en el valle de Aspe le recordó su visita a los Alpes bávaros, donde tuvo su primer contacto con el nazismo y con Otto Mannheim. Se preguntó si el agente Parsifal continuaría con vida. Pensó en la entrevista y el dosier que envió desde Dover con la exhaustiva e inventada información sobre los agentes Darling y Brandy, quería que tanto trabajo y tantos desvelos sirvieran para algo. Estaba muy preocupada por Harvey, pero, cada vez pensaba menos en su marido. Se dijo que, al final, la acción del tiempo la curaría de él.

Desde la camioneta bastante desvencijada vieron pronto el viaducto ferroviario de Arnousse junto a un puente colgante que salvaba el río. Baptiste les explicó que la puerta de castillo del túnel que comenzaba allí era una portentosa obra de ingeniería civil. Una galería helicoidal con la entrada y la salida situadas una encima de la otra, pero separadas por bastantes metros de altitud para superar el desnivel con una prodigiosa estructura en espiral excavada en la montaña.

Cada kilómetro que avanzaban, Martha lo sentía como una victoria. Seguían y seguían. A pesar del aspecto de la carrocería, el motor tenía potencia suficiente para salvar aquel desnivel. Briand, el chófer, les dijo que, en la parte española corrían el riesgo de encontrarse con la Guardia Civil. Martha miró el papel que les habían entregado a cada uno con los nombres de varios lugares escritos en él: Canal de Berdún - Sabiñánigo - Fiscal - Aínsa - Campo y Pont de Suert. Era la línea de demarcación. Solo debían mostrar ese pase falso en una situación extrema. Las normas estaban claras: si eran capturados sin un salvoconducto dentro de un radio de cinco kilómetros del límite entre los dos países, los devolverían a Francia. Si la detención se producía más lejos, serían encarcelados. Aunque el tren ya no atravesaba la frontera, existía el peligro de toparse con algún aduanero alemán demasiado celoso de su trabajo, muy atento al idioma e incluso al acento de cada viajero. Demasiadas variables.

Cuando estaban a punto de comenzar el ascenso oyeron algo. Al principio no lo entendieron, pero pronto el guía exclamó:

—¡Son los alemanes, nos están pidiendo que nos detengamos!

Baptiste pensó que revivía los mismos hechos que le había narrado a Solange. Se sentía agotado tras haber sufrido tantas incidencias en tan poco tiempo.

El conductor lo miró y después echó un vistazo alrededor. Aceleró, pero enseguida sonó un disparo.

—Si nos paramos y nos quedamos todos juntos, estamos perdidos. Nos harán prisioneros si no les da por matarnos aquí mismo —dijo y entonces miró a Martha. En especial temía por ella—. Creo que lo mejor es que os disperséis por el bosque y que en una hora volvamos a reunirnos aquí. Hay un hotel de montaña cerca. Por allí —dijo mientras señalaba en dirección a la ladera—, pero no sé si estará abierto ahora y si será seguro. Suerte.

En menos de treinta segundos, en la camioneta solo quedaron el chófer y el pasador. Martha recorrió los primeros tramos del bosque hasta que vio otra patrulla y tuvo que ocultarse agachada tras un muro bajo. Perdió de vista a Timothy, pero confió en que después lo encontraría.

Briand y Baptiste esperaron pacientemente y sin hablar a que aparecieran los soldados alemanes que les habían instado a detenerse. El conductor golpeaba con los pulgares el volante.

Enseguida los vieron llegar.

—*Wohin gehen Sie?* ¿Adónde va? —le preguntaron a Briand.

—A por carbón —les respondió en francés y, por si no lo habían entendido, dijo en alemán—: *Kohle.*

—*Und dieser Mann?* ¿Y este hombre?

—Viene para ayudarme a cargar.

Antes de que se los pidieran, Briand sacó sus documentos, le cogió de la mano a Baptiste los suyos y se los entregó a uno de los soldados.

El más alto de los dos se llevó el dedo índice al ojo derecho y lo movió ante sí varias veces para advertirle de que no los perderían de vista. Después dio varios golpes en el capó de la camioneta para indicarles que se marcharan.

Tras las últimas acciones de quienes pasaban a los fugitivos, los valles estaban vigilados por la Feldgendarmerie, la gendarmería de campaña, y la SiPo, la Policía de Seguridad nazi que investigaba los delitos políticos y los crímenes. Ambas unidades contaban con vehículos con los que accedían en pocos minutos a cualquier puesto de control fronterizo. Desde enero de 1944, se les habían sumado las SS. La situación era más complicada que nunca. Briand y Baptiste sabían lo que se jugaban. Al principio avanzaron con mucha lentitud, pero, en cuanto se tranquilizaron un poco, Briand fue más deprisa; ya que habían salido airosos, no podían despertar sospechas esperando a que los demás regresaran. Ya darían la vuelta después.

60

Pirineos españoles

Tanto el pasador como el chófer habían cruzado decenas de veces la frontera con la camioneta y a pie, a cualquier hora, con lluvia, relámpagos, nieve, ventisca y siempre bajo el acecho de los perros lobo con los que los alemanes rastreaban el monte. La red, a la que entre ellos llamaban la Organización, les proporcionaba cobertura, pero era imposible que pudiera asistirlos durante todo el trayecto. En contraprestación recibían, además de dinero, armas, documentos falsificados y radioemisoras, elementos destinados a reforzar a los resistentes que permanecían en la Europa continental mientras muchos otros, tras ser descubiertos, habían tenido que trasladarse a Londres o al norte de África. La Organización era una de las doscientas redes creadas por los servicios secretos aliados, para las que trabajaban más de veinte mil voluntarios.

En aquella ocasión, que los que intentaban pasar fueran hombres jóvenes y bien entrenados y una mujer bastante ágil, aunque estuviera herida, les facilitaba la labor respecto a otras en las que habían tenido que atravesar las montañas con ancianos e incluso niños a los que llevaron a hombros durante casi todo el camino a pie porque no siempre disponían de vehículos. La gasolina era entonces un bien más escaso que el pan. El pasador ponía todos sus sentidos y su saber, como hijo y nieto de pastores que era, en conseguir llevar sanos y salvos a los que formaban cada expedición hasta el punto donde aparecían quienes se hacían cargo de ellos. Bastantes guías eran españoles que conocían las rutas que seguían los contrabandistas. A unos los movían sus ideales humanitarios y para otros era solo una labor muy bien remunerada, aunque había excepciones, como un par de campeones de esquí, Favé y Cazaux, que se sumaban en invierno porque disfrutaban como si se tratara de entrenamientos deportivos.

Los huidos abandonaban España desde algún puerto vasco. Otros preferían tomar un tren con destino a Barcelona desde Barbastro; el peligro al que se enfrentaban en la capital del Somontano era acabar recluidos en algún convento reconvertido en cárcel.

Baptiste y Briand comentaban estas cuestiones hasta que pasó el tiempo acordado y regresaron al mismo lugar. Solo vieron sentado sobre una piedra a uno de los aviadores. Estaba bastante despistado y no sabía nada de los otros. El guía y el conductor dedujeron que los demás, tan cerca de España, habían decidido escapar por su cuenta y de una vez del Ejército alemán.

Martha, desorientada por completo, pasó junto a una estación de esquí y dejó atrás una zona militar. Después de ver la pared inacabada de una fortificación, encontró un cartel de madera que indicaba dos lugares: la Canal Roya y los ibones de Anayet. No tomó ninguno de los dos caminos sino que siguió de frente para descender hacia el valle.

Las ruinas del hospital de Santa Cristina de Somport sobresalían entre la hierba. Martha se sentó en uno de aquellos muros que la erosión había reducido a un escaso metro de altura. Aún se hallaba lejos de estar a salvo, pero necesitaba descansar. Dejó a un lado la mochila que le entregó Solange con varias latas de comida que no tenía forma de abrir y se descalzó. Las ampollas en los pies inflamados y ardientes le palpitaban.

Tenía que decidir lo que haría cuando llegara al primer pueblo de España. Tal vez llamar a Masterman a Oxford para que le enviara un coche. Al fin y al cabo, a los del Comité XX les correspondía rescatarla. Se lo debían por la participación que había tenido en sus actividades. Ese era el acuerdo al que Fairbanks había llegado con el profesor. Harvey ya había hecho bastante por ella, y de su marido no había vuelto a tener noticia ni lo pretendía.

En medio de la naturaleza, rodeada por las montañas y a pesar del miedo y del cansancio, todo le pareció posible, como si adoptar una nueva identidad fuera tan fácil como vestir aquel uniforme que podría cambiar más adelante por otra vestimenta. Aun así, le quedaban muchos asuntos por resolver. Se preguntaba cuánto tiempo tendría que seguir Harvey en la guerra antes de regresar a Los Ángeles.

Cuando se incorporó con la intención de continuar, sintió un ruido y se dio la vuelta. En la parte de abajo de una escalera de piedra muy estrecha, encajada entre dos muros, vio a uno de los pilotos. Era Avery, el único que durante el encuentro en la granja de Pau no había dicho nada.

—¿Has visto a Timothy Crane, el piloto que me acompañaba, o a alguno de los demás? —le preguntó y él negó con la cabeza. Seguía mudo.

Lo conminó a salir del agujero. Cuando se paró junto a ella, le sonrió de una forma siniestra y, antes de que pudiera reaccionar, la arrastró por los peldaños que él acababa de subir.

—¿Qué haces? ¡Déjame! —le gritó Martha mientras se deshacía de sus brazos.

Entonces advirtió en él la que llamaban la mirada de las mil millas, sus ojos parecían enfocados en algo lejano, en imágenes del horror fijadas para siempre en las retinas, como si no viera lo que tenía delante. Martha quería huir. Cuando comenzó a gatear por la escalera para salir de allí, el aviador la cogió del cinturón del uniforme y le dio la vuelta. Le apartó la melena de la cara e intentó besarla. Martha se pasó el dorso de la mano varias veces por la boca y después escupió. Él ya no la dejó ir. La derribó contra los escalones y le abrió con un solo gesto la chaqueta del uniforme de manera que los botones saltaron. Mientras la inmovilizaba con el otro brazo, le subió la falda. Martha gritaba y movía la cabeza a un lado y a otro para impedir que volviera a acercarle sus labios. Sentía el olor a sudor rancio. El peso de su cuerpo sobre ella hacía que la piedra de los escalones se le clavara en la nuca y debajo de las piernas. Incrustada en aquella hendidura excavada en el suelo, Martha no tenía margen de maniobra, su voz se ahogaba, pensó que no le serviría de nada pedir auxilio porque durante todo el trayecto no se había encontrado con nadie. Sin que él lo advirtiera, miró un momento a la derecha.

El piloto se llevó ambas manos al cinturón para desabrochárselo y entonces Martha aprovechó que le había liberado un brazo para coger una piedra suelta del muro y darle con ella varias veces en la cabeza. Ante su aturdimiento momentáneo, aprovechó para salir de debajo de él. Su agresor se puso de rodillas y se palpó el cabello húmedo por la sangre. La insultó. Martha ya estaba en lo alto de la escalera, con el uniforme hecho jirones. Necesitaba no tropezarse y que él no estuviera en condiciones de perseguirla. El aviador tardó en salir de la brecha. Mientras tanto, Martha se recompuso la ropa con la chaqueta sin abrochar sobre la camisa, bajó de la colina y llegó hasta la carretera. Corrió como nunca lo había hecho y sin mirar atrás. Le sacó ventaja. Al alcanzar la primera curva, se giró y lo vio, amenazante, aún en la ladera. A continuación el trazado de la pista la ocultó, pero enseguida quedó de nuevo al descubierto sobre un puente muy precario construido con unas piezas de madera irregulares.

—No lo he matado, no lo he matado —se repetía como si eso fuera una mera constatación, sin ningún significado—. Si lo hubiera matado, mejor..., lo que ha hecho... se lo puede hacer a otra.

En el siguiente rótulo leyó «Rioseta» y siguió adelante. Con la mano derecha se cerraba la camisa y con la izquierda se sostenía la falda. La mochila que le dio Solange se había quedado junto a las ruinas del hospital de Santa Cristina de Somport.

Vio una fortaleza en una cima. Estaba demasiado alta como para ir hasta allí a pedir ayuda. Continuó. Pronto tuvo a su derecha un cuartel enorme, pero su instinto la empujó a no detenerse. Quería que la ayudaran, que detuvieran al piloto que la había intentado violar, pero sabía que para eso tendría que dar explicaciones que pondrían en peligro a todos los demás. Confiaba en que hubieran podido cruzar ya a España.

Desde que saltó del vehículo cerca del puerto de Somport, llevaba casi dos horas de caminata, con la amenaza durante el último tramo de que el piloto reapareciera. Estaba desfallecida. Reposó bajo unas ramas que formaban un túnel vegetal sobre un camino paralelo, pero solo permaneció protegida allí unos minutos antes de volver a la carretera.

Vio por todos lados unas flores de color violeta y blanco redondas. A partir de allí, el suelo estaba empedrado y la calzada se estrechaba. Sobre unas rocas había una capilla rematada por una cruz de hierro. Cincuenta metros después pasó al otro lado de la carretera para leer un monolito sobre el que estaba grabada la distancia hasta Santiago de Compostela: 858 kilómetros.

Sin dejar de temblar, continuó el descenso hacia el fondo del valle y pronto encontró una casa y después otra. En el indicador que acababa de dejar atrás decía: «Canfranc-Estación».

61

Canfranc-Estación, Huesca

Las primeras personas con las que Martha se encontró la miraron con desconfianza. Estaba despeinada, sucia y con el uniforme roto. Se frotó las mejillas para borrarse los regueros que imaginaba que le habrían trazado las lágrimas. «Debo parecerles una muerta viviente», pensó. No sabía adónde dirigirse. Caminó hasta una balaustrada de piedra junto al río y, a través de los árboles, vio un edificio que le resultó inverosímil. Tenía una cúpula en el centro y dos alas simétricas, el tejado estaba recubierto de unas escamas de piedra de un color entre el gris oscuro y el azul marino, sobre una fachada larguísima en la que se abrían muchas ventanas y puertas. Ese palacio le pareció una alucinación provocada por el estado en el que se encontraba. Avanzó hacia la entrada, pero se detuvo antes de llegar y cruzó la calle cuando oyó el bullicio de un local que, según el cartel colocado sobre el porche, se llamaba La Serena. En vez de acceder por allí, Martha rodeó el edificio. El aroma que salía de la planta baja hizo que las tripas le crujieran. Detrás había cajones con botellas vacías y una pila de desperdicios. Un hombre alto y voluminoso, con un delantal colocado sobre una camiseta de tirantes y un pantalón negro, que acababa de salir por la puerta trasera del restaurante le preguntó qué hacía ahí.

Martha estaba demasiado cansada y mareada como para referirle su odisea o mentir, y prefirió marcharse tras saludarlo, pero él le pidió que la acompañara.

—Pilar, dale algo de comer a esta enfermera extranjera —le dijo a su mujer cuando entraron en la cocina.

Martha estaba segura de que aquel hombre habría pensado que rebuscaba en la basura.

—Otra alma en pena. Ven, criatura —le dijo ella. Le tendió una pastilla de jabón y le señaló un cubo junto al fregadero.

Martha se frotó los brazos y la cara. Sentía que estaba dejando de ser Martha, que su personalidad se resquebrajaba como si estuviera hecha del mismo barro que entonces, bajo el grifo, se desprendía de sus manos hasta desaparecer por el sumidero. Se secó con mucha fuerza restregándose con un paño de cocina que encontró sobre el mármol.

—Así estás más guapa. Ponte este imperdible en el escote —le dijo Pilar mientras desabrochaba uno de su delantal.

Cuando depositó un plato de sopa junto a un trozo de pan y varias lonchas de jamón sobre una mesa pequeña en un rincón de la cocina, Martha tuvo ganas de llorar, pero no lo hizo, sino que le dio las gracias a su benefactora. Advirtió que esta se fijaba en las manchas de su uniforme. Algunas eran de la sangre de Avery. En lugar de relatarle ese incidente, solo le dijo, tal como le había indicado que hiciera Luc, el campesino de Tarbes:

—Lourdes.

—¿Y qué te ha pasado? ¿Has perdido el autobús?

Martha negó con la cabeza porque no la había entendido.

Cuando Martha hubo terminado, Pilar salió un momento y volvió con una llave.

—Esto es una fonda. Hotel, hotel —repitió—. Ahora descansa. Aquí vienen muchos de todas partes y los acogemos. —Esta última frase la pronunció como si lo hiciera solo para sí misma, consciente de que no la entendería, pero, para su sorpresa, Martha le dijo en español que quería pagarle y sacó un par de billetes del bolsillo.

A la cantidad en libras que ella tenía en Dover se habían sumado los francos que Solange y Baptiste le entregaron a cada uno por orden de la Organización.

—Es mucho dinero —le dijo Pilar.

Martha hizo un gesto con la mano para que se lo quedara. Que la hubieran recibido de esa forma no tenía precio. Además, no sabía cuánto tiempo tendría que permanecer allí. Incluso contaba con la cantidad suficiente como para llegar a Madrid por sus propios medios, pero no quería correr el riesgo de que la detuvieran en el primer control. Necesitaba tener una cobertura creíble y, sobre todo, documentos. Los suyos los tenía Lindsey, los de Lindsey los había perdido y los que Solange le había proporcionado se quedaron junto a las ruinas del hospital de Santa Cristina de Somport.

—¿Teléfono? —le preguntó a Pilar.

—Sí, tenemos el único teléfono del pueblo. Está fuera —le respondió mientras le señalaba en dirección al bar.

Martha no podía dejarse ver de aquella guisa y le dijo:

—Después.

—Cuando tú quieras, criatura. Ahora Tricio, mi marido, te acompañará a tu habitación.

—Muchas gracias.

Pilar suspiró y después se dijo a sí misma:

—Esta pobre... A saber de dónde viene y lo que habrá pasado. Siempre igual. Esto no se acaba.

En el pasillo de la planta de arriba, el dueño de la fonda le señaló la puerta del baño y abrió otra. Martha se sintió muy reconfortada cuando vio la cama con sábanas de un blanco resplandeciente y la mesilla al lado. No necesitaba más, solo un lugar seguro y tiempo para pensar y descansar hasta recomponerse.

Él le entregó las llaves y le dijo algo parecido a *see you later*. Martha le sonrió agradecida por su hospitalidad. En cuanto se quedó a solas, las lágrimas se le desataron como si se hubiera desplomado un dique en sus ojos. Ni siquiera el clima, que parecía más bien invernal, le había dificultado el camino, ni los soldados alemanes, ni la Milice francesa, ni la Guardia Civil española, solo el piloto que la agredió. Se le ocurrió entonces que era muy posible que estuviera en aquel mismo lugar y miró por la ventana con miedo. El edificio de enfrente la atraía de una forma magnética, como si fuera el principio y el fin de muchas cosas, el alfa y el omega.

Enseguida pensó en Timothy. Tenía que encontrarlo o, al menos, hallar la manera de saber de él. No se había topado con nadie, con excepción del despreciable Avery, pero tendría que estar muy alerta para evitar ser descubierta por los delatores vestidos de paisano. Rememoró su terrorífico trayecto desde Londres hasta allí y el contraste entre estos sucesos y sus días con Harvey, y se incorporó para ir a asearse mejor, como si, al igual que en el Dorchester de Londres, el agua pudiera borrarle de la piel las últimas jornadas. En ese momento se dijo que nada de lo que a ella le había sucedido era comparable a lo que suponía la muerte de tantos jóvenes en Omaha Beach y en las otras tres playas. Una tragedia que era una herida abierta para un mundo ya tan maltrecho.

UNA SEMANA DESPUÉS DEL DESEMBARCO

62

Canfranc-Estación, Huesca

A la mañana siguiente, Martha encontró en su puerta un cesto con una falda marrón y una blusa color crema con un lazo en el cuello. Se vistió con aquellas prendas más o menos de su talla y comenzó a escribir en un cuaderno hasta que llenó todas las páginas.

Cuando se dio cuenta de que eran casi las dos, se apresuró para bajar al bar y llamar por teléfono. Ya lo había retrasado demasiado, pensó que era un síntoma más de que no discurría demasiado bien. Le dio un escalofrío al relacionar esa conducta con su herida en la cabeza.

En el bar de la fonda había una docena de hombres repartidos en tres grupos. Tricio, sin que se lo pidiera, le dejó un café sobre una mesa y Martha se lo agradeció con una sonrisa. Después pidió a la operadora que la conectara con el número de Dover. Mientras tanto, dibujaba mentalmente la línea que recorrería esa comunicación e imaginó después la Unidad de Radio de la base militar en el sur de Inglaterra y temió que ya la hubieran desmantelado. Un par de minutos más tarde oyó una voz en inglés. Martha preguntó por el general Harvey. «No se encuentra en las instalaciones en este momento. Lo siento, pero no puedo facilitarle más información». Le preguntó por Fairbanks, pero la respuesta fue más o menos la misma. Martha le pidió que esperara y se acercó a la barra para que Tricio le anotara el número de la fonda. Volvió al rincón donde estaba el teléfono y se lo dictó al soldado. «Cuando regresen, dígales que me llamen aquí, por favor». «Descuide, así lo haré, señora Gellhorn». Le gustó saber que, a tantas millas de allí, alguien la había reconocido, aunque enseguida cayó en la cuenta de que no era lo que más le convenía porque supuestamente ella se hallaba en el campo de trabajo de Culford. Confió en que el soldado no comentara con nadie su llamada.

Decidió acercarse hasta una oficina de correos. El dueño de La Serena le explicó que estaba en la estación. Vio de nuevo el edificio de enfrente; quería comprobar si, conforme sus pasos avanzaban, este se deshacía como un castillo formado solo por las formas caprichosas de las nubes grises.

Cuando cruzó la carretera y lo vio entero, ya sin que los árboles se interpusieran, volvió a sentir la misma sensación de irrealidad que cuando entró en el pueblo desde el Somport. Ante su magnificencia, pensó que si fuera el escenario de una superproducción de Hollywood podría tratarse de una película sobre el imperio de los zares.

Preguntó a un transeúnte por la estación y este hombre le respondió que se hallaba ante ella:

—El palacio es la estación —murmuró para sí muy asombrada.

Bajó la escalera de mármol del túnel de acceso, recorrió el pasillo subterráneo y conforme subía los escalones que conducían al vestíbulo vio aparecer aquella nave con las enormes cristaleras que enmarcaban el Pirineo y la techumbre, que más parecía la de una catedral. La taquilla de madera labrada, el quiosco y los escudos de España y Francia junto a tantos otros detalles que atrajeron la mirada de Martha la llevaron a concluir que parecía la puerta de entrada a otros mundos, muy distintos de aquel. A pesar de que el tren ya no cruzaba a Francia, el trasiego era constante. Se fijó en los rasgos y en las ropas tan variadas de quienes entraban del andén procedentes del sur. Un vals comenzó a sonar dentro de su cabeza. Si escribía un artículo sobre aquel lugar fabuloso lo titularía «Nostalgia de Prusia».

Después de esperar a que atendieran a dos personas, le dictó el texto del telegrama para Masterman a un funcionario: «En Canfranc Estación, Pirineo español. S. y s.».

Las dos eses significaban 'sana y salva'. Martha debía transmitirle también que se hallaba indocumentada, pero tenía que hacerlo de forma que, si los alemanes interceptaban el telegrama, no fuera sospechoso. Le preguntó al empleado por la distancia a la que se hallaban de Francia.

—A siete kilómetros y medio del puesto fronterizo, *madame.*

Martha calculó que si la detenían ya no podrían deportarla, pero se dijo que era mejor que no sucediera.

—¿Algo más?

—Sí, añada: «Enfermera». —Martha confiaba en que, a partir de esa palabra, Masterman fuera capaz de deducir que había llegado hasta allí de forma clandestina. «Al fin y al cabo, es profesor de Oxford», se dijo para intentar convencerse.

Necesitaba conseguir un pasaporte y salvoconductos firmados por las autoridades y también certificados de identidad, algún carné o una cédula donde apareciera un nuevo nombre junto a su foto. «Un fotógrafo, necesito un fotógrafo», pensó.

Confiaba en que cerca de allí también sucediera lo que le había contado Solange de la red Vital, que trabajaran con alguna imprenta en la que, tras bajar la persiana, sus empleados se dedicaran a la producción de documentos falsos. Solange, Baptiste y sus correligionarios estaban en contacto con los servicios secretos británicos, de los que obtenían, a través de los medios más variopintos, fotografías para los pasaportes de los fugitivos. La guerra demacraba y envejecía, este era el argumento que esgrimían para justificar lo poco que en algunos casos se parecían quienes los portaban a las personas que aparecían en aquellas fotos grapadas a sus salvavidas de papel y cartón. Martha no podía preguntar de buenas a primeras dónde conseguir documentación falsa.

Se dirigió a otro mostrador y comenzó a redactar la carta que quería enviar a *Collier's*. Desde allí era imposible que se comunicara directamente con la sede de la revista en Ohio a través de otro medio. Escribió el texto de la forma más neutra posible. Les pedía información sobre la fecha en que saldría el reportaje que le había dictado a la señorita Owen desde la casa de Prímula. A partir del momento en que depositara esa misiva, tendría que armarse de paciencia para esperar la respuesta o, si se iba de Canfranc, dejar en la fonda otra dirección a la que se la reenviaran.

Anticipaba el momento de ver impresa su crónica. Pensó de nuevo en la larga sarta de prejuicios sobre su condición, deseó que terminaran de una vez los continuos y triviales comentarios sobre su belleza o su estatura, como si a ella y a sus compañeras las consideraran solo cáscaras sin contenido, huecas. Pensó en las demás; entre ellas, quien más le preocupaba era Lee Miller, por su extrema fragilidad, que pretendía disimular con muchas sonrisas y demasiado alcohol. Sabía que Mary Welsh y Helen Kirpatrick se defenderían mejor y confiaba en que Ruth Cowan contara por parte de Associated Press con medios suficientes para no exponerse en exceso. El carácter particular de cada una influiría mucho en cómo se enfrentarían a los hechos futuros.

Tras realizar esos trámites en correos, Martha salió de la estación y se sintió bendecida al recibir el sol en su rostro. Aspiró el aire balsámico que filtraban como flecos miles de pinos en las laderas de las montañas. Recordó que, en el bolsillo interior de la chaqueta del uniforme color caqui, colgado entonces en el armario de su habitación, aún llevaba el atado de cartas que Solange le había entregado en Pau. No podía volver a su habitación de la fonda a por ellas y franquearlas en la oficina en la que acababa de estar. Tendría que ingeniárselas para enviarlas de otra forma.

Nada más entrar en el bar, le preguntó a Tricio si la había llamado alguien. Como él negó con la cabeza, Martha se dispuso a pasar la tarde en su habitación a la espera de noticias. Ansiaba saber qué había sido de Timothy. Si Harvey había confiado en él, quería decir que nunca la hubiera abandonado por su propia voluntad.

63

Culford, este de Inglaterra

Douglas Fairbanks se había desplazado hasta el campo de trabajo para visitar a la enfermera Lindsey Bennett. Quería cerciorarse de que estuviera bien de salud y solicitarle los documentos de Martha para hacer una copia. Masterman les había avisado de que la reportera había extraviado los que le proporcionaron en Francia.

Antes que falsificarle otros, decidieron que tuviera en su poder los suyos originales y que la enfermera se quedara con un duplicado muy fidedigno. Mientras que ambas mujeres no coincidieran en el mismo lugar, no habría ningún problema.

Douglas y Lindsey estaban de pie ante una de las cabañas. Él le explicó que, si hasta que se la devolviera le pedían su identificación, siempre podría decir que la había perdido en el bosque mientras trabajaba.

Lindsey se dirigió a su taquilla y después de entregárselos le preguntó:

—¿Qué le parece mi transformación en leñador? He perdido cualquier vislumbre de feminidad. ¿Cree que seré capaz de recuperarla algún día?

—Creo que esto la ayudará.

Lindsey pensó que iba a besarla, pero en lugar de eso, el teniente le entregó una bolsa de guata cerrada con una cremallera que contenía un frasco de perfume y algunos productos cosméticos. Después sacó del bolsillo un par de tabletas de chocolate y un pequeño estuche de joyería. Ella lo cogió con un ligero temblor en las manos. Que la guerra la hubiera puesto frente a una estrella de Hollywood formaba parte también del clima insólito que lo envolvía todo.

—Un trébol de cuatro hojas —dijo mientras elevaba el colgante desde su cadena.

Douglas Fairbanks lo tomó y se ofreció a colocárselo en el cuello. Cuando se situó detrás de ella, Lindsey sintió su aliento en la nuca y sus dedos rozándola.

—Merece mucho más, pero estoy seguro de que esto le traerá suerte. Todos la necesitamos. Dependemos mucho del azar. Demasiado.

A la enfermera le brillaban los ojos. Se le aceleró el corazón y comenzaron a sudarle las manos.

—¿Cómo está Martha? —le preguntó para intentar sosegarse.

—A salvo en otro país. Se ha comunicado con la Unidad de Radio de Dover desde un lugar remoto. Lindsey, sin su impagable contribución esto no hubiera sido posible. En una semana volveré para llevarla conmigo.

Ella no pudo evitar darles a esas palabras un significado que no tenían.

—Después me marcharé con Harvey hacia el oeste de Francia.

Esa última información cortó la corriente de su deseo y la devolvió a la cruenta realidad de la contienda. Lindsey sabía que todos estaban en peligro.

64

Distrito de Merzig-Wadern, Alemania - Condado de Graham, Estados Unidos

Los Krombacher, los padres de uno de los soldados alemanes muertos en el nido de ametralladora número 62, recibieron la última carta que su hijo les había escrito en el campamento construido junto al búnker. En ella les decía que era muy curioso que, a pesar de estar allí, no sabía nada de lo que sucedía, y que aquel lugar no era para él. Terminaba diciendo que esperaba que volviera pronto la paz.

En el sobre estaba estampado el sello de un cuartel cercano en el que los censores revisaban la correspondencia de los soldados. Junto a esta misiva, el cartero le entregó en mano un telegrama a Berta Krombacher. Antes de que lo abriera, él subió a su bicicleta y se marchó. Les comunicaban a ella y a su esposo que su hijo había fallecido en una acción de guerra.

Al mismo tiempo, en una casa que parecía una isla en medio de los campos de cereal que llenaban el horizonte en el condado de Graham, en Arizona, Elisabetha Belmont, la madre del soldado al que hirieron las astillas que saltaron de una barca hasta la lancha en la que también estaba Martha, recibió un mensaje muy similar al que acababa de leer Berta entre lágrimas y mientras tenía que esforzarse para seguir respirando.

Aquellas dos familias de Alemania y de Estados Unidos, como tantas otras miles de los otros países en conflicto, acababan de perder el alma.

65

Berghof, Alemania

Otto le remitió a Masterman una detallada descripción del refugio de Hitler en el Obersalzberg, al norte del macizo de Kehlstein. Para decidir la forma de atentar contra él, era muy importante que los miembros de la Resistencia alemana conocieran al milímetro la mansión. En su informe incluyó muchos detalles: describió el suelo de la sala principal cubierto de alfombras persas, las paredes de las que colgaban varios tapices de la Manufacture Royale des Gobelins de París, con su especial tono escarlata. Enseguida advirtió Masterman que el agente Parsifal tenía también veleidades literarias por la manera en la que le explicaba que el mármol rojo de la chimenea había sido extraído de una mina de Untersberg a la que algunos llamaban Agujero del Dragón, y otros del Diablo, en consonancia con el tono encendido del mineral que se sacaba de ella. Ya se había percatado de esto cuando supo que eligió el nombre en clave de Parsifal como homenaje a un bisabuelo suyo que coleccionaba momias y, además, decía identificarse por completo con el personaje de la ópera que Wagner había escrito a partir de un poema del siglo XIII. Aquel hombre suspiraba por conocer los lugares donde se desarrollaba el drama:

Montsalvat y el mágico castillo de Klingsor, cada uno en un extremo de España, y murió sin saber que no existían.

Otto le contó una vez a Masterman que perder aquel mundo insólito pero inofensivo que lo había configurado desde la infancia también formaba parte del duelo que ya había comenzado a vivir por su país.

En el informe también le especificó que en la sala de proyección dos lámparas de velas pendían a unos cinco metros desde el artesonado, enganchadas a grandes cadenas. Se apagaban cada noche antes de comenzar el visionado de la película elegida por Hitler. Mannheim apuntaba que ese podía ser un buen momento para dispararle.

66

Canfranc-Estación, Huesca

Mientras desayunaba en la fonda La Serena, Martha leyó en un diario el siguiente titular: «Sofocado el intento de golpe de unos generales contra Hitler. Todos los cabecillas han sido fusilados». El sabor de su café se volvió más amargo.

Seguía sin noticias de Harvey ni de Masterman. Aunque su desasosiego aumentaba, intentaba infundirse ánimos. No había dejado de escribir desde su llegada a Canfranc. Cuando volviera a América, tendría artículos, crónicas, reportajes y columnas para varios meses y, además, sobre el tema del que todos querían leer.

Observaba con atención a los hombres con los que se cruzaba. Temía volver a toparse con Avery. Al principio pensaba en ese hecho como en el «incidente», pero decidió llamarlo por su nombre. No podía usar eufemismos, estos contravenían el objetivo de su profesión, porque se trataba de buscar siempre la palabra exacta, capaz de describirles a los demás los sucesos tal como ocurrían. De nuevo le volvieron a la mente las imágenes de aquella escalera en el agujero de las ruinas. Nunca se había sentido tan débil, pero no por la herida de la que llevaba ya un día sin acordarse, sino porque había sido consciente de su vulnerabilidad.

Decidió que el lugar más seguro para pasar las jornadas de espera sería el bar de la fonda, donde tenía el teléfono enfrente y podría cogerlo en cuanto la avisaran de que era para ella. Debía evitar a toda costa que, con unas comunicaciones tan precarias debido a la guerra, se cortara la comunicación antes de que pudiera atenderla.

A primera hora de la tarde se instaló en la mesa más alejada de la puerta dispuesta a repasar sus notas. Quería encontrar una máquina de escribir y folios para pasar a limpio lo que había redactado desde que huyó. Sabía que solo así se sacaría de encima los demonios que le atenazaban la mente. Necesitaba poner en marcha su vida, aunque tenía muy claro que casi nada dependía de ella, y que, con que no la descubrieran mientras tanto, ya era suficiente.

67

Oxford, Inglaterra

Un asistente de Masterman le entregó varios telegramas sobre una bandeja de plata. Después de leerlos, los dejó apilados en su mesa y colocó la mano encima.

Ann Mitchell estaba frente a él, antes de que entrara el ayudante del profesor escribía al dictado una carta.

—Vamos a dejar esto ahora. Tenemos algo más importante que organizar. —Masterman le tendió a Ann el telegrama de Martha. Ella leyó su ubicación.

Todo se recibía y se enviaba desde allí: aquel despacho era el centro de la tela de araña desde la que observaban los distintos movimientos de sus agentes, pero también del Ejército alemán y de algunos colaboradores como la reportera.

—Mataremos dos pájaros de un tiro. Mira lo que dice Otto Mannheim. —Le mostró el telegrama del ayuda de cámara de Hitler.

Ambos conocían los detalles del complot para llevar a cabo aquel magnicidio que, como los anteriores, había resultado fallido y ocupaba las primeras planas de los periódicos de casi toda Europa.

Ann leyó la única línea remitida desde el Berghof: «Expedición solo ida, destino esquí».

—Necesita escapar y nos pregunta por dónde —dijo en voz alta.

A Ann le resultaba fácil descifrar cualquier mensaje. Cuando leía unas frases de aquel tipo, se le formaban imágenes muy claras en la mente, con las cifras le sucedía igual, pero la diferencia era que primero debía activarlas: unirlas, separarlas, cambiarlas de lugar para que le mostraran lo que tras los signos ocultaban o introducirlas en la máquina para que fuera esta la que le diera la respuesta.

Otto sabe que la cordillera pirenaica es la única frontera de Europa a través de la que se le permitirá el paso si se dirige a uno de los puestos que controlan los alemanes. Tenemos que elaborar los documentos que le haremos llegar a Berlín a través de Guinardó. Redactaremos una orden falsa. Martha ha conseguido llegar a donde estaba previsto. Tenemos que juntarlos. Manos a la obra.

Mientras procesaba esa información, Ann pensó en la gratitud que sentía hacia Martha y hacia la fotógrafa que la acompañó hasta Oxford porque, debido a su ofrecimiento de fotografiarla, su marido la llevaba consigo en el frente, eso sí, en efigie. Sus dos corazones estaban unidos, aunque el suyo fuera solo de papel.

68

Canfranc-Estación, Huesca

Cada vez que sonaba el teléfono en la fonda La Serena, Martha se sobresaltaba. Esperaba unos instantes cuando Tricio o Pilar descolgaban el auricular, permanecía expectante hasta que continuaban la conversación, salían a avisar a alguien o le pedían a algún camarero que lo hiciera. Para no impacientarse se repetía que lo suyo no podía ser de un día para otro.

A la mañana siguiente, Javier, el empleado más joven, llamó temprano a la puerta de su habitación y le entregó un telegrama.

—Lo ha traído de correos un niño.

Con esa frase quería indicarle que el pequeño esperaba su propina. Ella le dio una libra para cada uno. El camarero sonrió al ver la moneda e imaginó lo que haría con ese dinero nada más cambiarlo en la estación.

En cuanto se quedó a solas, Martha leyó aquellas dos líneas impresas en tiras estrechas de papel pegado sobre la hoja que acababa de desdoblar:

> Visita inminente de un Kammerdiener del Führerbegleitkommando. Recibirá instrucciones para que colabore.

La última palabra era clave. Si ese mensaje era interceptado, a los alemanes no les quedaría ninguna duda respecto a qué bando apoyaba.

Se vistió a toda prisa, aquella única ropa de la que disponía, junto con el camisón que también le había prestado Pilar, la llevó a pensar en que había dejado en el hotel Balmoral de Dover sus pertenencias con el aroma de Harvey aún impregnado en ellas. Su marido también se había quedado en Inglaterra, pero a él lo sentía como la muda de una serpiente a la que es necesario abandonar para que la piel resplandezca de nuevo.

Cruzó la carretera y, una vez que estuvo ante el quiosco de la estación, pidió un mapa. Quería abrirlo allí mismo para situarse, extenderlo sobre uno de los bancos del vestíbulo, pero optó por la prudencia que suponía consultarlo en su cuarto. Al pasar por el bar preguntó de nuevo si había recibido alguna llamada. Cuando ya iba a recriminarse su insistencia, Tricio le dijo que sí, que esa tarde a las cinco, hora local, la telefonearían, que solo había podido entender eso porque, como era de esperar, le habían hablado en inglés.

—*Five o'clock*—le repitió.

69

Berlín

El mismo día se recibió en la Cancillería un telegrama para Otto Mannheim; en el remite decía que procedía de Bruno Gesche, comandante del Führerbegleitkommando, la unidad militar encargada de la protección personal de Hitler, formada por investigadores especializados. Nadie cuestionaba sus órdenes, ya que siempre iban en la misma línea: evitar que el Führer corriera el más mínimo riesgo. Sus miembros velaban por su seguridad de puertas afuera, y Otto y los demás miembros del personal de confianza, de puertas adentro.

Otto advirtió enseguida, por una marca apenas perceptible en la esquina izquierda del reverso, que ese mensaje era de Masterman. Le hizo sonreír el contrasentido que suponía que lo remitiera supuestamente el organismo que no había sido capaz de evitar los atentados contra Hitler, aunque lo cierto era que el Ministerio de Propaganda usó aquellas tentativas a favor del régimen, querían que el pueblo alemán percibiera a partir de aquellos fracasados ataques cierto halo de inmortalidad en torno a él, que lo vieran como el único guía posible de su destino.

Siguiendo las indicaciones de aquellas líneas que había recibido, Otto Mannheim dijo en la oficina de la Cancillería a la que se hallaba adscrito el personal de confianza que le habían avisado desde el Berghof en Obersalzberg para que acudiera allí con el fin de organizar la inminente visita de un jefe de Estado. Tampoco precisó quién sería el mandatario al que Hitler recibiría. Enseguida obtuvo el permiso para viajar. Pidió que un par de horas después lo esperara el chófer Alfred Becker en la puerta de aquel edificio. Fue a recoger sus cosas al piso que tenía alquilado muy cerca de la Marienkirche. De no haberse dedicado a sus actividades contra la máxima autoridad de su país, no habría precisado de otro domicilio porque por su cargo tenía derecho a uno privado en aquellas instalaciones gubernamentales. A ojos de todos los demás, era donde vivía, pero su verdadera casa quedaba justo a mitad de camino entre la Marienkirche y la Cancillería, en una calle estrecha tras el teatro Admiralspalast a la que se accedía a través de una galería subterránea.

Otto observó el perchero de la entrada con dos de sus abrigos en él, después se contempló en el espejo. Era capaz de sostenerse la mirada, algo que en aquellos tiempos ya era mucho. No tenía nada de lo que arrepentirse, seguía sin haber empuñado un arma, nadie le pedía cuentas ni volvía de su pasado, pero sus pesadillas no estaban deshabitadas, sino que en ellas veía a quienes aquel Gobierno de perturbados se había propuesto exterminar. En agosto de 1942 supo que estaban fusilando en masa a ciudadanos judíos. La noticia de esos crímenes, junto con lo sucedido en la Noche de los Cristales Rotos el 9 de noviembre de cuatro años antes, lo convenció de que no había vuelta atrás. No entendió aquel pogromo porque era imposible de comprender el linchamiento multitudinario contra la población civil por parte de las tropas de asalto de las SA, la milicia de voluntarios junto a tantos otros que se sumaron a ese delirio antisemita.

Otto aspiraba a culminar su propósito desde el extranjero. Para cuando advirtieran que había desaparecido, ya estaría muy lejos. Pensó primero en fingir un secuestro, pero eso hubiera complicado su situación mucho más. Decidió que se desvanecería como tantos otros en aquellas circunstancias, que un buen día no se presentaban a su trabajo y nunca se volvía a saber de ellos. Por si acaso, nadie preguntaba. «Cosas de la guerra», decían algunos.

Metió sus documentos en el bolsillo interior de una bolsa de cuero con cierre metálico y se guardó en la chaqueta el telegrama enviado supuestamente por el comandante Bruno Gesche. Este militar pasaba más tiempo ebrio que sobrio, por lo que, como Otto sabía, en caso de que se pusiera en duda su autenticidad, no sería capaz de recordar si había estampado su firma en aquella orden.

Después de ocultar bajo una baldosa sobre la que había una cómoda muy difícil de mover los objetos y papeles que lo comprometían, dobló varias prendas, incluyó otro par de zapatos en su equipaje, una guía de viajes por Europa y un libro de quien había sido su amigo hasta que murió once años antes en su exilio suizo, el poeta Stefan George, a cuyo círculo más íntimo Otto siempre se preció de pertenecer. Guardó también en su bolsa dos atlas de la Patagonia y de la Tierra del Fuego, aquellos lugares que siempre había deseado conocer desde que los vio en unas postales y no había dejado de leer sobre ellos, y otro volumen sobre Suabia, la región de la que era originario y donde su familia aún conservaba un castillo muy cerca de Augsburgo, su capital. La nostalgia que sintió no tenía nada que ver con la melancolía, sino con la rabia por lo que una horda de desalmados había hecho con uno de los países más bellos del mundo.

Aunque fuera un juego muy tétrico, muchas veces Otto se recreaba imaginando la inscripción que le gustaría que figurara en su lápida, con una condición insalvable, que tardara aún bastantes años en morir:

> Aquí yace Otto Mannheim, héroe de la Resistencia alemana.

Con ese epitafio esperaba pasar a la posteridad si es que sobrevivía a aquel presente atroz, a toda aquella falacia a la que llamaban «beneficio del interés nacional sobre el particular». Y, en el nivel más superficial, lo que tampoco soportaba Otto era el mal gusto que imperaba de forma absoluta sobre cualquier aspecto de sus pautadas existencias.

Antes de salir de casa se sentó en el escritorio y le escribió a su jefe la carta de despedida que quería entregarle a uno de sus edecanes para que se la hiciera llegar una vez que él ya hubiera salido del país.

> Apreciado y admirado Führer:
>
> Le escribo para poner en su conocimiento que estoy amenazado de muerte por algunos miembros de la última conspiración organizada para atentar contra usted. Son los secuaces de los que fueron fusilados, quienes, con la memoria de ellos como coartada, persisten en llevar a cabo estas incomprensibles acciones. Si me

considera un desertor, lo comprenderé, pero créame si le digo que mi decisión es la más conveniente en este momento para el Gran Reich.

Servirle ha sido el más alto honor que he alcanzado en mi vida, le estaré agradecido eternamente.

70

Dover - Canfranc-Estación

A Patton, Eisenhower le transmitió su satisfacción por aquella puesta en escena. Un éxito indiscutible, le dijo, habían salvado una gran cantidad de vidas en el asalto tras cruzar el canal de la Mancha. Gracias a los artificios y los decorados, muchos soldados aún respiraban. Entre los oficiales, ninguno se atrevía a negar que el enfrentamiento en las playas de Normandía había sido una hecatombe, pero sabían también que la defensa alemana habría sido más feroz si hubiera tenido tiempo para concentrar sus fuerzas. Aun así, Patton se reconcomía porque era incapaz de aceptar que lo hubieran alejado del combate en los momentos más decisivos. Harvey y Fairbanks sabían que aquello menoscababa su orgullo y que se ampararía en la confidencialidad de la misión para no desvelar que él no se hallaba presente en los lugares clave, como si su posición no fuera ya de conocimiento general entre los miembros de los Ejércitos aliados. A ellos dos, pasar durante unas horas a un segundo plano les había facilitado contemplar aquel tenebroso espectáculo del desembarco desde muy cerca.

Aquella tarde Harvey y Fairbanks comenzaron a dirigir las maniobras de desmontaje de la maquinaria para simular la invasión desde Dover a Calais. Para esa labor sí que habían sido reclamados por Patton. Debían eliminar de allí cualquier indicio del engaño y esperar la orden de Londres sobre qué hacer con todo aquello. Parecía que estaban en una feria vacía o en un circo a punto de trasladarse.

Después de catorce horas, en las que solo descansaron para comer un sándwich, Harvey se dirigió a la Unidad de Radio para solicitar que le comunicaran con aquel lugar del Pirineo español desde el que había recibido noticias de Martha.

Cuando ella cogió el teléfono, lo primero que oyó fue:

—*Hello, my love.*

Martha quiso ocultarse todavía más en aquel pasillo que comunicaba el bar con el baño porque en cuanto oyó la voz del general le brotaron las lágrimas. No quería que la vieran llorar los parroquianos que pasaban la tarde entre barajas, coñacs y comentarios sobre la guerra y las escaramuzas de los maquis.

Le temblaban los labios. Era incapaz de decir nada. Durante aquellos días solo había pronunciado unas pocas frases para dirigirse a los dueños de la fonda, al quiosquero y al funcionario de correos.

Harvey le preguntó cómo se encontraba. Martha inspiró con la intención de rehacerse y le dijo:

—Es como estar en un compás de espera. Me siento a salvo a pesar de que...

No podía olvidar la agresión del aviador estadounidense, aquel recuerdo atroz se quedaría siempre con ella, pero no quiso decirle nada a Harvey. No le mencionó tampoco que había recibido un telegrama de Masterman. Le constaba que su conversación se escucharía a varias bandas.

—Seguiré al frente del primer cuerpo del Ejército. En un par de días partiremos hacia Saint-Lô.

Que Harvey le transmitiera esa información no tenía la menor importancia porque desde que las tropas entraron en la Europa continental sus movimientos eran bastante fáciles de prever. El objetivo definitivo era la conquista de Berlín.

—Ese pueblo en la península de Cotentin es la llave para llegar al puerto de Cherburgo. Cuando lo tomemos, comenzaremos a desplazarnos hacia el este de Francia hasta que alcancemos el Rin, la última frontera antes de la victoria.

—¿Crees que volveremos a vernos? —le preguntó Martha. No preguntaba por su amor, sino por la muerte. Le dio la dirección de la casa de sus padres y esperó a que la anotara.

—Mándame tus cartas al Servicio Postal del 6668 Batallón del WAC en El Havre o Ruan —le dijo él.

Allí estarían las jóvenes del Women's Army Corps. Cuando las entrevistó, Martha no anticipó que también pasarían por sus manos los sentimientos expresados en las páginas que le dirigiría a él.

—Enviaré cada carta a ambos lugares.

—Pienso en ti todo el día y por la noche sueño contigo —le dijo Harvey.

Martha sentía su afecto sin distancias, imposturas ni protecciones. Le halagaba despertar en alguien como él aquella pasión por la que había arriesgado incluso su carrera militar. En cuanto se despidieron, volvió a sentarse a la misma mesa.

—Ahora aún te has quedado más sola de lo que estabas antes —le dijo Pilar.

Martha sonrió con los ojos aún humedecidos.

—Esto te vendrá bien. —Pilar le sirvió un vaso con vino tinto y cuatro croquetas—. Si cada uno de los que pasáis por aquí me contarais vuestra vida y milagros, podría escribir una enciclopedia.

Martha pensó que le debía una conversación. Hasta entonces se había limitado a agradecer las muestras de cariño. Imaginaba la cara que pondría Pilar si le contaba que había participado en el desembarco de Normandía, aunque no le cabía duda de que, en dos guerras casi consecutivas, habría oído de todo.

Cuando subió a su habitación, se dejó caer en la cama y se quedó dormida enseguida, sobre todo por el efecto del vino.

71

Berlín

Otto sonrió al ver que el chófer, tal como había ordenado, era el soldado Alfred Becker. No tenía más remedio que hacerse acompañar por alguien. De lo contrario hubiera resultado muy sospechoso. Por eso eligió a aquel joven con el que ya había compartido varios trayectos.

En cuanto giraron la primera esquina, le pidió que se detuviera y le entregó un mapa en el que había trazado el recorrido.

—Pensaba que íbamos a Obersalzberg —le dijo el conductor bastante temeroso mientras recorría con la mirada la línea recta trazada con lápiz—. Este recorrido es muy largo. En el maletero hay cuatro bidones de gasolina, pero para llegar hasta allí...

—Conseguiremos más e iremos avanzando. Este es uno de los mejores coches de los que aún quedan en Alemania. No tendremos ningún problema. Ya lo verás. Además, estás exonerado de cualquier otro servicio hasta tu regreso, sea cuando sea. Nadie te va a reclamar en el cuartel.

Otto sabía cómo aprovisionarse de todo lo que necesitaran durante el camino, pero entonces no podía contarle al chófer que parte de los suministros se los proporcionarían sus contactos de la Resistencia francesa a cambio de la información que se dispuso a inventariar registrando datos, ubicaciones, contingentes y demás detalles en un cuaderno de tapas negras sobre el que escribió y dibujó sin pausa durante un par de horas. Sabía que aquello también contribuiría a talar desde su base la arborescencia envenenada del nazismo.

DOS SEMANAS DESPUÉS DEL DESEMBARCO

72

Canfranc-Estación, Huesca

Cuando cesó el ruido de las ollas y las sartenes en la cocina de La Serena, Martha supo que Pilar había terminado de fregar y la llamó desde el bar.

—¿Podemos hablar un momento? —le preguntó la periodista—. Tengo algo que quería... mostrarle.

A Pilar le gustaba mucho su acento.

—Ven, pasa —le pidió a la vez que miraba por encima del hombro de Martha a quienes jugaban una partida de dominó.

Desde la cocina la condujo hasta una salita de estar con una mesa camilla en el centro cubierta por un tapete de hilo que llegaba casi hasta el suelo. Cerró la puerta, se sentó en la mecedora delante de la ventana y colocó los pies sobre un escabel.

—Aquí es donde descanso los pocos ratos que me dejan tranquila. Pero en cuanto me siento, me llaman, a veces pienso que lo hacen adrede. —Le señaló a Martha una silla, pero ella le indicó con un gesto que prefería quedarse de pie y añadió que no la entretendría mucho.

Dejó sobre la mesa las cartas atadas con un cordel, tal como se las entregó Solange en Pau.

—Tengo que mandarlas, pero son comprometidas. No puedo llevarlas a correos.

A pesar de que Martha no había dicho tantas frases en español desde que abandonó Madrid a finales de 1937, sentía que no le costaba demasiado esfuerzo expresarse en esta lengua; tal vez, reflexionó, porque no le costaba demasiado esfuerzo expresarse en general y por las muchas horas que había pasado conversando con los soldados y el resto de los ciudadanos con los que coincidió allí bajo las bombas.

—Si te hubieran parado con ellas encima, ahora no estarías aquí —le dijo Pilar.

—Lo sé, pero en Pau nos atendieron muy bien..., los que están allí y los pasadores se arriesgan tanto para ponernos a salvo que no podía negarme a llevarlas.

—Han fusilado a muchos por bastante menos. Viniste por el monte —afirmó Pilar y Martha asintió.

—Me iré pronto. Así que espero no causarles muchas molestias.

—Por eso no te preocupes, aquí somos todos sospechosos. Además, desde que están los alemanes, no se fían de nosotros los franceses, pero ellos tampoco. Déjalas aquí, las haremos llegar a quienes corresponda. Eso sí, tardarán lo suyo. Esta es la estafeta... extraoficial. ¿Sabes que es una estafeta? —le preguntó Pilar.

Como Martha negó con la cabeza, ella se lo explicó:

—Pues una oficina de correos. Abre ese armario —le dijo a la vez que le señalaba una alacena con tres cajones debajo de las estanterías—. Levanta los manteles.

Martha vio allí matasellos, estampillas, sobres, hojas de papel en blanco y decenas de cartas.

—Algunos vendrán a por ellas y otros no, pero aun así les damos curso a muchas. Es que mi marido tiene imán para los líos, para eso se pinta solo. Siempre ha sido así, pero qué le vamos a hacer, cada uno es como es. Genio y figura... Muchas cosas le pasan porque piensa antes en los demás que en sí mismo y en mí. Desaparece durante horas y después no me dice dónde ha estado, que si es por mi bien, que si no lo puede contar... A veces me preguntan por él la Guardia Civil o los carabineros y tengo que encogerme de hombros. Yo preferiría que estuviera con una querida, pero no es el caso. Según él, aún no hemos perdido la guerra, la de aquí. Con eso te lo digo todo.

Hubo algunas palabras que Martha no comprendió, pero a pesar de eso había captado el sentido de lo que Pilar había compartido con ella y le agradeció su confianza.

—Yo miro a alguien a los ojos y ya sé cómo es —le dijo Pilar.

En ese momento la llamaron.

—¿Ves? No hay manera de descansar. Tengo los remos molidos.

Martha no entendió que se refería a que le dolían los brazos de tanto trabajar.

73

Núremberg, Alemania

Otto Mannheim y su chófer recorrieron desde Berlín las regiones de Sajonia y Franconia en un solo día. Al entrar en Núremberg, Alfred Becker le preguntó si deseaba que buscaran un cuartel donde pernoctar, pero Otto le mostró enseguida el nombre de un alojamiento que había subrayado: hotel Elch.

—En el número 11 de la Irrerstrasse —dijo el conductor sorprendido—. De acuerdo, llegaremos hasta la plaza principal y preguntaré allí.

Una joven les indicó que el alojamiento se encontraba en el barrio del castillo, que lo reconocerían enseguida porque de su fachada colgaba un alce de hierro y tenía un mirador de madera muy historiado.

—Pues ya sabes dónde estaremos —le dijo Alfred.

Ella se azoró y comenzó a caminar bastante rápido en la dirección opuesta a la que tomaron Becker y Mannheim.

—Dichosa juventud, que siempre os impele a elegir el placer por encima de todo.

Otto Mannheim tenía entonces cuarenta años y cayó en la cuenta de lo mucho que añoraba esas actitudes tan livianas y despreocupadas, tanto en quienes lo rodeaban como en sí mismo. Admiraba a las personas que se empeñaban en mantener ese ánimo a pesar de la guerra.

—¿Cree que se habrá molestado? —le preguntó Alfred.

—Está claro que no se lo esperaba, pero en cualquier caso solo le has dado un dato.

—No creo que venga.

—De eso puedes estar seguro.

Cuando llegaron al hotel Elch, Otto insistió mucho en que necesitaba un lugar a cubierto y cerrado donde guardar el vehículo durante la noche.

—Es propiedad del Reich —le dijo al recepcionista para impresionarlo y también porque no lucía ningún elemento identificativo—. Si no puede proporcionarme una cochera, nos veremos obligados a cambiar de hospedaje.

—Acompáñenme un momento —respondió el empleado del hotel y los condujo hasta un patio.

—Espero que le parezca bien este sitio.

Otto le pidió a Alfred que metiera el coche. Lo esperó allí con la intención de descubrirle sus intenciones, pero enseguida se dijo que sería mejor que lo hiciera una vez salieran de Alemania porque, de lo contrario, el chófer tendría muchas más posibilidades de denunciarlo y entregarlo. También pensó en sustraerle su arma sin que lo advirtiera.

—Mañana querría llegar antes de las diez a Múnich —fue lo único que le dijo y después se separaron.

Otto había comenzado ya a despedirse de su país. Quería que sus lugares y su arte lo acompañaran allá donde se viera obligado a pasar sus días tras aquellos tiempos en los que parecía que Dios había muerto, como dejó escrito Nietzsche:

> Dios ha muerto. Dios sigue muerto. Y nosotros lo hemos matado. ¿Cómo podríamos reconfortarnos, los asesinos de todos los asesinos? El más santo y el más poderoso que el mundo ha poseído se ha desangrado bajo nuestros cuchillos: ¿quién limpiará esta sangre de nosotros? ¿Qué agua nos limpiará? ¿Qué rito expiatorio, qué juegos sagrados deberíamos inventar?

Tenía grabado ese fragmento en la memoria a fuerza de haberlo leído decenas de veces. «¿Qué agua nos limpiará? ¿Qué rito expiatorio, qué juegos sagrados deberíamos inventar?», repitió para sí. Este filósofo lo había escrito hacía más de sesenta años, pero aquellas palabras cobraban entonces todo su sentido. ¿Cómo perdonar lo imperdonable?

A la mañana siguiente llegaron a la capital de Baviera, desde donde habrían tenido que desviarse hacia Obersalzberg. Otto debía poner en marcha sus dotes persuasivas para que quienes los interrogaran en los puestos de control quedaran satisfechos. Para el régimen de Hitler no había nada peor que un traidor, ni siquiera un judío. Tal como había decidido en Núremberg, haría partícipe a Alfred de la finalidad última de su viaje en cuanto llegaran a Suiza. Antes debía resolver lo más urgente: conseguir todos los bidones de gasolina que fuera posible. Sabía cuál era la única palabra que debía pronunciar para que el combustible apareciera como por ensalmo entre los escombros de la ciudad sobre la que llovían bombas.

Durante la semana anterior, Múnich había sido bombardeada dos veces, igual que sucedió en marzo y abril; a pesar de eso, ciertas fachadas, con sus mellas y en ángulo recto con los cascotes que se habían desprendido de ellas, aún recordaban el pulcro trabajo de los orfebres, como si las hubieran construido ellos en vez de albañiles. De aquellas imágenes, Otto querría quitar el velo de la devastación que entonces las emborronaba.

Se dirigieron al cuartel de la Gestapo en la Briennerstrasse con la Türkenstrasse y comprobaron que había sido destruido casi por completo, quedaba poco más que su esqueleto. Enseguida dieron con la sede provisional. Otto pensó que, en la vida, todo era efímero. Hasta la Gestapo.

Se abrieron paso entre cascotes por un sendero que conducía desde la valla a la puerta. Otto le pidió al guardia hablar con su superior de mayor rango. Enseguida vio que se abría una puerta al fondo y otro soldado le indicaba que pasara a un despacho. Alfred se sentó a esperar en el vestíbulo.

En cuanto Otto le mostró al comandante la orden que le había falsificado Masterman y le informó de que necesitaba el combustible para recoger al Führer en el Berghof y llevarlo de regreso a Berlín, este lo condujo hasta un almacén cerrado a cal y canto.

—Al Führer le entregaría hasta mi última gota de sangre, pero ahora mismo no puedo facilitarle esos bidones, Mannheim. Tenemos orden de no tocar nada de este depósito. Lo custodiamos para una emergencia.

Otto miró hacia arriba y vio un palomar. Después de valorar la titánica labor de las aves mensajeras le respondió:

—Creo que su negativa, comandante, desatará la ira de nuestro Führer.

—Si usted me facilita el número, puedo telefonear al Berghof y explicarlo todo.

Dos soldados llegaron hasta la puerta.

—Inspección de rutina, comandante —dijo uno de ellos.

—Los suministros deben ser contabilizados a diario —le dijo él a Mannheim.

A través de la puerta entreabierta vio alineados a la izquierda varios bidones de veinte litros. «Necesito asaltar esta fortaleza», pensó Otto.

—Bien, comandante, entiendo sus razones. Veré la forma de obtener el combustible en otro lugar del trayecto hasta Obersalzberg.

Después volvió al edificio principal y le dijo a Alfred que debían retirarse a descansar. En cuanto el chófer entró en el alojamiento, Otto fue a una ferretería para comprar una cuerda, un gancho de los que se utilizaban para colgar las reses en el matadero y una lona bastante grande.

Bien entrada la noche, Otto volvió al almacén. Tenía que escalar esa montaña artificial de la misma manera que había conseguido culminar tantos otros picos en los Alpes. Entre los matorrales vio a los dos guardias que fumaban en la puerta. Lanzó una cerilla contra uno de los montones de paja que había al otro lado de la valla y comenzó a arder como si estuviera preparado. Mientras los dos soldados pateaban el heno para apagarlo, Otto se dirigió a la parte trasera del almacén y lanzó el gancho atado a la cuerda hasta un pilar del palomar. Ascendió primero por la pared y después por el tejado en menos de medio minuto. Desde arriba vio cómo uno de los soldados se quitaba la guerrera para intentar apagar el fuego sin necesidad de que fueran a por agua.

Una vez en el interior, bajó por la escalera metálica hasta una primera altura y después, a través de unos peldaños de obra, llegó a la planta donde estaban los bidones. Antes de abrir del todo la puerta desde dentro, vio que el fuego había saltado a un segundo almiar y sonrió. Los guardias pedían refuerzos. Otto sacó uno a uno los bidones y los dejó pegados a la pared; estaban lo suficientemente lejos como para que no los alcanzaran las llamas. Tal como había acordado con Alfred, este llegó a la hora exacta, las doce de la noche. Aparcó el coche delante del depósito y fue junto a los guardias para ayudarlos a apagar los fuegos. Mientras tanto, Otto cargó la gasolina en el coche y después se acercó a ellos con la lona.

—Cubrid el fuego con esto —les dijo—. Habéis tenido suerte de que pasáramos por aquí. Menos mal que no se ha extendido hasta el almacén de suministros.

—Sí, menos mal —musitó uno de ellos.

En cuanto vieron que salía humo por debajo de la tela, a pesar de que esta se había quemado en algunas zonas, se despidieron de ellos. El chófer se preguntó por qué Otto lo había hecho ir precisamente a ese lugar.

En la siguiente revisión, los encargados del inventario advertirían que faltaban cuatro bidones de combustible, pero ellos ya estarían muy lejos.

Cuando salieron de la capital de Baviera, Otto se despidió desde el coche de los edificios culminados por largas agujas, quebradas entonces la mayoría, que se recortaban contra el cielo sin luna, tan solo por la iluminación precaria de alguna farola dispersa, superviviente; pasaron cerca del palacio real, que también presentaba muchos desperfectos, y cruzaron el ambiente triste de la plaza Odeón. Otto pensó que Múnich tenía herido hasta su espíritu.

Sabía que durante el par de jornadas que les costara atravesar Suiza debería organizar el encuentro en los alrededores de Ginebra con quien debía facilitarle los medios para cruzar Francia. Cada vez temía más que alguien le quitara su Libro de las Exculpaciones. Cada vez lo escondía en un lugar distinto del coche. Aquello, como se repetía siempre, era más importante que su propia vida porque evitaría que se cometieran numerosas injusticias.

El peor momento lo vivió Otto cuando llegaron a la orilla alemana del lago Constanza. Frente a la entrada del puerto de Lindau, le pidió a Alfred que detuviera el coche. Caminó frente al faro y la escultura del león que simbolizaba Baviera en la bocana del puerto. Deseaba volver atrás, porque alejarse de Alemania equivalía para él a abandonar a una madre muy enferma, agonizante. Otto notaba que se ahogaba como si toda el agua que tenía enfrente le llenara las venas y le encharcara los pulmones.

Si continuaba, algo dentro de él se escindiría para siempre porque abandonaría, junto a la tierra con sus padres muertos debajo de ella, a quien había sido hasta entonces. Tendría que transmutar incluso su esencia.

Sus amigos, tanto los de juventud como los que encontró en su madurez, pertenecían todos al Partido. Aún no sabían de su deslealtad. Fuera de su país no sería tratado como el aristócrata que era, pero eso era lo que menos le preocupaba. No podía saber entonces si su exilio sería reversible. Tal vez se viera obligado a vivir en un limbo mental en el que nunca estuviera del todo en el país que lo acogiera, pero al menos su corazón continuaría latiendo.

Durante los dos días que tardaron en atravesar Suiza, Otto estuvo bastante taciturno, apenas habló con Alfred.

—Schweiz. Suiza —dijo en un par de ocasiones. Después Alfred le oyó pronunciar—: ¡Qué paz tan poco inocente la tuya, Schweiz!

En cuanto pusieron un pie en Francia, le dijo a Alfred que necesitaba hablar con él y este detuvo el vehículo junto a la valla de un prado.

—A partir de ahora eres libre de acompañarme hasta el punto que te señalé en el mapa o de regresar a Alemania.

—¿Le ha desagradado algo de mi conducta?

—Todo lo contrario. Voy a escapar de Europa. —Otto decidió decírselo sin ningún tipo de preámbulo.

El chófer sopesó la gravedad de lo que acababa de escuchar.

Otto sabía que ese era el momento definitivo, en el que Alfred podría buscar su pistola en el interior del coche y encañonarlo; aunque no la encontrara, tenía otras alternativas para detener su fuga.

—Hay demasiadas cosas de las que no quiero formar parte. He sabido a lo largo de este tiempo de atrocidades tan nauseabundas que son difíciles de creer. Además, aunque Hitler no quiera reconocerlo, ya hemos perdido la guerra. Cuando los aliados entren en Berlín, nos ejecutarán. Ese será nuestro final.

Respecto al Libro de las Exculpaciones, no le dijo nada a Alfred. Tampoco le habló de los atentados fallidos contra Hitler en los que había participado. Lo miró a los ojos, pero solo atisbó mucha inquietud.

—No sé cómo responder a eso, Mannheim.

—Si decides volver a Berlín, lo entenderé. Además, sé que no me delatarás.

—Lo único que sé es que volver atrás me resulta más difícil que continuar. De momento lo acompaño, no puedo decirle hasta dónde. Tal vez hasta el lugar donde usted considere que puedo serle de alguna utilidad.

Otto lo abrazó y le palmeó la espalda.

74

Normandía, Francia

En la retaguardia alemana se advertían los efectos de los bombardeos aliados. Tenían severos problemas de abastecimiento de comida, municiones y combustible, y también de comunicación debido a las carreteras cortadas por las intervenciones de la Resistencia. Para que el desánimo no acabara con sus soldados, la Luftwaffe lanzó Cruces de Hierro sobre el campamento de su Ejército. Era una forma de condecoración inmediata, con la que querían ensalzar la valentía de sus hombres y empujarlos a que lucharan esforzadamente. Estos no daban crédito cuando vieron cómo, por arte de magia, esa lluvia de insignias los convertía de forma instantánea en héroes de guerra, con la retribución monetaria que las condecoraciones supondrían en el caso de regresar a sus hogares, o para sus familias si ellos morían en el frente.

La gloria, como debía ser, les llegaba desde el cielo.

Mientras tanto, Hitler había aceptado que sus tropas se retiraran de aquella zona. Que todas las órdenes tuvieran que emanar de él ralentizaba mucho el desarrollo de los acontecimientos y, además, mostraba su desconfianza hacia todos los que lo rodeaban.

Hasta llegar a la ciudad de Cherburgo, Harvey recorrió el *bocage:* las propiedades separadas por setos y con árboles en sus límites con la carretera que conformaban aquel paisaje. Cuando llegó a su destacamento, se encontró a un soldado al que le quedaban solo tres dedos de una mano porque un disparo le había destrozado los tendones de los otros dos. Lo obligó a subir a su coche para llevarlo hasta un puesto de primeros auxilios.

—Ya tienes tu pasaporte para volver a casa —le dijo un enfermero.

Tras la cura, el soldado comenzó a alejarse por la carretera como si Estados Unidos estuviera a la vuelta de la esquina. A los lados había muchos cadáveres de animales sobre la hierba. Bastantes tanques yacían allí también como enormes insectos acorazados y humeantes.

Unos días antes, llegaron dos divisiones estadounidenses hasta la posición alemana, compuesta por soldados que no habían sido entrenados para la defensa de aquel enclave. Estaban bajo el mando del teniente general Karl-Wilhelm von Schlieben, quien se negó a rendirse y optó por ordenar que sus tropas comenzaran a demoler el puerto de Cherburgo para que el Ejército aliado no pudiera utilizarlo.

Cuatro días después la 79.ª División de Infantería estadounidense capturó Fort du Roule y Von Schlieben fue hecho prisionero. De nada le sirvió que su Ejército inundara la zona para detener a los enemigos.

Harvey pensó que, tras tanta destrucción y tantas vidas perdidas, solo cabía continuar adelante. Al final de su largo camino hacia la victoria veía a Martha.

75

Canfranc-Estación, Huesca - Zaragoza

Martha se sentía segura en La Serena, pero no se atrevía a aventurarse más allá de su habitual radio de acción. Pilar le había hablado de un paseo que se llamaba de Los Melancólicos, por los tísicos que siempre habían ido a curarse a aquel valle. Le dijo también que se apolillaría si no salía de la fonda, pero cuando le insistía, ella solo le sonreía.

Ninguno de los aviadores había entrado en el bar y pensó que ya estarían muy lejos de allí. Aún no había pasado una semana desde que le entregó las cartas a Pilar cuando ella la avisó de que la requerían en la aduana.

—Se ve que ha venido un gerifalte alemán. Nos lo han mandado a decir con un par de soldados. Esos pobres también, ¿qué culpa tendrán? A algunos todo esto ni les va ni les viene. Se les nota en la cara.

Si Pilar hubiera sido de otra forma, más suspicaz, menos confiada, a Martha se le podría haber pasado por la cabeza que fuera una espía del Reich que estaba allí para desmantelar las redes de apoyo que ayudaban a tantos a cruzar la frontera, pero su mirada y su actitud la inducían a confiar. Ese aviso era el que estaba esperando tras haber recibido el telegrama de Masterman días antes. Era el momento más oportuno para sincerarse con la dueña de La Serena:

—No soy enfermera, soy corresponsal de guerra —le dijo con mucho orgullo.

—Hay que tener valor para eso, pero ahora nos toca a cada uno hacer cosas muy diferentes a las nuestras. Anda, ve, no sea que se enfaden y vengan a buscarte. Tienen malas pulgas.

De los aduaneros que el Reich había enviado para que controlaran las mercancías en aquella frontera solo quedaba un par de ellos tras el cierre de la línea internacional tres días después del desembarco; a los demás los habían trasladado a Irún.

Nada más entrar en aquella oficina de la que parecía que no habían quitado el polvo en años, un hombre vestido con un uniforme alemán le preguntó:

—¿Es usted la señorita Ophelia Widmer nacida en 1909 en Lucerna?

—*Ja, das ist richtig*—respondió en alemán que así era.

—¡Qué acento tan raro tienen estos suizos! —dijo otro aduanero y el que se había dirigido a ella le pidió que lo acompañara.

Salieron al andén y cuando llegaron al final del edificio de la estación, vio a un hombre ante una de las numerosas puertas. Martha se quedó muy quieta, a la espera de que el aduanero la dejara a solas con él. Cuando el funcionario alemán se dio la vuelta y se encaminó a la oficina, ella susurró:

—Otto Mannheim. —Y le sonrió.

Pasaron juntos casi una hora durante la que se pusieron al día de sus respectivas circunstancias. Después Martha regresó sola a la fonda para recoger sus cuadernos y poco más. Bajó al bar para despedirse de Pilar porque no sabía si estaría despierta cuando ella saliera de allí.

—Gracias por cuidarme como una madre —le dijo.

—Si vuelves, aquí estaremos —le respondió ella con una rotundidad que Martha quiso creer que no admitiría ningún tipo de contradicción por parte del destino.

A las cinco de la mañana, cuando Martha oyó el ruido del motor del vehículo que conducía el soldado Alfred Becker, ya llevaba más de una hora despierta. En cuanto subió al coche, Otto le chocó la mano como señal de victoria y comenzaron a hablar en inglés. Mientras lo escuchaba, ella miraba la parte del pueblo a la que no se había atrevido a descender y decidió que algún día volvería para caminar por las calles de aquel lugar de fábula.

Martha sintió que nadie la había tratado allí como el ave exótica que era, que la respuesta había sido aceptarla con normalidad, como si escribir durante horas en una mesa del bar de la fonda fuera algo muy común. Concluyó que, tras los últimos vapuleos de la historia, sus habitantes lo único que ansiaban era el sosiego que les llevaría la paz en Europa.

Otto, Alfred y ella llegaron por la mañana al Gran Hotel de Zaragoza, muy cerca de la plaza de Santa Engracia. A Martha le gustó aquel edificio esplendoroso: la altura de sus plantas, los arcos bajo la terraza con más de una docena de torres y chimeneas.

Se registraron como el señor y la señora Widmer. Alfred les dijo que al día siguiente los recogería a la hora que dispusieran. Otto sonrió porque entendió que deseaba disfrutar de un tiempo de independencia, dado que él ya tenía compañía.

Pidieron que les sirvieran la cena en la habitación lo más temprano posible teniendo en cuenta los horarios españoles y hablaron durante horas, Martha sentada en la silla ante el escritorio y Otto reclinado contra el cabecero tapizado de una de las dos camas. Él le dijo que cerca de Toulouse, los miembros de una célula de la Resistencia los retuvieron durante unas cuatro horas en un cuartucho hasta que logró que entendieran que estaba de su lado. Pidió hablar con sus valedores en aquella ciudad, les entregó la valiosa información que contenía su cuaderno de tapas negras y los liberaron.

—En Madrid tendremos que dirigirnos a la embajada americana y preguntar por Friday. Es un diplomático que ya ha conseguido que muchos retornen. Hay otra ruta, salir por Valencia en barco hasta el Estrecho, pero iremos más rápido por carretera. Hay bastantes agentes españoles infiltrados en las redes de evasión para desarticularlas. A veces son los propios miembros de las líneas de escape quienes han sido comprados y, en lugar de llevar a los evadidos hasta un consulado, los entregan en una jefatura de Policía. A nosotros nadie nos conoce aquí y, por tanto, nadie nos busca. Eso simplifica bastante las cosas.

Otto pensó que tenía pendiente preguntarle a Alfred qué quería hacer. Él le entregaría el dinero suficiente para que pudiera elegir.

Martha le dijo en ese momento:

—¿Sabes qué pienso? Que parecemos personajes de una de las novelas que escribe Masterman desde su despacho de Oxford. ¿Las has leído? —Otto asintió—. Él nos mueve como quiere, nuestras acciones responden a sus planes. Así que en sus manos estamos.

—Entonces espero que nos escriba un gran futuro.

76

Madrid - Lisboa

En la capital de España, Otto pudo comprobar la alta consideración que les tenían allí a los alemanes, a pesar de las presiones de los británicos, de su embajador Samuel Hoare sobre todo. Consideraban a Hitler el espejo de Franco.

Se hospedaron en un hotel bastante anodino, a menos de un kilómetro de la embajada. A la mañana siguiente, mientras desayunaban, fue a buscarlos el agente Friday, un hombre vestido de una forma demasiado correcta para las circunstancias y pelirrojo. El tono rebelde de su cabello parecía lo único que escapaba a su control.

—Masterman trabaja bien —fue lo primero que le dijo Otto mientras el otro colocaba una maleta entre ambos.

—Aquí tienen todo lo necesario para escapar. —Después de decirles esto, solo les aceptó un café—. Cuanto menos sepamos los unos de los otros, mejor. Confío en que algún día no muy lejano nos reencontremos y, entonces sí, hablaremos de todo. Ahora los destacados aquí estamos muy concentrados en impedir el paso de Hitler por España hacia África.

En la habitación, Martha y Otto comprobaron que eran Mister y Miss Windermere, según constaba en dos pasaportes estadounidenses recién falsificados, pero desgastados por procedimientos nada naturales. Hablaron de la guerra. Para Martha fue inevitable pensar en sus compañeras y le contó a Otto su encuentro en el hotel Dorchester. Le dijo que a Mary Welsh su marido la llamaba «carroñera».

Él le respondió que era incapaz de entender determinadas actitudes de desprecio, que tal vez esos comportamientos de quienes así se manifestaban solo podían explicarse por la inseguridad, la envidia o ambas cosas.

Al día siguiente llegaron hasta Badajoz. Cruzar la frontera, la penúltima frontera antes de Estados Unidos, era el momento culminante de su fuga.

—No sé si hemos elegido bien el puerto de salida —le dijo Otto refiriéndose a Lisboa sin disimular el temor.

—No lo hemos elegido nosotros, sino Masterman. Así que él sabrá por qué.

—Eso lo puedo tomar como una garantía.

—En mi país contarás en todo momento con la cobertura del Comité XX. Ellos te protegerán. Te deben mucho.

—Pero pueden matarme antes de saber que no soy nazi. Si desaparezco, nadie me encontrará nunca.

—Yo te reclamaría. No cejaría hasta dar contigo. Te lo aseguro —le dijo Martha a la vez que le sonreía para animarlo.

—¿Sabes qué me harían los aliados si supieran que he sido ayuda de cámara de Hitler? Lo más suave sería lanzarme al mar con una piedra atada al cuello.

—Eso no va a suceder.

—¿Es muy evidente mi acento alemán?

—Solo cuando quieres que se te note.

Otto agradeció haber contado con un tutor tan estricto que le hacía repetir en inglés la misma palabra u oración durante horas, a veces en largas sesiones después de la cena. Entonces lo aborrecía porque no era consciente de las ventajas que le proporcionaba su privilegiada situación. Brendan Wilkinson, su preceptor, se quedó en Alemania cuando lo liberaron del mismo campo de prisioneros en el pueblo de Ruhleben, muy cerca de Berlín, donde estuvieron Moritz Gellhorn, el tío de Martha, y Masterman durante la guerra anterior.

Otto se dirigió al chófer y le preguntó en alemán si ya había decidido qué hacer.

—Les llevaré hasta el puerto de Lisboa y después me dirigiré a un lugar sobre el que he leído en su guía, Cádiz; por lo que cuenta de esa ciudad, creo que tiene mucho que ver con mi carácter. Voy a probar suerte. En cualquier caso, si las cosas se me torcieran, siempre podría salir con facilidad desde allí hacia América, aunque tuviera que enrolarme como marinero.

Otto le entregó a Alfred dos mil libras.

—Si las cosas se te torcieran, podrías enderezarlas con esto.

—¡Señor! —exclamó el chófer cuando vio la cantidad de billetes.

—Podrás añadir también lo que te den por el coche. Deshazte de él cuanto antes. Y aprende español.

—Usted que sabe tantas lenguas lo ve muy fácil..., pero yo, aún gracias que hablo alemán. ¿Cómo lo voy a hacer?

—Enamorándote —le dijo Otto mientras reía a carcajadas.

A Martha le gustó esa escena en medio del calor de junio.

Imaginó que Otto y Harvey se conocían, que disfrutaban los tres juntos de un día de playa porque la guerra se había callado por fin, pero en su cabeza el estruendo de los obuses y de las ametralladoras de Omaha Beach no cesaba, llevaba con ella aquel cielo encapotado bajo el que miles de soldados perdieron la vida en unos instantes. Pensó en lo que les habría costado a sus madres traerlos al mundo, en los esfuerzos de sus familias para criarlos y en que, cuando cayeron acribillados por las balas, estas segaron también las ilusiones de los suyos y les tiñeron la vida de negro para siempre.

77

Nueva York

Mientras volaban, Martha rememoró todo lo que había vivido desde que llegó al puerto de Londres a bordo del carguero noruego. Había sido tan trepidante que sintió una enorme pereza al pensarlo. «Estoy perdiendo forma», se dijo. Otto la vio sonreír. Después se quedó dormida.

Antes de subir a bordo, había llamado desde un teléfono del aeropuerto al Dorchester. El señor Chambers se mostró muy solícito con ella y le dijo que le alegraba mucho oírla.

Martha pensó que era un eufemismo, que realmente se sorprendía de que estuviera viva.

—La señora Welsh ha regresado a su país —le dijo—. Las demás están en Francia.

En cuanto llegaron a Nueva York, Otto y ella se dirigieron al apartamento de Mary. A Martha no se le ocurrió otro lugar mejor donde alojarse. Su amiga los recibió con los brazos abiertos. El agente alemán se sintió enseguida a salvo. En cuanto le pidió permiso para darse un baño y se quedaron las dos a solas, Mary le dijo:

—Me gusta ese hombre. Mucho. Lo he sentido así, de repente.

—Ya me he dado cuenta —le dijo Martha mientras soltaba una carcajada.

Cuando los tres estuvieron juntos frente a unas tazas de café, Martha le hizo a Otto delante de Mary la pregunta que no se había atrevido a plantearle hasta entonces:

—¿Dónde vas a ir?

—Lo primero que haré mañana será telefonear a Masterman —dijo sin mencionar el Libro de las Exculpaciones—. Si tiene algo preparado para mí, lo resolveré, y si no es así, me marcharé. Creo que esto segundo sería lo más prudente. Quiero ir al sur del sur de Argentina, a Ushuaia. Cuando era joven leí muchos libros sobre la Patagonia.

Con disimulo, Martha le dio un codazo a Mary porque no quería que Otto advirtiera que se había quedado en una postura que recordaba las imágenes con las que en los cuadros se representa el éxtasis de alguna santa.

Cuando reaccionó, la reportera de Minnesota dijo:

—Si no estuviera tan lejos, te acompañaría. Aún me queda algo de *sherry*, y, además auténtico. Vamos a brindar por... —Mary dudó entre pronunciar el nombre de la ciudad austral o pedirles que alzaran sus copas diminutas por los sueños cumplidos, aunque fuera en medio de una guerra tan abominable—... por nosotros.

Martha se retiró a descansar. Desde su dormitorio oía las risas que a ratos se interrumpían y no eran sustituidas por palabras.

A la mañana siguiente, mientras desayunaba un vaso de agua con unas galletas que encontró en un armario, Mary y Otto entraron en la cocina juntos y muy sonrientes.

78

Springfield, Ohio

Unos días después Martha volvió al aeropuerto de Nueva York para acompañar a Otto y tomar ella otro vuelo que la llevara a su destino. Él debería hacer tres escalas para llegar a Tierra del Fuego. A Martha aún le parecieron pocas y le prometió que algún día iría a visitarlo para que la llevara a ver las ballenas que, como le había contado él, se acercaban hasta la bahía. Después escribiría sobre esa experiencia también, escribía sobre todo porque lo que no escribía no existía. «Cetáceos del fin del mundo», titularía su crónica del viaje, le dijo, y entonces, después de bastante tiempo, recordó la forma de dormir de su marido.

El Libro de las Exculpaciones y todos los nombres que sus tapas guarecían se hallaban a salvo.

Martha partió desde allí con destino a Ohio. No veía el momento de disipar sus dudas sobre su crónica del desembarco y el resto de los artículos que había enviado por varios medios.

Cuando tuvo enfrente el edificio con el letrero de *Collier's* arriba, atravesó a la carrera el vestíbulo, subió en el ascensor tras desesperarse por su tardanza y, una vez en la quinta planta, sin detenerse en la redacción, accedió a la antesala del despacho del director y cerró de un portazo para que quienes escribían en la sala contigua no la oyeran.

—He venido a hablar con él —le dijo a su secretaria, la señorita Owen.

James Baxton la recibió con estas palabras:

—Martha, querida y dócil Martha, qué gran honor tu visita.

Cuando ella se marchó a Europa, aún no había sido nombrado director de la publicación.

—¡Enhorabuena! Te han premiado por tus servicios —le dijo Martha con una expresión amarga—. ¿O debería decir por tu obediencia? —Sin permitirle que contestara, añadió—: Pide que me traigan los últimos números, quiero guardar impresos todos los textos que envié.

—Martha... —comenzó a decirle él mientras miraba con mucha insistencia a la señorita Owen.

—Entrégame las revistas, por favor, quiero comprobar que todo ha salido bien, no he venido para estar de cháchara. —Cuando se giró hacia la joven, pudo ver que se le ensombrecía el rostro mientras su jefe hablaba.

—Verás, no hemos podido publicar demasiado, se han perdido muchos trabajos, y no me refiero solo a nosotros, sino a la prensa en general, algunos aviones fueron derribados entre el canal y Londres. —Ella pensó en el accidente que había sufrido Timothy antes de conocerlo y deseó que aún se hallara con vida—. Otros no pudieron llegar hasta aquí. Lo del papel mojado es literal en este caso. Palabras anegadas por el océano —le dijo mientras se encogía de hombros.

—Con mayor razón —le respondió ella.

James Baxton ladeó el cuello para indicarle que no la entendía.

—Mi crónica se la dicté directamente a la señorita Owen... —después de titubear, añadió—: desde una estación cercana a Victoria Square en Londres. —No podía decirles dónde había estado alojada los días antes de su huida de Inglaterra—. Otra persona la envió al mismo tiempo aquí a través del Servicio Postal.

Martha no dudaba de la palabra de Harvey y miró directamente a la secretaria.

—¿Cuántas señoritas Owen hay aquí? Fuimos nosotras las que hablamos a principios de junio.

A Martha, esa situación comenzaba a resultarle irracional. Tuvo ganas de acercarse a su mesa y comenzar a abrir los cajones para averiguar dónde había escondido las páginas por las que se había jugado la vida. Notó muy nerviosa a aquella mujer.

—¡Qué terrible desgracia hubiera supuesto que se perdiera lo que tanto me costó conseguir! Y no lo digo por mí, sino por esos millones de estadounidenses a los que se les está suministrando con cuentagotas la información sobre lo que sucede en Europa. ¡Menos mal que soy previsora!

Los dos la miraron expectantes mientras abría el bolso.

—Aquí hay una copia de cada uno de mis escritos, de los enviados y de los que escribí durante mi largo y accidentado trayecto desde Londres hasta el norte de España —dijo mientras le entregaba una carpeta a James Baxton—. Esta vez quiero que ella...

—Evangeline —se aprestó a añadir la secretaria.

—Pues que Evangeline mecanografíe un documento en el que conste que te he hecho entrega de este material. ¡Y con tu firma, Baxton! De lo contrario... tomaré medidas, porque me temo que también sois capaces de negar que he estado aquí.

Martha nunca se había sentido menos valorada. Se le pasaron por la cabeza tantas amenazas, pensó en tantas acciones judiciales que podría emprender contra aquel equipo de redacción y sobre todo contra su jefe.

—¡Tienes un mes para publicar algo de lo que te he mandado! ¡Estaba en tu mano dar la exclusiva y has renunciado a ello! ¿Por qué?

—Martha, ¡ya basta! —le gritó él—. Estás fuera de ti. No se trata de si es cierto o no que las hayas enviado, de si tienes el recibo que lo pruebe... Todo eso da igual y parece que no quieres entenderlo. No voy a publicar nada de lo que has escrito sobre la guerra porque no fuiste hasta allí acreditada por *Collier's*. Nuestro corresponsal fue tu marido. Me siento muy estúpido diciéndote lo que ya sabes. Él, a pesar de que resultó herido en un grave accidente días antes, estuvo allí. No pudo demostrar mayor valor.

Martha supuso que su marido habría exagerado las secuelas del choque para aumentar la importancia de su acción.

Baxton separó los dedos de ambas manos y las elevó de una forma muy parsimoniosa para indicarle que parara.

—Ya no es mi marido —le dijo Martha muy seria, pero sin demasiada energía. Se sentía decepcionada.

Evangeline clasificaba con clips los documentos de una carpeta y James había regresado a su despacho para atender una llamada. Entonces Martha reparó en uno de los números de la revista que había sobre una mesa baja y tuvo ganas de gritar. Con los ojos espantados, cogió el ejemplar de la publicación de Ohio.

«Mi viaje a la victoria» era el enorme y único titular de la portada. Estaba sobreimpreso sobre una imagen de su famoso marido rodeado por una docena de soldados. Abrió la publicación. Su asombro creció aún más cuando contó que le habían dedicado a su reportaje nada menos que cinco páginas de texto al que acompañaban unas fotografías sospechosamente parecidas a las que ella había tomado en la playa. Como créditos de las imágenes solo constaba el nombre de la agencia. En la entradilla podía leerse que el autor del artículo había partido a la costa francesa con los soldados aliados en una de las lanchas donde se sentó con ellos hombro con hombro, y que, a medida que se acercaban a las playas de Normandía, «el sonido del traqueteo de las ametralladoras llenó el cielo».

En el siguiente párrafo tomaba la palabra para hablar de las consultas que le había hecho un oficial sobre los planes de desembarco porque él había estudiado los mapas de forma que llegó a conocer la zona como la palma de su mano.

El asombro de Martha crecía conforme avanzaba su lectura. El supuesto testigo le confirmó al militar que efectivamente iban en la dirección correcta. En un destacado se decía que no solo tuvo una brillante actuación como reportero de guerra, sino también como un miembro más de la fuerza invasora. Terminaba diciendo: «Y así fue como tomamos el sector Fox Green de Omaha Beach».

Era el ejemplo más rotundo de lo que ella llamaba el cacareo de los *apocrifólogos,* los periodistas que no dudaban en inventar para convertir la realidad en espectáculo, que no tenían el más mínimo reparo en alterar la verdad para ensalzarse. Aquella era la muestra más extrema de relato egocéntrico que había leído nunca. No se creía que él hubiera estado allí.

Lanzó la revista al suelo y después la pisó con rabia varias veces mientras decía:

—Esto es mentira.

—¿Qué es mentira? —le preguntó James Baxton cuando regresó de su despacho con el cansancio reflejado en la cara.

—Yo sí que estuve allí.

—Una cosa no quita la otra —le replicó él.

Evangeline recogió el ejemplar de *Collier's* después de que Martha lo apartara de una patada. Baxton le dijo:

—Cálmate, Martha. Deberías sentirte orgullosa de tu marido, en vez de tenerle esos absurdos celos profesionales. No es propio de ti.

—James, voy a pedirte lo que les voy a pedir a todos a partir de ahora: no vuelvas a mencionarlo en mi presencia. ¿Está claro? Ha pasado a mejor vida, y yo más. Punto y aparte, o punto final, mejor.

Martha era incapaz de controlarse. Evangeline sabía que su jefe estaba a punto de ser muy desagradable con ella, que ya no iba a permitirle que continuara ni un minuto más allí comportándose de aquella manera.

—Si me disculpas... —le dijo entonces Baxton antes de volverse hacia la puerta de su despacho.

—Sí, claro, dame la espalda tú también. Tal vez si ahora estuviera muerta habríais publicado mis crónicas con otro nombre. Pero los alemanes no os han hecho el trabajo sucio.

Martha pensó en la cantidad de lugares en los que se había sentido que sobraba: en el hotel Dorchester, en el barco hospital cuando querían trasladarla al campo de trabajo, en la revista... No sabía cómo podría evitar que el resentimiento por tanto ninguneo le cambiara el carácter.

Evangeline, con mucho disimulo, le colocó en la palma de la mano un papel muy pequeño y le cerró los dedos en torno a él, temerosa de que su jefe se girara y la descubriera.

A Martha se le quedaron muchas más cosas por decir,

pero no tuvo más remedio que marcharse. Cuando cruzó la sala principal de la redacción, nadie levantó la cabeza de su máquina de escribir para saludarla. Una vez que estuvo ante el ascensor, dejó que la puerta se abriera y cerrara para que creyeran que ya había bajado; así pudo escuchar los comentarios de los redactores.

—Nosotros no hemos tenido una institutriz austriaca persiguiéndonos cuchillo en mano alrededor de una mesa, como dicen que fue su caso. Algo así curte el carácter. Por eso es como es el peligro rubio. Qué lástima de mujer, con ese cuerpo y ese rostro, si fuera de otra forma...

—Pues yo no le veo ningún atractivo, siempre me ha parecido una jirafa.

Los demás rieron a carcajadas.

—Qué harto habrá acabado su marido. Menos mal que se ha librado de ella.

—Dicen que todo lo que ha conseguido ha sido por..., digamos..., favores sexuales. Además, tiene una buena amistad con Roald Dahl y con H. G. Wells. Así cualquiera. Hablan mucho también de Eleanor Roosevelt y de ella.

Martha dio varios pasos al frente y se colocó en medio de la amplia puerta de acceso. Podría haberles dicho muchas cosas, pero solo los miró de una forma neutra. Después se volvió hacia el ascensor y desplegó la nota de la secretaria: «Gailey's Drug Store, a las cinco».

79

Tras unas cuantas horas en su hotel, situado a dos calles de la sede de *Collier's,* Martha se dirigió hacia el número 220 de la calle Walnut, la dirección que se correspondía con el Gailey's Drug Store según le indicó un recepcionista. El local era, a la vez, una farmacia y una fuente de soda con unas cinco o seis mesas frente a los dispensadores de refrescos.

Cuando Martha llegó, Evangeline ya estaba allí. La secretaria de la revista, en cuanto la saludó, le dijo:

—Puedo meterme en un buen lío por esto, pero no quiero quedar como una mentirosa. Baxton leyó tu crónica en cuanto la pasé a máquina tras escribirla a mano al dictado durante tu llamada. Le pareció magistral, pero ordenó que no se publicara por lo que te explicó sobre la acreditación.

—Evangeline, tú sabes que ese no es el verdadero motivo. Si les interesara...

—Les comentó a los demás que el hecho de que la hubieras escrito tú le restaba valor a lo que relatabas en ella. Que quienes la leyeran no pensarían que el desembarco había sido un juego de niños, sino algo peor, cosa de mujeres.

Martha cerró los ojos, controló la respiración, se cogió

los dedos de una mano con los de la otra y le agradeció a Evangeline que le hubiera propuesto que se encontraran.

—Baxton dijo también que había que desecharla porque lo que demandaban los lectores eran historias de heroísmo.

Martha movió la cabeza a un lado y a otro. Estaba a punto de estallar, pero no quería hacerlo frente a quien solo estaba allí para ayudarla o, al menos, informarla.

—Llegué a Europa a bordo de un carguero en el que fui la única pasajera, crucé el canal como polizón en un buque hospital, me hice pasar por un camillero en la playa de Omaha, ayudé a sacar de allí a un soldado al que le habían disparado, me hirieron en la cabeza cuando regresaba en una de las lanchas, salí como pude de ese lugar infernal, después quisieron enviarme a un campo de trabajo por contravenir las órdenes que el alto mando emite solo para las periodistas a quienes nos conmina a desempeñar un rol muy específico: «Cubrir la retaguardia desde un ángulo femenino». Así lo dicen, con esa frase. Es insultante. Caí con una avioneta sobre Francia y... —añadió Martha después, pero decidió detener su enumeración ahí—. ¿Qué más tendría que haber hecho? ¿Qué más tengo que demostrar? ¿No es suficientemente grande mi historia? Quieren borrar mis ojos de aquella playa de acero. Eso quieren, hacer como que nunca estuve allí. Tacharme.

—Sé que no mientes y que es muy injusto lo que te ha sucedido tras jugarte la vida para contarlo. Lo pensé desde que recibí la crónica. A mí no tienes que convencerme. Estoy contigo. Te admiro —le dijo ella mientras le cogía la mano por encima de la mesa.

Martha comenzó a llorar y decidió sincerarse. No sentía lástima por sí misma, sino una profunda ternura, como si ella fuera la única encargada de cuidarse, de protegerse, de mimarse.

—Aún hay más cosas. Cerca de la frontera entre Francia y España, un aviador intentó violarme. Era estadounidense. Este tipo de acciones son el reverso del desembarco, lo que, si se supiera, empañaría la imagen épica, de liberación de Europa que están transmitiendo para que, entre otras cosas, los jóvenes continúen alistándose. Necesito publicarlo también, al igual que el resto de mis crónicas desde que salí de Nueva York rumbo a Londres. —Martha sabía que la suma de todo lo escrito equivalía a tener una granada en las manos, una bomba de información, pero no sabía cuándo podría tirar de su anilla y lanzarla.

—Hazlo por tus propios medios, no dependas de nadie —le dijo Evangeline.

80

Culford - Londres

Douglas Fairbanks cumplió con su palabra y llegó a primera hora al campo de trabajo para llevarse a Lindsey Bennett.

Cuando ella le preguntó por la situación de la guerra, Fairbanks le informó de que solo había cinco enfermeras por cada ciento cincuenta soldados evacuados desde el norte de Normandía a Southampton.

—Tengo que incorporarme de inmediato.

—Sí, pero en este puesto.

Fairbanks le entregó el documento donde constaba su ascenso junto con un cheque.

—Voy a mandarles este dinero a mis padres. Así podrán pagarle a alguien para que los cuide hasta que yo vuelva a casa —dijo ella cuando vio la cifra.

—Esperemos que sea pronto.

—Han tardado mucho, tanto ellas como las nuestras del WAC. —Lindsey se refería al cuerpo femenino del Ejército.

—No querían exponeros —le respondió Fairbanks.

—Habrán muerto tantos que pudieron haberse salvado...

—Tus compañeras están trabajando en unas condiciones terroríficas, llegaron a las costas francesas en el buque Lady Connaught bajo las bombas de la Luftwaffe. En unos días se incorporarán también las enfermeras de la Cruz Roja.

Llevaban ya unas dos horas y media de viaje cuando Lindsey le dijo:

—Quiero que hagas una cosa más por mí.

—Lo que quieras. Nos has ayudado mucho. Soy todo tuyo.

Lindsey sabía con certeza que él la deseaba. Douglas no se había molestado en disimularlo desde que se conocieron en el barco hospital.

—Quiero que me digas algo.

Él conducía con la mirada al frente.

—¿Puedes parar el coche un momento?

—Sí, claro —le respondió él mientras se retiraba al arcén, junto a unos avellanos con las ramas abiertas desde la raíz como un abanico.

—Bajemos, por favor.

Echó a andar hacia el bosque. A pocos metros vio un montón de troncos apilados y se recostó contra ellos.

—Si echas de menos Culford, te llevo de regreso —bromeó él—. Aún estás a tiempo.

Lindsey le sonrió.

—Quiero que me digas... —comenzó a hablar como si cada palabra le costara mucho esfuerzo—: «Lindsey Bennett, eres una mujer muy atractiva. Me gustas mucho. Si no fuera porque estoy casado, ahora mismo...».

Douglas soltó una carcajada.

—Sí. Es exactamente lo que pienso. Tengo la mente transparente para ti —le dijo mientras se colocaba una mano sobre las cejas.

—La mente y el cuerpo —le dijo ella.

Él repitió las frases que había dicho Lindsey.

—Gracias.

—¿Puedo añadir algo más?

—Sí, claro.

—No te beso ahora mismo porque sé que no podría parar.

Lindsey disfrutó al ver cómo le brillaban los ojos a Douglas.

—Cuando te vea en la pantalla, siempre recordaré este momento —le dijo.

—En mi próxima película incluiré alguna señal para ti. Así sabrás que te sigo teniendo presente. Eres una mujer magnífica, Lindsey, ya verás como encontrarás a un buen hombre, a alguien mejor que yo.

Durante el resto del trayecto permanecieron en silencio. Cada kilómetro se les hizo eterno por el desafío que suponía para su contención que aún se hallaran allí, juntos y solos.

En Londres se despidieron frente a la fachada del hospital de San Bartolomé en el barrio de Smithfield.

—Siempre tendremos una sonrisa interior él uno para el otro —le dijo Lindsey.

Tras atravesar el arco de la fachada con la estatua de Enrique VIII entre cuatro columnas, cruzó el patio y subió por la escalera principal entre dos murales de los que leyó sus títulos: *Estanque de Bethesda* y *El buen samaritano*. Douglas aún permanecía fuera, con el coche en marcha. A Lindsey, subir cada peldaño le costó mucho esfuerzo. Solo fue capaz de continuar adelante con cierta ligereza cuando se dijo a sí misma: «Algún día, tal vez».

81

San Luis, Misuri

Edna y Albert, los padres de Martha, le habían brindado en cualquier circunstancia su protección y nunca la juzgaron. Por eso regresaba una y otra vez a su hogar en San Luis, porque era el lugar desde el que renacía. Se alegraron mucho cuando les comunicó nada más llegar que se disponía a pasar allí una temporada mientras decidía qué hacer con su vida. En su traducción interna esto significaba: «Hasta que consiga publicar todas mis crónicas y pueda volver a ver a Harvey». En él había encontrado exactamente lo que siempre quiso: alguien en quien confiar, capaz de ayudarla en cualquier situación anteponiéndola a todo, pero que, a la vez, la hacía sentirse libre como si desde el principio, y al contrario que los otros, Harvey hubiera atisbado que la independencia era consustancial a ella. «Nada ata más que la libertad», se dijo Martha. Le complacía la sensación de tener ante sí un horizonte en blanco para escribir en él su futuro, en el que ya intuía una silueta bastante nítida.

Pensó en lo que suponía llamar a aquel cuarto su «habitación de soltera», aunque después hizo cuentas y se dijo que si, de sus treinta y seis años de vida, había logrado permanecer en ese estado casi treinta y uno, ese nombre resultaba muy adecuado.

Edna llamó a la puerta, entró y le entregó unas cartas.

—Tu correspondencia. Hay algún sobre de las más altas instancias —le dijo y enseguida añadió—: La mujer del presidente tiene que ayudarnos con lo de la leche maternizada. Es muy necesario que se sustituya cuanto antes por harina láctea.

Se refería a que, debido a una bacteria que contenía en algunos casos la fórmula para alimentar a los bebés, muchos de ellos contraían meningitis.

—La llamaré cuanto antes para comunicárselo. Hoy mismo.

Después de asentir, su madre le sonrió.

—Con lo de las altas instancias no me refería solo a la primera dama.

Entonces Martha miró los sobres con más atención y encontró uno remitido desde el Cuartel General Supremo de la Fuerza Expedicionaria Aliada. Lo abrió muy rápido. Comprobó que dentro de él había otro sin franquear, con el nombre de Harvey en el remite.

Edna le dijo:

—Estás temblando. Espero que no sea de miedo.

Martha le hizo un gesto para tranquilizarla, quería quedarse a solas para leer, no podía esperar. Edna cerró la puerta. Su hija no le había nombrado a su marido ni una sola vez. Con eso ya lo había comprendido todo.

Hello, my love. Harvey encabezaba la carta con las mismas palabras que le había susurrado cuando Martha cogió el teléfono en la fonda La Serena de Canfranc.

Devoró las líneas. Fue como si las fotografiara con los ojos. Cuando llegó al final, volvió atrás y se demoró en cada párrafo y, después, en su tercera lectura, en cada línea.

Harvey le contaba con detalle los combates sobre la ciudad de Caen para rebasar las líneas alemanas. Patton había pasado a estar bajo sus órdenes desde que dirigía el 12.º Grupo de Ejércitos de Estados Unidos con 900.000 hombres a su cargo. Este era el mayor contingente para un solo comandante de campo en el Ejército estadounidense.

Le informaba de que Timothy Crane se había reincorporado de forma inmediata tras llegar al Reino Unido desde España y que lo habían ascendido a capitán. Le mandaba saludos de su parte.

Martha perdió la noción del tiempo, por eso se sorprendió de la hora cuando la llamaron para almorzar.

Después de comer y de descansar un rato, dedicó aquella tarde a repasar la lista de entrevistas realizadas y, después de ordenarlas, elaboró un índice de aquellas que aún le faltaban para completar su homenaje a las mujeres que participaban en la guerra: las de la fuerza aérea y las operadoras de los reflectores durante los ataques aéreos, entre otras muchas. No había abandonado la idea de contactar con la señorita Sommersby, la conductora de Eisenhower, a quien él llamaba cariñosamente Irish, irlandesa.

Al día siguiente fue a renovar su pasaporte. Se sintió muy satisfecha por aparecer de nuevo en ese documento como soltera, «liberada de él», se dijo y esa misma expresión la escribió en su carta de respuesta a Harvey, en la que también le comunicó que no habían publicado su artículo del desembarco ni ningún otro, que por este motivo estaba muy disgustada, pero que no pensaba desistir, que entre todos no conseguirían ahogar su voz.

UN AÑO DESPUÉS DEL DESEMBARCO

82

San Luis, Misuri

Aquella mañana, Martha tenía dos cartas en las manos; primero leyó la de Harvey, era la décima que había recibido aquel año ya definitivo de la guerra.

> En abril rompimos las defensas alemanas e irrumpimos con más de un millón trescientos mil soldados en el valle del Ruhr. Desde que te tengo conmigo, mi valor se ha acrecentado. Solo tengo que pensar en ti para continuar adelante sin titubeos, *my love.* Nuestro mayor impedimento ahora es el tiempo, con una frecuencia inaudita la niebla y las nubes impiden que nuestros aviones despeguen. Como en el drama *Tannhäuser,* los elementos se alían con nuestros enemigos y las bajas estadounidenses se multiplican. Estamos en el capítulo del Apocalipsis.

La escena de Omaha Beach volvió de nuevo a ocupar la mente a Martha. Masacres, masacres y más masacres.

Cuando terminó de leer y releer la carta del general, abrió la otra, era de su amiga la fotógrafa Lee Miller. «Aún es capaz de escribir, menos mal», se dijo.

Querida mía:

Estuve en Saint-Malo durante los peores días de la batalla, me temo que eso también pasará desapercibido, como tantas cosas, pero no quiero ser derrotista, al fin y al cabo solo me torcí un tobillo cuando resbalé con la sangre que salía de un búnker alemán; después, al caer pisé una mano suelta que estaba oculta entre la hierba. Trabajo entre los despojos del matadero. Estuvieron a punto de arrestarme, ¿sabes? Alegaron que no cumplía tan bien las normas como el resto de los soldados...

Martha pensó en su condena a trabajos forzados en Culford y en lo mucho que tenía que agradecerle a Lindsey Bennett. Pasados ya tantos meses, no había recibido ninguna notificación desde Londres, y pensó que los representantes allí de la justicia militar habían decidido que ya era suficiente.

Cuando les interesa, para mal siempre, somos uno de ellos. ¡Qué paciencia la nuestra! ¡Menos mal que tengo el alcohol! ¡Bendito alcohol que me desinfecta por dentro y por fuera!

No me quito el uniforme desde que me uní a la 83.ª División de Infantería del Séptimo Ejército estadounidense. Estuve en la liberación de París y llegué hasta Berlín.

A Martha la admiró que mencionara los dos acontecimientos que junto con el desembarco habían sido determinantes en la contienda sin darse la menor importancia. Exactamente lo contrario de lo que hacían los *apocrifólogos.*

¿Y sabes, querida mía?, he disparado mi cámara en lugares donde antes ningún civil lo ha hecho. Me refiero a los salones y los dormitorios de los altos mandos alemanes que se han suicidado junto a sus familias; algunos cuerpos aún permanecían en el mismo lugar. Eran escenas detenidas, como si después de ellas ya no pudiera suceder nada más. Te contaré algo para que quede constancia también por escrito, por si acaso: mientras Hitler se quitaba la vida en el búnker de la Cancillería del Reich, yo estaba tan pancha en su casa de la Prinzregentenplatz en Múnich.

Me acompañó, David Scherman, ¿te acuerdas de él? El de *Life*. Mira la foto que te mando.

Perpleja, Martha la buscó en el sobre y, antes de verla, cuando tocó el cartón por fuera, pensó que se trataba de una postal. En el reverso de la imagen se leía: «Lee Miller en la bañera de Hitler». Estaba desnuda ante un retrato del dictador colocado en el borde esmaltado. A su derecha, sobre un mueble blanco, había una escultura de una mujer cuyo gesto Lee imitaba.

¿Qué te parece, Marthy? No me digas que esto no es hacer historia, por mucho que otros lo nieguen.

Esas botas que se ven en primer plano sobre la alfombra blanca están sucias del fango que pisé en Dachau, ese lugar no es el infierno, sino un pozo en el infierno. Aunque está a apenas trece kilómetros de la capital de Baviera, no parece de nuestro sistema solar, como te digo. ¡Qué ganas tengo de llorar entre tus brazos! Desde ahora ya sé que nunca me recuperaré de lo que vi allí. Tengo una cicatriz en el alma, en el corazón..., que nunca se me curará. Me ha dejado estragada

> para siempre presenciar lo que ni siquiera soy capaz de narrarte: sacos de huesos despiojándose al sol... Eso fue lo más amable que vi. No conseguiré salir nunca de ese abismo en el que se ha sumergido mi ánimo ni con todo el alcohol del mundo. Imagínate lo terroríficas que son las imágenes que tomé en Dachau que los de la edición británica de *Vogue* no quieren saber nada de ellas. Solo publicarán material que ayude a olvidar. Eso me han dicho. No sé qué haré con todas las que tengo, con las pruebas de los ultrajes del Reich en los países que ocupó para destrozarlos.

Terminaba Lee su carta con los datos de la rendición incondicional de Alemania a las dos horas y cuarenta y un minutos de la mañana del lunes 7 de mayo de 1945. Incluía literalmente la frase que tanto habían repetido los periódicos y las emisoras de radio desde hacía entonces un mes: «Todas las fuerzas bajo el mando alemán cesarán las operaciones activas a las once horas y un minuto, hora de Europa Central, el 8 de mayo de 1945».

En cuanto llegó al punto final de la carta de Lee, Martha se sentó ante su escritorio para responderle. Miró la dirección de Downshire Hill en Hampstead que aparecía en el remite. Conocía aquella zona residencial de Camden, donde, según le contaba su amiga, se había trasladado a vivir con Roland Penrose, un artista que pasó de abanderar el movimiento surrealista en Gran Bretaña a ofrecer sus servicios al Ejército como experto en camuflaje. Su función la llevó enseguida a pensar en lo que había supuesto para el desarrollo de la guerra The Ghost Army, que había dirigido Harvey en compañía de Fairbanks; aquella puesta en escena que tantos miles de vidas salvó, primero con ellos al frente y, después, con Patton.

Estimada amiga:

¡Qué difícil es que publiquen la verdad! He amenazado a los del consejo de dirección de *Collier's* con llevarlos a los tribunales, pero les da igual. Saben que ganarían. Lo único que he conseguido que aparezca hasta ahora en la revista ha sido una nota insulsa, sin mi firma ni ninguna fotografía, ¡a saber dónde estarán las mías! Tengo la sospecha de que han salido algunas, pero claro, como no las vi porque me incautaron la cámara, pues no las puedo reconocer. ¿Y sabes cómo titularon ese breve texto sin gracia? «Alguien nos contó que estuvo allí». Así, como si mi testimonio no fuera de primera mano. Lee, después de jugarme la vida, han conseguido borrar mi presencia de Omaha Beach. Tacharme.

Por todo esto me he editado yo misma el libro con las crónicas. También lo reparto yo: he recorrido ya gran parte de Illinois desde Naperville, Rockford, Champaign y Aurora hasta llegar a Chicago.

Los que se sientan bajo los porches o caminan por la orilla de las carreteras son los mismos a los que retraté para mi reportaje sobre la Gran Depresión; ahora los abaten los estragos de la guerra.

Cuando planeaba recorrer el resto del estado, recibí en casa de mis padres una escueta llamada del Departamento de Defensa. Después de acusarme de antipatriota, a mí, Lee, ¡antipatriota, con todo lo que he hecho!, me advirtieron de que debería atenerme a las consecuencias si continuaba obcecada en difundir lo que califican como «exageraciones y calumnias contra el Ejército de Estados Unidos». Y me informaron de que todos los ejemplares que incautaran de mi «novela», como llamaron con intención despectiva a mi libro, serían destruidos. La misma voz tenebrosa y automática me dijo que si yo no corría la misma suerte que mi «malhadada obra», ese adjetivo empleó, se debía a que tenía la fortuna de haber nacido en el país que había conseguido llevar las ideas de libertad y justicia a tantos otros lugares del mundo. ¿Puedes creerlo, Lee? ¿Pero sabes lo que te digo? Que si mis escritos molestan de esta manera al poder es que estoy haciendo bien mi trabajo. Ambas sabemos que es así.

83

Ushuaia, Argentina

En la otra punta del continente, Otto Mannheim leía un periódico atrasado sobre el que caían sus lágrimas hasta desleír las palabras. Todo había concluido tras un verdadero *ragnarök,* como se denomina en la mitología nórdica a la batalla final dictada por la voluntad de los dioses. En aquel último combate perecieron unos trescientos mil soldados alemanes, la mayoría milicianos desarmados de más de sesenta años que lucharon junto a las Juventudes Hitlerianas. Representaban, simbólicamente, que el pasado y el futuro habían sido aniquilados y que no había más que un endeble presente, incapaz de mantenerse a flote. Alemania había quedado a la deriva después de que un loco manejara su timón durante más de doce años.

Su país lo había sido todo para Otto, por eso quiso salvarlo. *Die Wacht am Rhein* (*La guardia del Rin*), pensó en el título de un antiguo himno cuya letra hablaba de la necesidad de defender aquella frontera natural y también sagrada. *Mientras una gota de sangre aún brille, mientras un puño pueda empuñar una espada.* Todo quedaba atrás, todo formaba parte entonces tan solo de una vieja leyenda, como las que se recrean en los dramas épicos de Wagner.

Götterdämmerung!, exclamó Otto para sí en la ciudad austral. *Götterdämmerung!* (*¡El ocaso de los dioses!*). Vio a su nación como a una doncella malherida sobre la que caían unas aves rapaces que la desmembraban. Al principio, él no quería que los aliados ganaran la guerra sino derrocar al régimen desde dentro, desde aquel reducto de resistencia al que llamaron la Alemania Secreta. Después los acontecimientos viraron. La alianza de los Ejércitos occidentales se convirtió en la única forma de acabar con el estado de terror instaurado por quien había nacido en Braunau am Inn, Austria, y que, por tanto, no fue alemán hasta que obtuvo la ciudadanía en 1932 tras varios intentos de naturalización fallidos.

Hasta Ushuaia le llegaba a Otto Mannheim a través de algún periódico el eco de los tiros con los que tantos oficiales se habían suicidado en el último bastión nazi al sur de Duisburgo, en la confluencia entre el Rin y el Ruhr, en el límite entre la victoria y la derrota, el honor y el deshonor, la dignidad y la humillación.

Sintió lástima por los miles de soldados alemanes encerrados en su propia tierra, en alguno de los campos de prisioneros de Estados Unidos, Gran Bretaña y Francia, donde dormían entre el olor a humedad y DDT en los hoyos que los obligaron a excavar y que en muchos casos fueron después sus tumbas.

Cuando leyó las noticias sobre Dachau y tantas otras sedes del horror, lo embargó la culpa por estar en Ushuaia, enfrente del canal Beagle, con el océano Pacífico a un lado y el Atlántico al otro, rodeado por los montes Martial y su glaciar.

Lo primero que Otto supo sobre este lugar de Sudamérica fue que entre los años 1938 y 1939 hubo una expedición alemana, la del barco Schwabenland, que llegó hasta allí. Su tripulación, apoyada por dos hidroaviones, consiguió clavar la esvástica en un lugar de la Antártida oriental que bautizaron como Nueva Suabia en honor a la región en el suroeste de Alemania donde él había nacido. De Suabia a las costas de enfrente de Nueva Suabia, se dijo, al recordar aquel delirio expansionista. El nazismo del que él había abominado tan pronto en todas sus vertientes defendía mediante el concepto del *Lebensraum* (el hábitat) que el pueblo alemán necesitaba un espacio vital para desarrollarse, esa era la naturaleza, la esencia y el mismo sentido del Reich, para que fuera imperial debía expandir sus fronteras. Sus ideólogos llegaron a poner sus ojos incluso en la Patagonia, en aquel lugar del fin del mundo que era, tal vez, el principio de todo también a unos mil kilómetros de bahía Esperanza.

84

Hollywood

Martha se había desplazado hasta donde vivió con Hemingway porque tenía que poner en orden los numerosos asuntos que habían quedado pendientes tras su divorcio. Pasó la tarde inmersa en la arqueología sentimental que le supuso empacar todas sus cosas.

Una vez concluyó, salió a la calle y comprobó que la mayoría de los restaurantes y clubs que frecuentaba antes de trasladarse a Dover continuaban abiertos. Pensó que la vida seguía como si la tragedia de la guerra hubiera hecho menos mella en aquella sociedad tan acostumbrada a la diversión. Cada vez que alguien abría la puerta de uno de los locales, la música sonaba por encima del ruido del tráfico y de todo lo demás; también, se dijo, de la inevitable amargura por la pérdida de tantas vidas en Europa y en el Pacífico.

Una vez en el número 8358 de Sunset Boulevard, a la altura del cruce con Kings Road, Martha entró en el mítico edificio de Hollywood, atravesó el vestíbulo junto a los sillones de terciopelo naranja y se paró ante la puerta del ascensor. Cuando llegó a la terraza ubicada en la planta decimoquinta, contempló la planicie de la que surgían edificios que desafiaban la constante amenaza sísmica, todos quedaban por debajo de aquella torre de estilo *art déco,* o *streamline moderne* en la denominación del sur de California. La única que competía en altura con la Sunset Tower era la del ayuntamiento de Los Ángeles, esta cerraba el paisaje por el otro extremo a unas diez millas, muy cerca del Richfield Oil Company Building con la fachada negra y dorada como una lata de gasolina. Su torre iluminada imitaba la de un pozo petrolífero. Martha pensó en la fotografía que había visto en muchas ocasiones del ángel de terracota que desde allí miraba cabizbajo hacia el suelo con la espalda encajada en una hornacina con forma de caparazón de tortuga que parecía que le plegaba las alas. «Avergonzado de la condición humana», pensó.

Se apoyó en la balaustrada de cemento que describía sinuosas curvas como olas fosilizadas en la cúspide de aquella obra de arte de 1931, pensó que parecían esculpidas por un mar anterior y desaparecido entonces. El reflejo púrpura del sol en el hormigón surgía de él como las linternas de los pescadores bajo los blancos acantilados de Dover. Recordó la primera vez que Harvey la besó y se recorrió los labios con los dedos de la mano derecha como si, de esta forma, pudiera rastrear sobre ellos el amor y el deseo que el general le confesó aquel día. Sonrió. Después posó una mano en lo que parecía la cintura de una mujer tallada que remataba la arquitectura tan orgánica del rascacielos.

Miró el agua presa en el rectángulo de la piscina y deseó bañarse allí con Harvey, abrazarlo para sentir que los límites entre ambos se borraban y conformaban un solo cuerpo.

Oyó unos pasos a su espalda, pero no quiso girarse, pensaba en el hechizo de la mujer de Lot, ella no se convertiría en una estatua de sal, sino que su ilusión se transformaría en desengaño al encontrarse con cualquier otra persona que no fuera la que tanto anhelaba.

Centró de nuevo la vista sobre el horizonte dividido en dos colores que parecían pertenecer a mundos distintos, como si se tratara del telón rasgado de un teatro. Quiso que aquellos instantes se eternizaran, atravesarlos para llegar desde allí a un único destino, a Harvey.

Entonces escuchó sus palabras:

—Señora Gellhorn, ¿me permitirá que la invite a cenar? Podremos disfrutar del atardecer mientras tomamos un cóctel en esta terraza.

Después añadió:

—Hemos tardado catorce meses y una guerra en subir quince plantas. Demasiados rodeos, pero ya estamos aquí.

Martha sintió un estremecimiento y se dio la vuelta. Cuando estuvieron frente a frente, pensó que su amor también había volado hasta allí desde las costas del norte de Europa. A pesar de las cifras de muertos y de la magnitud de la catástrofe, ellos se habían reencontrado. Quería que ese ocaso que contemplaban desde la Sunset Tower fuera el primero de muchos otros en los que estuvieran juntos, pero libres, coordinados en sus ritmos vitales, bailando con la vida, sin renunciar a todo lo demás que formaba parte de sus exuberantes naturalezas, de acuerdo con su idea del amor: tener a alguien en quien confiar plenamente.

Se dirigieron a la barra que había junto a la piscina para pedir dos ponches de huevo, leche, nuez moscada, canela y brandi caliente. Harvey había dejado en el suelo, antes de acercarse a ella, el equipaje que tuvo que abandonar en el hotel Balmoral de Dover. Aquel gesto le gustó especialmente porque contribuía a suturar la herida del tiempo.

Con el vaso en la mano, Martha le preguntó:

—¿Qué vas a hacer ahora?

Tenía asumido que pronto se marcharía lejos, de nuevo a otra misión, pero albergaba la esperanza de que serían capaces de salvar la distancia dibujada en los continuos mapas que se desplegaran ante ellos.

—¿Cuál será tu próximo destino? —insistió Martha mientras Harvey no dejaba de mirarla.

Él estuvo a punto de responderle: «Tú», pero en cambio le dijo:

—Voy a cambiar de oficio.

Martha rio y el general pensó, igual que cuando la conoció, que su risa era como una promesa a otro mundo mejor, radiante, siempre estival.

—Estoy hablando en serio. ¿No me crees? Mira esto. —Harvey sacó de un bolsillo interior de su chaqueta un papel doblado y le dijo—: Es un contrato de la compañía relojera Bulova. La sede central está en Queens, van a abrir otra delegación aquí en Los Ángeles y me han contratado para su puesta en marcha. Siempre me he sentido atraído por los relojes. Quiero diseñar un modelo en el que, girando su corona, se pueda adelantar el tiempo en los momentos aciagos, y retrasarlo o incluso detenerlo en instantes como este. Manejarlo a nuestro antojo. ¿Qué te parece? ¿Crees que será posible? Quiero deshacerme ya de este —le dijo echando una ojeada a su reloj militar.

TREINTA AÑOS DESPUÉS DEL DESEMBARCO

85

Cementerio alemán de La Cambe, Normandía

El cementerio alemán está a menos de veinte kilómetros del estadounidense de Colleville-sur-Mer. En una inscripción que hay en la entrada sobre un muro macizo, como de iglesia primitiva, dice que muchos de estos soldados no eligieron la causa por la que lucharon. A Martha le suena a disculpa histórica, irreversible. Acompañada por Harvey, piensa en quienes los arrastraron hasta allí.

Veintiún mil doscientos veintidós cadáveres, llevados desde muchos lugares de Normandía al camposanto inaugurado en 1961 y gestionado por la Volksbund Deutsche Kriegsgräberfürsorge, la organización para la conservación de cementerios de los caídos de guerra. Las cruces son todas celtas de lava basáltica y están agrupadas de cinco en cinco sobre la hierba. La del centro es más alta que las otras cuatro. En cada lápida hay varios nombres. En un cartel de madera dice que muchos de estos soldados murieron el mismo día del desembarco o en los combates posteriores tierra adentro. Algunos acababan de cumplir dieciséis años. Martha los imagina en las posiciones de la artillería de la Pointe du Hoc o en el nido de ametralladoras del puente Pegasus, el primer objetivo de la invasión.

Lee sus nombres por encima, en algunas ocasiones completos, en otras solo se fija en el apellido: Helmut, Rainer, Kelgock, Zimní, Krombacher... No tiene forma de saber que precisamente ellos fueron a quienes tuvo enfrente en la playa, al otro lado, disparando contra la lancha en la que llegó a aquella costa.

Se detiene en este último, Aldo Krombacher, e intenta imaginar cómo era, si tenía novia, de dónde llegó. Dice la inscripción que había nacido en Wadern. No sabe dónde está ese lugar.

Cerca de allí, un hombre uniformado y con una bandera alemana bordada sobre una manga de su guerrera, los mira. Las cinco medallas que lleva centellean. Ella no puede evitarlo y le pregunta si busca a alguien, su oficio no es solo eso, solo una profesión, sino también su forma de ser y de estar en el mundo. Él se presenta como sargento mayor de una compañía de paracaidistas. No les dice su nombre. Habla inglés con mucho acento, cada palabra o cada frase la termina con un énfasis desproporcionado y, además, intercala algunas palabras en su lengua materna. Les explica, junto a la fosa común de los soldados no identificados, que, además de arces, hay tantos robles plantados en el cementerio porque según la mitología germana es el árbol que une la tierra con el cielo. Después les hace un saludo marcial con la cabeza y se aleja de ellos.

Cerca del túmulo que culmina una cruz baja y compacta, también de roca volcánica negra, está la persona a la que Martha y Harvey esperaban. Se reúnen con él ante la escalera que asciende por el montículo tapizado de verde.

—Han pasado treinta años. Solo treinta años desde que nos despedimos en el aeropuerto de Nueva York. Tienes muy buen aspecto —le dice Martha.

Otto se acerca a Harvey y le choca la mano. Después se

abraza a ella. A Martha le gusta ver a los dos hombres, uno alemán y otro estadounidense, en esa actitud afable en un lugar como ese.

Caminan los tres juntos hasta la salida del camposanto y suben al coche que Harvey ha alquilado. Antes de cinco kilómetros se detienen ante un grupo de casas y entran en un restaurante con las mesas cubiertas por manteles a cuadros pequeños rojos y blancos.

—Me aburría en Ushuaia, aguanté menos de un año, con ese tiempo tuve bastante, pero antes de regresar me diseñé una nueva vida. No era fácil para alguien como yo, que solo había sido aristócrata y mayordomo. —Otto se rio—. Quería dedicarme a algo que sirviera para mejorar el futuro. Contacté con Masterman y él me envió a la zona de ocupación militar británica de Alemania, me presenté ante el comandante del Consejo de Control Aliado y le conté mi plan: quería trabajar con los más jóvenes en los campamentos de desplazados y que en verano pudieran convivir con los que llegaran de otros países, del Reino Unido y de Francia sobre todo. Estuve más de cinco años en Bergen-Belsen, hasta el 50. Quería cambiarles la mirada a los niños, que los ojos volvieran a brillarles, que recobraran la ilusión. Mi primer cometido y el más difícil fue convencerlos de que estaban vivos. Organicé muchas actividades para sacarlos de su espiral de tristeza, practicaron deporte y, de esta forma, fortalecieron sus cuerpos, pero sobre todo sus espíritus. Vinieron magos, actores, cantantes, músicos, recitábamos poesías de Stefan George y de muchos otros. Formamos orquestas, grupos de teatro, fundamos una revista a pesar de que el papel estaba racionado. Los niños dibujaban y escribían durante varias horas al día. Cada sonrisa la recibía como un premio, como un progreso. Tuvimos que alfabetizarlos e instruirlos en distintas lenguas, allí había personas de más de diez nacionalidades. Aprendieron agricultura, sastrería y otros muchos oficios que los prepararon para la *aliá,* la emigración a Israel, que comenzó en 1948. Dos años después ya se habían cerrado todos los campos menos el de Föhrenwald en Baviera, allí estuve aún siete años más. Ya sabéis todo lo que vino después en la siempre convulsa historia de mi país. Desde el 57 hasta hace cinco años he sido profesor de Literatura. Ahora me dedico a escribir sobre la guerra.

En aquella mesa del bistró normando, Martha pensó que eran muchos los que intentaban explicarse lo inexplicable, la barbarie máxima. Mientras miraba a los dos hombres que tenía enfrente deseó que las relaciones entre los pueblos fueran tan fáciles como las que se establecían entre algunos de sus naturales uno a uno. Le gustó ser la artífice de la amistad que se había originado entre Otto y Harvey y que estaba segura de que mantendrían siempre.

86

Cementerio estadounidense de Normandía

A la mañana siguiente fueron hasta Colleville-sur-Mer. Setenta hectáreas de muertos, nueve mil trescientos ochenta y nueve cadáveres bajo las blancas cruces latinas y algunas estrellas de David. «Incluso muertos siguen en formación —pensó Martha—. Todas las tumbas orientadas hacia el oeste, hacia Estados Unidos. Sus sombras sobre el césped las duplican, esos perfiles grises parecen un homenaje a otros tantos cuyos restos desaparecieron porque se ahogaron en el mar o fueron calcinados por las armas alemanas». De mil quinientos cincuenta y siete solo quedó su nombre, grabado en una de las paredes adyacentes al monumento funerario que se eleva en un lateral de la explanada, en el Jardín de los Desaparecidos. «Todo el conjunto es una obra megalomaníaca —razona Martha—. Más propia de Hitler». Rodean el cenotafio diez columnas, una por cada división que luchó en Normandía. En dos murales se representan todo tipo de armas, equipos y objetos relacionados con la guerra, muy cerca de las estatuas religiosas. Esta superposición de elementos reales, imaginarios, cotidianos, fabulosos, creados por la mano del hombre o inventados por su imaginación, se mezcla de una forma que le recuerda a los frisos *kitsch* de la Sunset Tower. También hay un mapa enorme. Piensa en Fanny Hugill, en su trabajo de hormiga sobre la vasta cartografía.

En el centro de este inmenso camposanto hay una estatua: *The Spirit of American Youth Rising from the Waves* (*El espíritu de la juventud americana surgiendo de las olas*). Es de bronce, mide casi siete metros de alto y representa a un joven desnudo que alza los brazos a la vez que curva todo su cuerpo como si realizara ejercicios de equilibrio sobre el agua. A Martha le resulta muy inapropiada. «Parece un surfista californiano», piensa.

Junto a los restos de unos seiscientos soldados sin identificar dice una inscripción: «Sus nombres solo los conoce Dios».

Harvey y Martha caminan por un lateral, el que da al mar, él aprieta tanto la mandíbula que le duelen los dientes y ella siente una rabia densa que muy poco a poco se le licua en lágrimas. Otto tiene la mirada vidriosa.

—Estamos en pie, pero pudimos estar enterrados aquí, entre tantos —dice ella mientras busca el nombre de algunas de las jóvenes del Servicio Postal a las que entrevistó.

Tres de las que pertenecieron al 6668 Batallón del WAC, Dolores Brown, Mary Barlow y Mary Bankston, están juntas también en la eternidad como siempre lo estuvieron antes, incluso cuando el *jeep* que las desplazaba a su nuevo destino tuvo el accidente que las llevó hasta ese mirador sobre el mar. Hay otra mujer, una enfermera que perdió la vida cuando se estrelló uno de los aviones con los que se evacuaba a los heridos.

—Gran parte del mármol para las cruces se trajo desde la isla de Wight, el mismo lugar desde el que muchos llegaron hasta aquí —dice Harvey.

La playa en la que desembarcó Martha está abajo, al final de un barranco por el que ahora desciende una ancha escalera de piedra. Bloody Omaha, la sangrienta Omaha muda enfrente de ellos tres. Martha primero teme asomarse y que vuelvan a sonar las explosiones y a sobrevolarlos los cuerpos de tantos, pero después, empujada por una ráfaga de viento, se adelanta un paso y mira hacia la arena, intenta calcular en qué punto exacto bajó de la lancha, hasta dónde avanzó en compañía del camillero para recoger al soldado herido, de dónde salió la esquirla que se le incrustó en el cráneo. Se lleva el dedo a ese punto y nota el abultamiento, lo llama «mi *souvenir* del averno».

Ellos dos la miran en silencio. Saben lo que siente.

Al oír el batir del oleaje, a Martha le vuelve a la cabeza la frase que le dijo Harvey en el acantilado Shakespeare: que las olas eran las mismas de entonces. De nuevo parecen estar en una situación atemporal.

Bajan hasta la costa, vacía como un lienzo en blanco. Las imágenes del terror solo están en su mente, en el paisaje todo es paz. Martha se sienta mientras ellos dos permanecen de pie con la vista fija en las aguas del canal. Ella se cambia la arena de una mano a otra. Advierte que algunos granos brillan, sabe que se debe a que contienen los restos de los miles de toneladas de metralla que la acción del tiempo ha triturado en ese inmenso reloj de arena de las playas de Normandía.

UN SIGLO DESPUÉS DEL DESEMBARCO

87

El 6 de junio de 2044, cuando se conmemore que han pasado cien años de «la mayor invasión anfibia y aerotransportada de la historia de la guerra» (como la describen algunos medios), se abrirá una cápsula de tiempo que fue enterrada en el cementerio estadounidense de Colleville-sur-Mer el 6 de junio de 1969.

Esta urna contiene una carta inédita de Eisenhower a las generaciones futuras e informaciones secretas en torno al Día D, depositadas allí por algunos reporteros que fueron testigos de la invasión. Entre estos papeles no estará la crónica por la que Martha Gellhorn se jugó la vida porque, a pesar de ser la única mujer que participó en el desembarco contra el viento y la marea literales que aún complicaron más la operación aquel amanecer, sus ojos fueron borrados de la playa recubierta de acero de Omaha.

DOS SIGLOS DESPUÉS DEL DESEMBARCO

88

La poeta y narradora estadounidense Eve Merriam decía: «Sueño con tener un niño que algún día me pregunte: "Mamá, ¿qué era la guerra?"».

Más vale que llegue ese día, porque de lo contrario se cumplirá el vaticinio de Herbert George Wells: «Si no terminamos la guerra, la guerra nos terminará a nosotros».

¿Cómo será el mundo el 6 de junio de 2144? ¿Quién lo contará?

NOTAS DE LA AUTORA

1. Sobre la protagonista

Esta novela está basada muy libremente en algunos acontecimientos de la vida de Martha Gellhorn como reportera de guerra durante el periodo 1944-1945 y, en especial, en su relevante papel durante el desembarco del Ejército aliado en la costa de Normandía.

Ella huyó siempre de convertirse en una nota a pie de página de la vida de otra persona. Se refería a Hemingway. La sola mención a quien fue su marido durante cinco años suponía que su biografía y su obra carecieran de importancia comparadas con este hecho.

Mi intención, al escribir esta novela, ha sido colocarla a ella en el primer plano del que nunca debió ser borrada. Martha Gellhorn vivía como una continua injusticia que, a pesar de todo lo que había hecho, se la identificara tan solo como la exmujer del famoso escritor. Esto no era una novedad entonces, ni tampoco ahora, cuando demasiado a menudo oímos respecto a alguien que es la esposa de, la hija de, la hermana de..., como si esa persona no tuviera entidad propia, no significara nada por sí misma, como si solo pudiera definirse respecto a su parentesco.

Martha Gellhorn pasó sus últimos años en Londres, la

mayor parte del día en una habitación muy luminosa desde la que contemplaba los tejados eduardianos. Al atardecer recibía allí a sus numerosos amigos que, como ella decía, le llevaban noticias del mundo, como si ya no estuviera en él y su sofá fuera una isla lejos de cualquier costa. Siempre bebía whisky, vestía de rojo y utilizaba lo que llamaba «pinturas de guerra». El acento de su voz bastante ronca mezclaba entonces a partes iguales el inglés británico y el americano.

A los noventa años, en 1998, cuando estaba muy enferma decidió quitarse la vida ingiriendo una píldora de cianuro.

En las instrucciones que dejó para sus exequias pidió que lanzaran sus cenizas al Támesis cerca del Tower Bridge porque tenía la intención de seguir viajando. Antes vivió muchas guerras más y sobrevivió a todas. Ninguna le fue ajena: estuvo en Corea, Vietnam, Java, cubrió los conflictos árabe-israelíes, las guerras de América Central..., y con ochenta y un años, la invasión de Panamá por Estados Unidos.

Su crónica del desembarco de Normandía titulada *Over and Back* (*Arriba y atrás*) no se publicó hasta el 22 de julio de 1944, y además muy mutilada, como cuento aquí. Con ello quisieron darles prioridad a los reportajes de su corresponsal estrella, que aún era legalmente su marido. A los responsables de este medio impreso de Ohio, con su editor William Chenery al frente, les dio igual perder la exclusiva que hubiera supuesto publicar el texto de la reportera en cuanto se recibió. Todos ellos unieron sus fuerzas para relegar su artículo y silenciarla.

Otro texto que escribió sobre el buque hospital en el que trasladaron a los soldados heridos durante las primeras horas desde el norte de Francia no vio la luz hasta

1959. ¡Quince años después! La causa: se atrevió a escribir sobre temas tabú, a denunciar, entre otras acciones, el comportamiento execrable de algunos soldados de las tropas estadounidenses. Nunca se lo perdonaron. La acusación de antipatriota la persiguió siempre a pesar de lo mucho que hizo por los ciudadanos de su país. Cosa de las etiquetas indelebles.

Además, la novela con la que debutó permaneció en el olvido hasta que en 2012 la Biblioteca Británica compró una copia.

Por todas estas razones decidí escribir este libro. Martha Gellhorn se había propuesto desvelar, con el altavoz que representaba la prensa americana, la importancia de las mujeres en aquellos acontecimientos sobre los que parecía, a pesar de su máxima exposición a las balas enemigas, que pasaban de puntillas, desapercibidas, relegadas, tratadas con desdén y menosprecio, sin que se descubrieran sus pasos, puntos invisibles sobre la tela de la historia. En cambio, dos años después de la guerra, su exmarido fue condecorado con la Bronze Star Medal, por su valentía y heroísmo, literalmente: «Por encontrarse bajo fuego en las zonas de combate con el fin de obtener una imagen precisa de las condiciones», con la mención de que «a través de su talento de expresión, [...] permitió a los lectores obtener una imagen vívida de las dificultades y los triunfos del soldado en el frente y su organización en el combate». (*National Archives,* volumen 38, número 1). Es decir, exactamente por lo que ella hizo. Hoy en día son muchos los historiadores que ponen en duda que el escritor llegara a tocar tierra en Normandía.

Respecto al soldado al que salvó, Martha Gellhorn no supo nunca si había sobrevivido a sus heridas, pero siempre lo tuvo muy presente: para ella representaba a todos los soldados de todas las guerras.

Sobre los capítulos que suceden en Canfranc, está documentado que la protagonista de esta historia cruzó a pie el Pirineo, la cordillera cuyos picos describe en este libro como «los triángulos de la espalda de un dragón mitológico». Para mí, ese lugar de la orografía no podía ser otro que el municipio del norte de La Jacetania. Siempre me gusta volver allí. Aprovecho este párrafo para daros las gracias a todos los que estáis conmigo desde 2015, año en el que publiqué mi primera novela ambientada en este enclave tan magnético.

2. Las otras protagonistas

Hubo muchas más corresponsales de las que aparecen aquí. Entre las que en esta historia pasan por el Dorchester, hay una que también se casó con quien fue marido de Martha antes. También estuvieron en la Segunda Guerra Mundial Tania Long, Margaret Bourke White y Katherine Coyne.

Doce años después del desembarco, en 1956, obligaron a la reportera Ruth Cowan a retirarse. Fue forzada a abandonar la agencia de noticias Associated Press porque acababa de cumplir la edad en la que era obligatoria la jubilación de las mujeres en esa empresa, los cincuenta y cinco años. Los hombres, en cambio, podían seguir trabajando hasta los sesenta y cinco.

Treinta y tres años después del desembarco, en 1977, murió Lee Miller, la fotógrafa que se bañó en la casa de Hitler en Múnich. Para su hijo, era alguien insignificante, una anciana alcohólica que siempre estaba deprimida. No supo quién había sido su madre hasta que, tras su muerte, descubrió en el desván de la granja en la que vivía en Muddles Green, condado de East Sussex, su enorme colección de negativos. Entonces comprendió que su comportamiento huraño y siempre malhumorado se debía a que era una persona rota desde que visitó el campo de concentración de Dachau. Nada consiguió rescatarla del profundo hueco interior al que se había precipitado, ni siquiera que aquella casa que compartía con Roland Penrose se convirtiera en un lugar de peregrinación y devoción para grandes artistas europeos como Joan Miró, Paul Éluard, André Masson, Dorothea Tanning, Max Ernst, Man Ray y Leonora Carrington, entre otros muchos. Durante aquellos tiempos solo la consoló su dedicación a «la cocina surrealista», como bautizó a su colección de platos de coliflor rosa, espaguetis azules, pechugas de pollo verdes, budín de ciruela con salsa azul, helado de malvavisco y cola... Una imaginativa gastronomía que la reflejaba y la refugiaba a la vez.

3. Los otros protagonistas

Para construir el personaje de Harvey me he basado en la vida y acciones bélicas de varios oficiales estadounidenses, pero a él en particular lo alisté yo por iniciativa propia debido a que soñé para Martha un hombre que, por fin, la tratara tan bien como merecía: le mitigara su soledad y contrarrestara su comprensible desconfianza hacia el género humano.

Hemingway no interpuso la demanda de divorcio contra Martha, sino que fue ella quien lo abandonó. Fue la única entre todas sus mujeres (esposas y amantes) que se atrevió a hacerlo. El escritor nunca se lo perdonó.

También es de mi invención Otto Mannheim, aunque en su caso es fácil identificar retazos de su vida en la de algunos lugartenientes y miembros del personal de confianza de Hitler que abominaron de su enfermiza ideología de manera muy temprana. La prueba de ello fueron los más de cuarenta y dos atentados fallidos a los que sobrevivió el llamado Führer.

Respecto a Douglas Fairbanks Jr., a pesar de su empeño de hacer una película tras otra, nunca alcanzó el éxito anterior al comienzo de la guerra. En cambio, por sus grandes hazañas militares, lo condecoraron con la máxima distinción de la Armada estadounidense y, además, le concedieron también la Legión de Honor francesa, la Distinguished Service Cross y alguna medalla más en Italia y hasta en Brasil.

Quería trasladarse de Hollywood a Inglaterra para abandonar las producciones de espadachines y volver a lo que él consideraba que era el verdadero oficio del actor: el teatro. Continuó casado con Mary Lee Eppling, la esposa que le buscó su madre, hasta 1988. Tres años después contrajo matrimonio con Vera Shelton, la mujer que lo acompañó hasta su muerte a los noventa años en el 2000.

Tan solo quince días después de haberse instalado en Beverly Hills, Prímula Niven falleció. Se fracturó el cráneo contra el suelo mientras jugaba al escondite durante una fiesta en la casa del actor Tyrone Power. Abrió la puerta de un sótano creyendo que se trataba de un armario y cayó escaleras abajo. Tenía veintiocho años. Su viudo tardó años en salir de la aflicción en la que lo sumió esta desgracia tan absurda.

El motivo por el que Hitler no supo de la invasión aliada hasta pasado el mediodía del Día D se debió, efectivamente, a que su pasión cinéfila lo llevaba a trasnochar día sí día también. Tal vez porque prefería ver cómo se sucedían las imágenes en la pantalla, las que fueran, antes que presenciar su espectacular derrota.

Respecto a los pilotos rescatados en territorio francés, la hija de John Drylie me contó que su padre regresó a la granja del campesino que lo salvó cuando derribaron su avión. En agradecimiento por esta historia le puse Lindsey, su nombre, a la enfermera. La novia de Arthur Michel, como se llamaba el granjero, se confeccionó su traje de novia con la tela del paracaídas de Drylie. Diez años después el aviador rescatado regresó a visitarlos, esta vez junto a su familia. Mientras ellos recreaban aquellos momentos, Peter, el hijo mayor de John, jugaba alrededor del Lancaster con el fuselaje destrozado que aún permanecía allí.

Solange y Baptiste están inspirados en el matrimonio Mongelard. Tras ser delatados, los detuvieron y, después de pasar por varios campos de exterminio, fueron ejecutados el 17 de agosto de 1944, tan solo dos días antes de la liberación de París.

El mariscal Erwin Rommel fue obligado a suicidarse tras las acusaciones que lo implicaban en un atentado contra Hitler. El Ministerio de Propaganda alemán elaboró un relato muy verosímil según el cual el vehículo en el que se desplazaba por Normandía fue ametrallado. Tuvo un funeral de Estado.

El general George Patton murió en un extraño accidente automovilístico en la ciudad alemana de Heidelberg, en la Alemania dividida en las cuatro zonas de ocupación gestionadas por Estados Unidos, Gran Bretaña, Francia y la Unión Soviética. Acababa de declarar que su país había luchado contra el enemigo equivocado, en referencia a lo que para él era un tremendo error: aliarse con el Ejército soviético. Fue enterrado en Luxemburgo y, al igual que Rommel, con honores militares.

Roosevelt y Eisenhower tuvieron algo en común, ninguno de los dos se atrevió a desmontar sus matrimonios, como se dice comúnmente «de fachada». El divorcio, en el caso del primero, le hubiera costado la presidencia, y al segundo le hubiera impedido presentarse como candidato a las elecciones que ganó. Entre su amor por la señorita Summersby y su amor por la política (o el poder), eligió lo segundo.

Roosevelt tampoco se casó con Lucy Mercer Rutherfurd, su amiga y amante durante décadas.

La enorme labor social con la que Eleanor Roosevelt intentaba reducir la desigualdad y una larga lista de variadas injusticias creo que aún no ha sido proporcionalmente elogiada.

4. La censura militar, periodística y la ocultación de los hechos

Las crónicas de Martha Gellhorn no fueron las únicas informaciones censuradas, también el director de cine John Ford vio como desaparecía el documental que había grabado sobre el desembarco y que, por la dureza, y, por tanto, inconveniencia de sus imágenes para la propaganda militar estadounidense, nunca se proyectó. En 1964 afirmó que solo existía una copia en color en Anacostia, un barrio de Washington, pero todos los intentos hasta la fecha por localizarla han sido en vano. Solo queda como único vestigio un vídeo de veinte minutos que puede verse en Internet.

Hasta que no transcurrieron veinticinco años del desembarco, no se conoció la historia de Ann Mitchell, la matemática de Oxford dedicada a las labores de encriptación y desencriptación. A propósito del gran interés que suscitó su historia, ella afirmó: «He pasado de no ser nadie a ser alguien». Tal como hubiera dicho su personaje.

Masterman publicó su libro sobre el Comité XX en 1970, pero en Estados Unidos, porque el Gobierno de Gran Bretaña no permitió que viera la luz allí. Hubo un tira y afloja respecto a la supresión de determinados pasajes. El profesor de Oxford solo cedió en el caso de once párrafos de los más de setenta que le exigieron en primera instancia que eliminara.

El referido como Oriol Guinardó es, en realidad, Joan o Juan Pujol, el agente Garbo para los británicos y Arabel para los alemanes. Tras la guerra viajó a Angola, donde fingió su muerte debido al temor que tenía de sufrir represalias. Después se trasladó a Venezuela, donde fue propietario de un cine, una librería y una tienda de regalos, y vivió con otro nombre hasta el año de su fallecimiento en 1988. No demasiado tiempo antes, un escritor inglés lo descubrió y lo convenció para que viajara a Europa, donde Pujol recibió varios homenajes. Cuando visitó el cementerio estadounidense de Colleville-sur-Mer, como los protagonistas aquí, no pudo contener las lágrimas. Él nunca empuñó un arma y, con sus acciones, salvó a miles de yacer allí, aunque, igual que todos los implicados en una guerra, como se dice también, no fue ningún santo.

Cincuenta años después del desembarco, quienes participaron en la unidad de artistas del Ejército Fantasma ya pudieron contar en qué consistió aquella ingente maniobra de distracción con la que consiguieron salvar tantas vidas en el canal. Mostraron entonces orgullosos sus insignias, que decían: «Vamos a simular lo que no existe» y «Lo que es real se debe camuflar». Desde entonces los llaman en Estados Unidos los Fantasmas de Dover.

Durante toda su vida a Martha le martilleó la mente una frase del todopoderoso empresario periodístico William Randolph Hearst, quien había declarado que la libertad de prensa era para quien tenía una. Se refería a una imprenta, a las rotativas de un diario. Ella solo contaba con una opción: costearse la edición de su libro, como le había insinuado Evangeline, la secretaria de *Collier's,* y distribuirlo después personalmente por las librerías y bibliotecas de todos los estados. Sabía que aquello le supondría saltarse muchos permisos y colocarse en la primera línea de tiro, pero estaba dispuesta a cualquier cosa con tal de que su tinta no fuera invisible. No lo logró ni siquiera de aquella forma. «Nosotras no nos atrevemos a publicar nada de esto. Ya tenemos bastante con que nos den de lado, no queremos, además, que nos echen. Estamos en los márgenes, pero al menos estamos», le escribió en una nota Ruth Cowan, quien prácticamente formaba parte del Ejército, trabajaba con las mujeres del cuerpo auxiliar, unidad que, además, había contribuido a fundar. Era cierto que a Ruth no le convenía nada filtrarlo.

En cambio, Martha nunca había pensado en lo que le convenía y en lo que no, siempre había optado por contar la verdad sin tener en cuenta las consecuencias porque esa forma de actuar la consideraba ya, en sí misma, un fin. Las demás reporteras lo sabían. Solo ella enumeraría las sombras más oscuras de aquella guerra, los temas más espinosos e inasumibles de la estrategia puesta en marcha por los aliados para derrocar al régimen criminal de Hitler: los llamados «bombardeos amigos» de la RAF y la fuerza aérea estadounidense que destruyeron la mayor parte de muchas ciudades francesas como Caen, El Havre, Billancourt, Saint-Etienne, Brest y Royan, y mataron a más de 60.000 civiles entre 1940 y 1944. Estas acciones demostraron el nulo valor que, para la estrategia militar de Estados Unidos y Gran Bretaña, tuvieron las vidas de tantos indefensos ciudadanos franceses.

5. La escritura

En el caso de mis novelas, una vez termino la narración, coloco en esta sección del libro las cartas boca arriba, tal como habéis visto en las páginas previas, para que quienes me leéis sepáis qué fue real y qué he inventado con el propósito de hilvanar la historia. Me resulta muy interesante analizar cómo dialoga la ficción con eso llamado «realidad», cómo la cuestiona e interpela.

Uno de los trabajos de revisión más profundo que he llevado a cabo ha sido buscar sinónimos para las palabras «delirante» y «fingir» para evitar que se repitieran con demasiada frecuencia. Si analizo por qué he utilizado tanto ambos conceptos y sus variantes, es inevitable llegar a la conclusión de que ambas palabras juntas, «delirio fingido» o «fingimiento delirante», describen a la perfección el núcleo de lo que supusieron determinadas maniobras para distraer al Ejército alemán.

Sobre el uso de los términos «estadounidense», «norteamericano» y «americano», igual que Estados Unidos, Norteamérica y América, es el normativo, excepto cuando lo usan los personajes y en alguna referencia contextual del narrador.

Para la reconstrucción de lo sucedido en uno de los

búnkeres frente a la playa de Omaha he leído los testimonios de algunos supervivientes.

La mayoría de los capítulos los he escrito en el mismo lugar donde suceden, es decir, en Hollywood, San Francisco, San Luis, Londres, Dover, Normandía, Canfranc... Considero que conocer los escenarios a través de todos los sentidos, cuando esto es posible, permite transmitir mejor después las sensaciones que producen.

6. La guerra

He tenido muy presente durante el proceso de creación de esta novela el estremecedor y exitoso, como no podía ser de otra forma, relato antibelicista de Vicente Blasco Ibáñez, *La vieja del cinema,* que fue adaptado al cine en 1916 en Francia y en 1924 y 1941 en Japón. En él, el autor valenciano narra la historia de una anciana que cada noche va a la sala de París donde se proyecta un documental sobre la guerra para ver fugazmente a su nieto muerto:

> [...] aparecían las trincheras y el soldado que escribía la carta de espaldas, y, al volver la cabeza hacia el público, mostraba su rostro.
>
> —¡Alberto!... ¡Alberto!...
>
> La vieja tuvo que hacer un esfuerzo enorme para contenerse. Le subía este grito a la garganta con estertores dolorosos. Pero tembló ante la idea de escandalizar a los espectadores, como en la noche anterior. La arrojarían del local para siempre; no podría ver más a su soldado.
>
> El miedo la hizo contenerse, y su emoción ruidosa se deshizo en lágrimas. Para desahogar su pecho, hablaba

en voz muy queda, una voz que sonaba hacia dentro del cuerpo, mientras sus ojos lacrimosos seguían contemplando con devoción todo lo que pasaba por el lienzo.

—¡Alberto!... ¡Pequeño mío!... Soy yo, tu abuela; ¿no me conoces?... Vendré a verte todas las noches, ¡todas las noches!

Un pasaje escalofriante y, por desgracia, absurdamente actual. Eso es la guerra, la devastación en el corazón de cada persona que pierde a un ser querido.

De nuevo estamos en el mismo punto de la historia del que nunca nos alejamos demasiado.

Tal como he escrito al final de la novela, podríamos preguntarnos cuándo acabarán todas las guerras. ¿En 2044? ¿En 2144? ¿Mañana?

7. Esta novela

Martha Gellhorn escribía y escribía, pero le costaba mucho que le publicaran sus textos. Lo mismo me sucedió a mí durante muchos años, más de treinta. A pesar de sentirme como una voz que clamaba en el desierto, nunca dejé de contar historias. Ahora mi situación es muy distinta gracias a que os tengo a todos vosotros, mis lectores, y gracias a que, en esta ocasión, de nuevo, mi libro ha visto la luz a través de la editorial Planeta, y de todos los que en ella trabajan. Por quinta vez consecutiva tras *Volver a Canfranc* (2015), *La huella de una carta* (2017), *Desaparecida en Siboney* (2019) y *El cielo sobre Canfranc* (2022), tenéis una novela mía en vuestras manos, bajo los ojos, y, espero que cuando terminéis la lectura se quede con vosotros también, como dice la canción, «en un rincón del alma».

Hay muchas otras Martha que merecen ser rescatadas de los procelosos mares de la historia. Seguro que conocéis a alguna y, además, muy cercana. Contádmelo en rosarioraroescritora@gmail.com

Gracias por vuestro tiempo y vuestra atención y espero que hasta muy pronto.

Rosario Raro

Frente a la costa entre Sainte-Honorine-des-Pertes y Vierville-sur-Mer, también conocida desde 1944 como Omaha Beach.

Agosto de 2023

8. Los libros (o el que debería ser uno de los principales antídotos contra la guerra)

Mi trabajo de investigación no solo precede a la escritura, sino que se extiende más allá, continúa durante el tiempo posterior a la publicación de mis novelas porque los temas que desarrollo en ellas permanecen conmigo siempre.

Como algunos de vosotros, después de leer cualquiera de mis historias, me habéis solicitado los títulos de los que había extraído la información, enumero algunos de ellos para que emprendáis el camino inverso al mío, es decir, os remontéis a la documentación que he utilizado.

Aquí tenéis unas cuantas y variadas referencias:

Para conocer con todo detalle quién fue Martha Gellhorn lo mejor es leer la biografía que publicó Caroline Moorehead sobre ella o el libro de la propia reportera *El rostro de la guerra. Crónicas en primera línea 1937-1985*.

Al respecto del desembarco de Normandía, las obras que me sirvieron de guía fueron las de Floreal Barberá Blanch, Antony Beevor, Carol Harris, John Keegan, Ben Macintyre, Hans Speidel, Ambrose Stephen y Olivier Wieviorka. Son fáciles de encontrar por los nombres de sus autores y los títulos esperables: Día D, desembarco, invasión, etcétera.

Entre el material periodístico que he manejado, quiero destacar los artículos de Manuel P. Villatoro en *ABC,* los de Germán Padinger en *Infobae* y las magníficas infografías que los acompañan, el de Alberto Rojas en *El Mundo,* con un análisis muy interesante sobre la «eurofobia» y la completa información de la página web *Los apuntes del viajero* que me sirvió de brújula durante mi viaje a los escenarios reales de la novela.

La cronología de los sucesos del 6 de junio la extraje de la sección de historia del diario alemán *Die Welt.*

La escalofriante enumeración de los objetos que quedaron sobre la playa de Omaha fue descrita por el ganador del Premio Pulitzer Ernest Taylor Pyle, quien murió el 18 de abril de 1945 cuando una bala le entró por la sien izquierda en la isla Ie de la costa noroeste de Okinawa.

Es fácil encontrar información sobre las estrellas de Hollywood que participaron en la Segunda Guerra Mundial. Ha investigado sobre ellas Andrea Bonzo y también hay bastante información en el portal <https://www.lasegundaguerra.com/>.

Domingo Marchena escribió también sobre Martha Gellhorn en *La Vanguardia* (30/03/2019) y Jorge Álvarez en *La brújula verde* (28/07/2018).

A propósito de Lee Miller y su sorprendente vida, puede leerse el artículo de Luis Ventoso en *El debate.*

Sobre The Ghost Army, hay muchos datos en el libro *Operaciones secretas de la Segunda Guerra Mundial,* de Jesús Hernández, publicado por Nowtilus en 2020; el artículo «Engañar, manipular y alterar, actividades fundamentales de la operación de decepción "guardaespaldas"», de Tomás Fernando Prieto del Val, publicado en el boletín del Instituto Español de Estudios Estratégicos (ieee.es), también me resultó muy valioso. Sobre estas maniobras hay un texto y una galería de imágenes muy interesantes en la página de divulgación histórica *QVAD.*

En este enlace se puede ver un *blood chit* o vale de sangre original: <https://live.staticflickr.com/8805/17278596555_73a5789322.jpg>.

Sobre el funcionamiento de las redes de espionaje son muy interesantes los libros: *Espías de Hitler,* de Óscar Herradón (Planeta, 2016); *Anthony Blunt: el espía de Cambridge,* publicado por Miranda Carter (Tusquets, 2004); el de Fernando Rueda, *Espías y traidores* (La Esfera de los Libros, 2012); el de Carmen Posadas, *Licencia para espiar* (Espasa, 2022), e imprescindible en relación con esta novela, *Garbo, el espía,* de Stephan Talty (Destino, 2013), una biografía muy completa de quien en mi novela se llama Oriol Guinardó.

Sobre la vida cotidiana en Pau durante estos años he consultado el artículo de Laura Lalanne, titulado «La mémoire de la Seconde Guerre Mondiale à Pau: lignes de forces, tabous et ublis», publicado por la universidad de esta ciudad; el trabajo «Victorio Vicuña: Así fue la liberación del sur de Francia», de Mikel Rodríguez; y el libro *Partisanas: la mujer en la resistencia armada contra el fascismo y la ocupación alemana (1936-1945),* de Ingrid Strobl y Mikel Bueno Urritzelki. Uno de los mejores aportes respecto al papel de las mujeres en la guerra es el libro del que son editores Manuel Santirso y Alberto Guerrero y que recoge los artículos del V Congreso Internacional de la Asociación Española de Historia Militar (ASEHISMI). También recomiendo leer «Las mujeres fueron decisivas en la Segunda Guerra Mundial», de C. Díaz Pimentel (2017), publicado en *RPP Noticias,* así como *Heroínas de la Segunda Guerra Mundial. 26 historias de espionaje, sabotaje, resistencia y rescate,* de Kathryn J. Atwood. Sobre las enfermeras, encontré información en la investigación de Víctor Serrano Gómez, de la Universidad Complutense, titulada «La enfermería en distintos escenarios de la Segunda Guerra Mundial».

Del documental de 2011 *No Job for a Woman: The Women Who Fought to Report WWII* hay bastantes fragmentos en YouTube.

Sobre el cruce clandestino de los Pirineos he leído el libro de Antonio Téllez Solá *La red de evasión del grupo Ponzán: anarquistas en la guerra secreta contra el fascismo y nazismo, 1936-1944,* y *Espías, contrabando, maquis y evasión: la II Guerra Mundial en los Pirineos,* de Ferran Sánchez Agustí.

La expresión «llovía aviadores» aparece en *Silent Heroes,* de Sherri Greene Ottis, edición de la Universidad de Kentucky.

Sobre el papel de las mujeres en el desembarco de Normandía, pueden encontrarse datos muy interesantes en el artículo de Jesús García Calero: «La otra historia del Día D».

La historia del mago que hizo desaparecer un puerto con un efecto de ilusionismo se puede rastrear a partir del artículo de Hugo Martin en *Infobae.*

En la revista *Desperta Ferro* hay un texto muy interesante publicado el 7 de septiembre de 2022 sobre lo que sucedió con la película rodada por John Ford sobre el desembarco. Se titula «Más allá del cine. John Ford y la Segunda Guerra Mundial». Lo único que ahora puede verse de ese documental está en <https://youtu.be/voo1jAXsc_g>.

«El Día D visto por los alemanes» es el título de un artículo publicado en la revista *Muy Interesante* que habla sobre lo sucedido en el interior de uno de los búnkeres a la vez que incluye una cronología muy pormenorizada. En esta línea también me interesó el punto de vista expuesto en el texto de Andrea Rincón: «Reflexiones de un veterano alemán a 75 años del Día D: Gracias a Dios la invasión fue exitosa».

Respecto a la Resistencia alemana, guardé nada más leerlo el artículo de David Barreira sobre la pareja compuesta por Harro y Libertas Schulze-Boysen, publicado en *El Español* a principios de 2022.

Por muy insólito que resulte pensarlo, la anexión de la Patagonia y la Antártida fue un proyecto del Reich. Los detalles pueden leerse en el diario *La Nación,* en el artículo de Facundo Di Genova con varios documentos que lo certifican. Pero claro, la realidad no tiene por qué ser verosímil, la literatura sí.

Y un apunte curioso para terminar: Martha Gellhorn estuvo en Benicasim, Castellón. En algunas crónicas sobre su visita se habla de ella como «la rubia acompañante de su marido» u «otra más de sus esposas». Esta información resulta difícil de rastrear porque ni siquiera aparece de forma correcta en muchos lugares el apellido de la mujer que, años después, fue tachada de la primera línea de la historia.

PERSONAS REALES QUE APARECEN REFERIDAS EN ESTA NOVELA

- Alec Guinness, actor británico.
- Art Kane, fotógrafo.
- Arthur Singer, pintor.
- Barón Beaverbrook, dueño del periódico *Daily Express*.
- Bernard Law Montgomery, general británico.
- Bill Blass, modista.
- David Niven, actor y militar británico.
- Douglas Fairbanks Junior, actor y militar estadounidense.
- Dwight David «Ike» Eisenhower, militar y presidente de Estados Unidos.
- Edna Fischel, madre de Martha.
- Eleanor Roosevelt, primera dama de Estados Unidos entre 1933 y 1945.
- Endre Friedmann, fotógrafo húngaro. Conocido como Robert Capa, seudónimo que creó con Gerda Taro para firmar la obra de ambos.
- Ernest Hemingway, marido de Martha Gellhorn entre 1940 y 1945.
- George Distel, decorador.
- George Gellhorn, padre de la protagonista.
- George Smith Patton, general estadounidense.
- Gerda Taro, la primera fotoperiodista de guerra.

- Gertrude Lawrence, cantante de revista y actriz estadounidense.
- Glenn Ford, actor canadiense-estadounidense.
- H. G. Wells, escritor.
- Helen Kirpatrick, reportera.
- Henry Fonda, actor estadounidense.
- Hortense Flexner, poeta.
- John Cecil Masterman, profesor de Oxford y organizador de actividades secretas.
- John Drylie, aviador escocés.
- Lee Miller, fotoperiodista de guerra estadounidense.
- Loelia Ponsonby, editora de revistas y duquesa de Westminster.
- Lorena Hickkok, periodista, amiga y mentora de Eleanor Roosevelt.
- Man Ray, fotógrafo estadounidense.
- Martha Gellhorn, reportera de guerra estadounidense.
- Mary Welsh, reportera de guerra estadounidense.
- Prímula Susan Rollo, exmilitar de la fuerza aérea auxiliar, esposa de David Niven y madre de sus dos hijos.
- Roald Dahl, agregado aéreo de la embajada británica en Washington y escritor.
- Ruth Cowan Nash, reportera de guerra estadounidense.
- Wes Gallagher, director de la oficina de Associated Press en el norte de África.
- Walter Copping, sargento mayor del Ejército británico.
- Wilhelm Canaris, jefe del contraespionaje militar alemán.
- William Randolph Hearst, magnate de la prensa estadounidense.

PERSONAJES

- Aldrich Merck, Brandy, piloto alcohólico de la RAF.
- Alfred Becker, chófer de Otto Mannheim.
- Avery, piloto estadounidense.
- Baptiste, esposo de Solange, miembro de la Resistencia en el sur de Francia.
- Barry, guionista.
- Brendan Wilkinson, preceptor de Otto Mannheim durante su infancia.
- Briand, chófer y pasador de montaña, miembro de la Resistencia en el sur de Francia.
- Bruno Gesche, comandante del Führerbegleitkommando.
- Clifford, piloto inglés.
- Dotty, enfermera entrevistada por Martha.
- Glen Connors, Darling, operador de radio.
- Harvey, general del Ejército estadounidense.
- Helmut, soldado alemán en la playa de Omaha.
- Hervé Rhegoland, soldado alemán en el frente oriental, hermano de la señora Rhegoland.
- Jamie, piloto estadounidense.
- Jeffrey, piloto estadounidense.
- Kelgock, soldado alemán en la playa de Omaha.
- James Baxton, periodista y escritor.
- Krombacher, soldado alemán en la playa de Omaha.

- Lindsey Bennett, enfermera de New Florence, Misuri, destinada en Dover.
- Marcel Faure, Luc, campesino de Tarbes.
- Mel, guionista.
- Oriol Guinardó, agente doble nacido en Barcelona.
- Otto Mannheim, miembro de la Alemania secreta, el movimiento de la Resistencia alemana contra Hitler.
- Pilar, dueña de la fonda.
- Rainer, soldado alemán en la playa de Omaha.
- Señor y señora Maddison, empleados domésticos de Harvey.
- Señora Rhegoland, criada en el Berghof.
- Señorita Owen, secretaria en la redacción de la revista *Collier's*.
- Solange, miembro de la Resistencia francesa.
- Timothy Crane, aviador escocés de la RAF.
- Tricio, dueño de la fonda.

30